KB104389

스물셋 그리고 마흔여섯

.

스물셋 그리고 마흔여섯

초판 1쇄 발행일 | 2004년 1월 24일
초판 5쇄 발행일 | 2006년 9월 25일

지은이 | 이순원
펴낸이 | 이숙경
펴낸곳 | 이가서
주 소 | 서울시 마포구 서교동 370-15 1F
전 화 | 02-336-3503
팩 스 | 02-336-3009
이메일 | leegaseo@naver.com
등록번호 | 제10-2539호

ISBN 89-90365-59-7 03810

스물셋 그리고 마흔여섯

이순원 장편소설

작가의 말

이 세상에 이 소설 속의 관계처럼 유지하는 엄마와 딸이 있는지 나는 잘 모른다. 나는 우리가 너무 앞만 보고 달려오느라 오래전에 잃어버리고 만 어떤 시절에 대한 아련한 그리움과 향수, 또 그 시절을 살아온 이 땅의 딸들과 지금 이 시간을 살아가고 있는 그 딸들의 딸에 대해 말하고 싶었다.

현재의 시간은 누구에게나 늘 위태롭고 버겁다. 때로는 하나의 어떤 실수로부터도 치명적인 상처를 받기도 하고, 그것이 미래의 삶에 대해 어두운 그늘을 형성하기도 한다. 그것이 지금 딸의 시간이다. 현재란 본래 그렇게 불온하고 불안한 것이다.

엄마 역시 그런 현재성의 시간을 통과해 왔다. 그 현재성 안에 그것 역시 더러는 불온하고 더러는 불안했을 것이다. 그러나 지난 다음 돌아보면 그 시간들은 가난과 슬픔과 사랑의 이별조차도 평화롭고 안온하게 느껴진다. 지나간 시간은 늘 그렇다. 우리가 통과해 온 시간이 아니라 너무 아득하고 안온하여 마치 신화 저편의 시간처럼 느껴지기도 한다.

그래봐야 이십여 년 정도밖에 차이 나지 않는 시간을 엄마가 살아 왔고, 또 현재형으로 딸이 살아가고 있는 것이다. 그 시간 속에 내가 말하고 싶었던 것은 그런 모녀의 관계가 아니라 두 사람이 살아오고 또 살아가고 있는 서로 다른 시간 속, 사랑의 금기에 대해서이다.

우리의 삶은 사랑에서조차 도처에 널린 게 금기의 가시밭이다. 그 가시밭 사이로 우리는 사랑하며 살아왔고 또 사랑하며 살아가고 있는 것이다.

이 책을 이쁜 모습으로 출판해 준 이가서의 이쁘고 착한 편집자들에게 감사드린다. 그리고 나와 비슷한 시기에 그 시절을 통과해 온 이 땅 엄마들의 삶이 이 소설 속 엄마의 삶처럼 늘 따뜻했으면 좋겠다.

2004년 1월

이 순 원

차 례

1

치명적인, 그래서 더 치명적인

어제 엄마가 집을 나갔다.

아마도 그 일억 원 때문일 것이다. 그것 때문에 엄마 아빠가 말다툼을 했다. 그러나 다툼이랄 것까지도 없는 상황이었다. 아빠는 다만 그 돈의 행방에 대해 알고 싶어 했다. 엄마는 돈의 행방에 대해서는 말하지 않고 계속 다른 말만 했다. 그러다 보니 아빠가 일방적으로 엄마를 몰아세운 것처럼 보일 수도 있겠지만, 꼭 그런 것은 아니었다.

아빠의 말은 이런 것이었다. 대체 그 돈을 어디에 썼느냐. 그것만 말해라. 그러면 더 묻지 않겠다. 왜 썼느냐고 말하지도 않겠다. 그냥 어디에 썼는지만 말해라. 아빠로선 충분히 할 수 있는 말이었다. 아니, 많이 양보해서 한 말이었다.

그러나 엄마는 한사코 이렇게만 대답했다. 그냥 내가 좀 쓸 데가 있어서 썼다고 생각하면 되지 않느냐. 그 돈 없다고 우리가 죽는 것도 아니고 당신 사업이 내일 당장 어떻게 되는 것도 아니잖느냐. 방 한 칸 전세 들 돈도 없는 집에 시집와 이만큼 살림을 일군 나도 그만한 돈 정도는 쓸 자격이 있는 것 아니냐. 알아서 시원한 일도 있겠지만 그냥 모른 체하고 넘어가도 좋은 일이 있는 것이다. 그렇게 알고 싶어 하지 않더라도 시간이 지나면 저절로 알게 될 일이다.

물론 엄마가 그 돈을 어디에 썼는지 대답한다고 해서 더 묻지 않을 아빠가 아니다. 그런 일이란 원래 하나를 알고 나면 다시 하나가 더 궁금해지는 법이다. 그러나 엄마가 거기에 대해선 처음부터 입을 꽉 다물자 아빠는 아빠 회사 거래처 사람들에게나 할 말인 '각서'라는 말까지 했다.

"어디에 썼는지만 얘기하면 더 이상 묻지 않는다니까. 묻지 않는다고 각서라도 쓰라면 쓰겠어. 그냥 어디에 썼는지 그것만 알면 된다구. 그러면 더 말하지 않는다니까."

그만큼 답답하다는 뜻이었을 것이다. 그런다고 쉽게 입을 열 엄마도 아니었다.

"당신한테 말 못 하는 나도 가슴이 답답해요. 그러니 지금은 더 묻지 말라구요. 나중에 저절로 알게 될 일이니까."

엄마는 정말 그 말을 하지 못해 가슴이 아픈 사람처럼 말했다. 그러면 아빠도 잠시 뒤로 주춤 물러서는 듯했다. 나는 내 방에서 나와 엄마 아빠가 있는 거실을 지나 부엌으로 가 마시고 싶지도 않은 물을 마시고, 다시 부엌에서 거실을 지나 내 방으로 오곤 했다. 좀 조용히 했으면 좋겠다는 뜻을 그렇게 전한 것이었다.

"그만들 좀 해요."

지나다가 그런 말도 했다. 그러나 나도 엄마가 그 돈을 어디에 쓴 것인지 궁금하지 않은 건 아니다. 엄마가 말하지 않으면 않을수록 나도 아빠처럼 그것이 점점 궁금해졌다. 대체 엄마는 그 돈을 어디에 썼길래 이틀째 아빠 입에서 각서 소리가 나오도록 저토록 굳게 입을 다물고 있는 것인지. 꼭 그것 때문은 아니지만, 그래서 이런 말도 했다.

"엄마도 이젠 그만 얘기 좀 해. 그러니까 아빠가 더 궁금해하잖아."

그 말이 응원처럼 들렸는지 아빠는 한층 더 집요하게 돈의 행방에 대해 물었다. 그래도 엄마는 대답하지 않았다. 마치 녹음기를 틀 듯 시간이 지나면 저절로 알게 될 일이라고만 말했다. 그 말이 아빠를 더 자극하는 것 같았다.

"나중에 시간이 지나면 저절로 알 일을 지금은 왜 말 못 한다는 거야?"

"그러니 나중에 알라구요. 그땐 알고 싶지 않아도 저절로 알게 될 테니까. 내가 그 돈을 어디에 썼는지."

"나중에 언제? 당신 죽은 다음에?"

"그래요. 내가 죽든 누가 죽든 사람 하나 죽는 거야 어려운 일도 아니니까."

"이제 보니 당신이 쓴 것도 아니구만."

"아니면 아닌 대로 생각하구요."

"뭐가 꿀려서 말을 못하는데? 꿀릴 게 없으면 말하지 못할 것도 없잖아."

그럴 때 아빠에겐 돈의 액수보다 행방만이 오직 문제라는 듯이 보였다. 엄마가 나도 그만한 돈 정도는 쓸 자격이 있는 것 아니냐고 했을 때에도, 아빠는 누가 당신 돈을 쓴 걸 가지고 뭐라 그러느냐고 했다. 처음엔 내가 거실을 지날 때만이라도 잠시 어색하게 침묵을 지키더니 밤이 깊은 다음엔 내가 그 옆을 지나는데도 이런 말을 했다.

"대체 어느 놈한테 갖다 바쳤길래 말을 못 하는 거야? 어느 놈인지 말을 하라구. 말을."

"아빠."

나야말로 그 자리에 서서 잠시 낯선 눈길로 아빠를 바라보았다.

"느 엄마가 사람을 미치게 만들잖아. 그러잖으면 왜 말을 못 하냐구? 어디에 썼는지만 말하면 더 묻지도 않는다는데."

"그래도 그렇지 어떻게 엄마한테 그런 말을 할 수가 있어요? 아빠가."

"말을 하지 않으니 그러지. 말을."

"그만 좀 해요. 나중에 얘기한다고 그러잖아요."

"나중에 언제? 나중에 할 수 있는 얘기를 지금은 왜 못 하 냐구?"

"지금이 몇 신 줄이나 아세요? 그러니까 나도 잠을 못 자고 왔다 갔다 하잖아요."

그리고 내 방으로 들어오는데 다시 아빠가 말했다.

"정말 돌아버리겠네. 이건 맘대로 소리를 지를 수도 없고."

그저께 밤의 일이었다. 그리고 더 어떤 얘기가 오갔는지는 알 수 없으나, 아침에 아빠가 나갈 때 엄마가 현관까지 따라 나와 이런 말을 하는 것 같았다.

"그래요. 맞는지 아닌지 나가서 전화를 걸어보라구요. 아니면 저녁에 오라고 부를 테니까."

그렇다면 엄마가 어디에 돈을 썼는지 말을 했는데도 이번엔 아빠가 그 말을 믿지 못한다는 소리였다.

"그저 만만한 게 언니지."

나는 그 말을 현관 바로 옆에 붙어 있는 내 방에서 들었다.

언니?

침대에 누워 있는데도 철렁, 가슴이 내려앉는 것 같았다. 엄마가 돈을 준 사람이 이모거나 이모네 식구라는 얘기였다. 아빠가 아는 건 지난해 봄 기혁이 오빠가 그 여자와 결혼할 때 보낸 천만 원뿐이었다. 그때는 엄마가 아빠와 의논했다. 그걸 바라고 온 것은 아니겠지만 결혼 전 오빠도 여자를 데리고 우리 집에 인사를 왔었다. 그날 나는 사과를 깎다가 손을 베었다. 두 사람이 돌아간 다음, 아빠가 그래도 그 집 큰아들이—더구나 남편도 없이 이모 혼자 키운—결혼하는 데 천만 원쯤 보내야 하는 것 아니냐고 했을 때 엄마가 오히려 그렇게 많이 보낼 것까지는 없는데, 라고 말했다. 내가 뭐 친정 뒷바라지나 하려고 태어난 것도 아니고, 하는 말도 했었다.

"당신이 언니한테 일억을 줄 사람이야? 천만 원도 많다던 사람이 누군데."

문을 열고 나가기 전 다시 아빠가 말했다. 아마 아빠가 엄마 말을 믿지 못하는 것도 그 일 때문일지 몰랐다. 그러나 기혁이 오빠가 결혼할 때까지만 해도 엄마는 그렇게 말할 수 있었다. 지난 가을부터 상황이 달라진 것이었다. 그때에도 엄마는 아빠 몰래 3천만 원을 기혁이 오빠와 함께 사는 여자에게 건넸다. 내가 이모라는 말만으로도 가슴이 철렁했던 것도 바로 그것 때문이었다. 그 여자가 다시 엄마에게 돈을 요구했다는 뜻이었다. 지난번처럼 3천만 원이나 4천만 원이 아닌 거금 일억 원을 한꺼번에, 그것도 불과 네 달 사이에 다시. 그래서 엄마가 아빠 앞에 쉽게 그 돈의 행방에 대해 말을 할 수가 없었던 것이다. 나나 엄마에겐 악마가 따로 없었다. 그 여자가 바로 악마였다.

정말 죽여버리고 싶어.

나도 모르게 가느다랗게 그 소리가 흘러나왔다. 그리고 다시 이불을 끌어 덮었다. 그러나 침대에 누워만 있었던 거지 다시 잠을 잔 건 아니었다. 잠이 올 상황도 아니었다. 차라리 엄마가 나를 깨우러 와줬으면 좋겠는데 엄마도 내 방으로 들어오지 않았다. 중간에 밖에서 두 번 전화가 걸려왔고, 엄마가 어디론가 길게 두 번 전화를 거는 것 같았다. 안방 쪽과 연결된 내 방 전화기의 사용중 불빛이 오래도록 깜박였다. 그러는 사이 어느새 열 시가 넘어가고 있었다.

할 수 없이 내가 먼저 자리에서 일어나 거실로 나가 엄마가 나오기를 기다렸다. 무슨 말을 듣더라도 내가 먼저 준비하고 듣는 게 낫겠다 싶었다. 내가 거실로 나간 다음에도 엄마는 오래도록 안방에서 전화를 했다. 목소리는 들리지 않았지만 당장은 그 여자가 아니라 이모와 무슨 말을 맞추고 있는 듯했다. 안방 것과 연결된 거실 전화기에도 사용중 불빛이 들어와 있었다.

엄마가 먼저 돈 얘기를 꺼냈을 테고, 그러면 아직 내막을 모르는 이모도 어젯밤 아빠처럼 그 돈의 행방에 대해 물었을 것이다. 좌우지간 언니한테 돈이 갔다고 해. 기혁이한테 필요해서. 어쩌면 엄마는 그렇게 말했는지도 모른다. 아니면 이모 모르게 엄마가 기혁이 오빠에게 돈을 빌려준 것이라고 말했을지도 모른다. 어차피 지금 돈이 가 있는 곳도 거기였다. 전에 아빠가 그런 말을 했다. 다른 자리는 몰라도 물이 흘러 들어간 자리와 돈이 흘러 들어간 자리는 표시가 나기 마련이라고 했다. 나는 오래도록 거실 전화기의 사용중 불빛을 바라보았다.

정말 죽여버리고 싶어.

다시 내 입에서 그런 소리가 흘러나왔다. 그러다 엄마가 안방 전화기를 내려놓을 때 삐, 하고 들리는 통화 종료음과 함께 '사용중'의 깜박임이 멈추자 한순간 심장이라도 멎는 듯한 기분이었다. 나는 뒤로 머리를 젖히고 길게 숨을 들이쉬었다. 그런지도 모르고 지난밤, 엄마도 이젠 그만 얘기 좀 해, 하고 말했던 것이다. 엄마가 내가 죽든 누가 죽든 사람 하나 죽는 거야 어려운 일도 아니라고 한 말도 그냥 한 소리가 아닐 것이다.

"일어났니?"

뜻밖에도 엄마는 화장까지 마친 얼굴로 거실로 나왔다. 묻는 목소리도 방금 내가 상상했던 전화 내용과 달리 전에 없이 상냥했다.

"응."

나는 얼른 엄마 앞에 고개를 숙였다.

"잠 못 잤지?"

다시 상냥한 목소리로 엄마가 물었다.

"아니."

나는 기어들어 가는 소리로 대답했다. 뭐라고 엄마한테 말을 해야 하는데 한마디도 생각나는 말이 없었다.

"밥 먹자."

엄마가 부엌으로 들어가며 말했다. 나는 그대로 소파에 앉아 얼굴 아래 탁자의 장미목 무늬를 따라 세었다.

그때 우리 집에 인사를 왔을 때 그 여자는 탁자 오른쪽에 앉아 있었다. 엄마 아빠가 이쪽 소파에 앉고 오빠는 여자 왼쪽에 앉았다. 그리고 과일 접시를 내려놓았던 곳이 장미목 탁자의 나이테 중심 자리였다. 나는 가만히 손을 펴 왼손 검지손가락을 살펴보았다. 손가락엔 이제 아무 상처도 남아 있지 않았다. 칼 끝에 묻은 과일즙 때문에 다른 일을 하다 손을 베었을 때보다 더 쓰리고 아렸던 것만 내 혼자만의 상처처럼 왼쪽 검지손가락이 기억할

뿐이었다. 아니, 손가락이 아니라 내 가슴 어느 자리였다.

"오늘은 학교 안 가니?"

엄마가 냉장고에서 식탁으로 반찬을 꺼내놓으며 물었다. 엄마는 보이지 않고 식탁 유리에 그릇 부딪는 소리만 그릇들끼리 재그락거리며 싸우는 소리처럼 들렸다. 부엌이 참 넓은 것 같아요. 그런데도 이쪽 거실에선 안 보이고. 그때 내가 손을 베어가며 깎은 사과를 포크로 찍으며 여자가 말했다. 가운데 중문을 달아놔서 그렇지 뭐. 집이 넓다는 말에 대한 겸손 반 지나가는 말 반처럼 엄마가 대답하자 여자는 다시 나는 언제나 저렇게 넓은 부엌에서 일해 보나, 하고 나를 쳐다보았다. 그때도 나는 여자와 눈이 마주치자 얼른 고개를 숙였다.

"나갈 거야."

어쩌면 그 순간 나는 가출을 생각했는지도 모른다. 엄마가 그 일억 원을 그 여자가 아니라 나에게 주었다면. 밥을 먹으면서도 그 생각을 했다. 만약 그 일억 원이 지금 그 여자가 아닌 내게 있다면. 그래서 내가 집을 나가 그 돈으로 아무도 찾아올 수 없는 곳에 나만의 작은 방을 얻고, 가끔 엄마하고만 연락을 하고 산다면. 아니, 엄마까지도 모르게 집을 나가 엄마도 모르는 곳에서 서로 얼굴을 잊고 산다면, 그래도 그 악마 같은 여자는 엄마를 찾아와 지금과 똑같은 요구를 할 수 있을까.

"나갈 거면 얼른 준비하고 나가."

그런 내 생각을 읽기라도 하듯 다시 엄마가 말했다.

"그럼 엄마가 먼저 나가."

엄마는 이미 화장까지 마친 얼굴이었다. 먼저 이모집으로 갔다가, 이모집에서 나와서는 기혁이 오빠네 집으로 가거나 밖에서 그 여자를 만날 것이다.

"아니. 너 나가는 거 보고, 엄마도 청소하고 나갈 거니까."

그리고 무슨 이야기가 더 있어야 하는데 엄마는 말이 없었다. 발밑에 얇은 얼음을 딛고 앉은 것처럼 불안한 마음으로 식사를 마치고, 그보다 더 불안한 마음으로 세수와 화장을 마치고 옷까지 갈아입은 다음 다시 거실로 나올 때까지도 엄마는 나를 부르지 않았다.

"나갔다 올게."

일부러 안방에 가 인사를 했을 때에야 엄마는 현관까지 나를 따라 나와 내 옷깃을 잡아주고 머플러를 고쳐주었다.

"일찍 들어와. 아빠보다 늦지 않게."

"응."

오늘도 아빠는 어제처럼 일찍 들어올 것이다. 아빠로선 아직다 듣지 않은 말이 있었다. 아니, 아빠 성격에 기어코 들어야 할얘기가 있는 것이었다.

"잘하고. 늘."

"응."

나는 지금이라도 늦지 않으니 엄마가 내게 해야 할 말을 하라는 뜻으로 가만히 엄마의 얼굴을 바라보았다.

"왜 그래? 안 나가고."

"엄마."

"왜?"

"말해도 돼."

"뭘?"

"아무 말이나 엄마가 나한테 하고 싶은 말 다."

차마 내 입으로 그 여자 얘기라고 말할 수가 없었다.

"내 걱정 말고 네 걱정이나 해."

그러면서 엄마는 다시 내 머플러를 만졌다.

"엄마."

"왜?"

"나, 그 여자 죽여버리고 싶어."

그러나 그 말은 그 여자에 대한 어떤 전의에서라기보다 이제 엄마가 무슨 말을 해도 들을 준비가 되었다는 뜻으로 한 말이었다. 지난번에도 엄마는 내게 감추는 데까지 감추다 그 얘기를 했다.

"누굴?"

엄마도 놀라는 얼굴이었다.

"이모네……."

"왜? 너한테 또 무슨 말이라도 했니?"

"아니. 나한테는 아니구."

"넌 그냥 있어. 이젠 그런 짓 못 할 테니까. 다시 그러면 그땐 내가 그냥 있지 않을 거고."

"미안해, 엄마. 아빠한테도."

"알면 됐어. 잘하고, 늘. 어디서든."

그게 집을 나올 때 들은 엄마의 마지막 말이었다.

그리고 저녁 일곱 시쯤 다시 집으로 돌아왔을 때 엄마가 없었다. 거실에 불도 꺼져 있었다. 그때만 해도 나는 엄마가 집을 나갔다는 생각을 하지 않았다. 아마 이모집에 갔거나 그 여자를 만나러 갔을 것이라고만 생각했다. 그래서 혼자 가만가만 집 안으로 들어와 거실의 불부터 켜고, 낮 동안 걷어놓았던 베란다의 버티컬을 치고, 다시 내 방으로 들어와 형광등의 스위치를 올렸다.

그리곤 바로 아빠한테서 전화가 걸려왔다. 내가 여보세요, 라는 말을 채 끝내기도 전에 아빠는 엄마부터 찾았다.

"지금 집에 없는데요."

"어디 갔는데?"

"모르겠어요. 나도 지금 막 오니까 없어요."

"뭐 하는 거야? 하루 종일 집을 비우고. 핸드폰도 안 받고."

아빠도 여러 번 전화를 걸었다는 얘기였다. 그런 아빠의 목소리에 더께로 앉은 짜증이 묻어났다.

"내가 그걸 어떻게 알아요?"

나도 같이 짜증을 냈다. 엄마는 가능한 한 일을 조용히 처리하려고 하고, 그러면 아빠라도 그냥 넘어가 주어야 하는데. 처음부터 아빠는 이 일을 모르고 있었다. 엄마는 시간이 지나면 저절로 알게 될 일이라고 했지만 그건 단지 기혁이 오빠네로 돈이 간 걸 두고 한 말일 것이다. 아빠 스스로도 다른 자리는 몰라도 물이 흘러 들어간 자리와 돈이 흘러 들어간 자리는 표시가 나는 법이라고 했다.

"이모집에 전화해 봐. 거기 말 맞추러 갔겠지."

아빠는 어젯밤 엄마가 말한 돈의 행방에 대해 처음부터 이건 아니다, 쪽으로 심증을 굳히고 있었다.

"바로 들어오라고 그래. 이모 데리고 오지 말고 엄마 혼자."

"알았어요."

"지금 바로. 아빠도 바로 들어갈 테니까."

"저녁은요?"

밖에서 하고 들어오라는 얘기였고, 엄마나 나나 그만큼 시간을 벌자는 얘기였다.

"저녁은 무슨."

아빠는 바로 전화를 끊었다.

그러고 보니 지난해 봄 이후 내가 먼저 이모집에 전화를 건 적이 없는 것 같았다. 전화번호는 잊지 않았지만 한 손으로 무선전화기를 잡고 엄지손가락으로 번호를 눌러가는 것이 전처럼 익숙하지 않았다. 걸기 싫은 전화를 억지로 거는 탓도 있겠지만 예전엔 전화번호의 숫자를 하나하나 떠올리며 번호를 눌렀던 것이 아니라 오히려 숫자 위를 움직이는 손가락 끝을 보고 전화번호를 따라 읽었을 정도였다.

"여보세요."

기혁이 오빠였다.

"나야. 윤희."

단지 이름만을 말하면서도 나는 이렇게 말하는 것이야말로 사무적인 목소리겠다 싶은 생각을 했다.

"어, 윤희구나. 네가 웬일로?"

오빠도 조금 놀라는 것 같았다.

"오빠야말로 왜 거기에 와 있어?"

"응. 퇴근하면서 바로 들렀거든."

나는 엄마가 그곳에서 기혁이 오빠를 부른 것이라고 생각했다. 돈은 그 여자에게 건넨 것이라 하더라도 그걸 받았다는 건 기혁이 오빠도 알고 있는 일일 것이다. 전에도 그 여자가 엄마에게 돈을 요구했을 때 기혁이 오빠는 죄송하다는 말을 했었다. 다시는 그런 일이 없을 것이라는 약속도 했었다.

"오랜만이라는 말 안 해?"

"그래. 오랜만이다."

"그 여자도 같이 왔어?"

"……."

"오빠하고 같이 사는 여자 말이야."

"아니. 혼자."

"우리 엄마 거기 있어?"

"아니. 안 오셨는데."

그렇다면 오빠를 부른 것도 엄마가 아니라 이모라는 얘기였다.

"그럼 이모 좀 바꿔봐."

오빠 귀엔 내 목소리가 찬바람처럼 씽씽거렸을 것이다.

"유, 윤희야."

"나 오빠한테는 볼일 없어. 이모 바꾸라니까."

나는 이모한테도 사무적인 목소리로 엄마가 거기에 왔었느냐고 물었다.

"아니. 오지 않았는데."

뭔가 내 예상이 빗나가고 있었다.

"집에 무슨 일 있냐?"

"아뇨."

"무슨 일인데?"

"그냥 엄마가 거기 갔나 해서요."

"아침에 전화만 했지 오지는 않았어."

"그럼 우리 엄마가 거기 오거나 다시 전화가 오면 얼른 집으로 들어오라고 말씀 좀 해주세요."

"그러긴 하겠지만, 무슨 일인지 말을 해야⋯⋯."

"그만 끊을게요."

오빠야 내가 왜 그러는지 알겠지만 이모는 알지 못하는 일이었다. 엄마도 이모에게 돈 얘기는 했어도 그 얘기는 하지 않았을 것이다. 전화를 끊고 나서 이모는 걔가 왜 그러는 거냐고 오빠에게 묻겠지만, 오빠도 모른다고밖엔 할 대답이 없을 것이다. 그리고는 더듬더듬 핑계를 대고 서둘러 이모를 피해 그 여자가 있는 집으로 돌아가고 말 것이다. 참으로 나쁜 여자였다. 분명 그 여자가 지난번처럼 다시 엄마를 협박했을 것이다.

아빠는 여덟 시쯤 집으로 돌아왔다. 그때까지도 엄마는 돌아오지 않았다. 아빠는 엄마가 어디로 간 것이냐고 물었지만 나야

말로 모른다고밖엔 할 대답이 없었다.

"어디 간다는 얘기도 안 하고?"

"예."

"언제 들어온다는 얘기도?"

"예."

"그놈의 돈이 문제구만."

그래. 아빠 말대로 돈이 문제였다. 돈 때문에 그 여자는 엄마를 협박했고, 엄마는 그 돈을 여자에게 주고 집을 나가 들어오지 못하고 있는 것이었다. 시간은 벌써 열한 시가 되어가고 있는데 엄마한테선 아무 연락도 없었다. 핸드폰도 꺼두고 있었다.

"이모는 뭐라더냐?"

내가 거실로 나오자 다시 아빠가 물었다.

"얘기했잖아요. 거기 안 왔다고."

"아니. 이모하고 얘기할 때 이모가 엄마한테 돈을 받은 것 같더냐구?"

"그걸 내가 어떻게 알아요?"

"그러니까 느낌에."

"그렇게 궁금하면 아빠가 직접 전화를 걸어 물어보면 되잖아요."

나도 모르게 다시 아빠한테 왈칵 짜증을 냈다. 다른 건 몰라도 그 말만은 엄마가 이모한테 확실하게 말을 맞추어놓았을 것이다. 그러나 짜증을 내면서도 한편으로는 아빠가 정말 이모집에 전화를 걸까봐 불안해지기 시작했다. 정말 돈이 아까워서 그러는 게 아니라면 이쯤에서 아빠가 물러섰으면 좋겠는데, 아빠는 아까 물은 얘기를 몇 번이고 내게 다시 묻곤 했다. 그때마다 내 마음속에 자리 잡고 있는 불안도 함께 키를 세웠다. 모든 게 다 그 여자 때문이었다. 엄마가 왜 그 여자에게 돈을 주어야 했는지, 주지 않으면 안 되었던 일이 무엇인지, 무슨 일이 있어도 아빠만은 그것을 알아서는 안 되는 일이었다. 만약 그런다면 그때는 엄마가 아니라 내가 집을 나가야 하는 것이었다.

"너는 엄마가 밖에 나가 이 시간까지 들어오지 않는데 걱정도 안 되냐?"

"지금 아빠가 엄마 걱정하는 것도 아니잖아요. 엊그제부터 아빠 돈 걱정만 했지."

"임마, 그게 엄마 걱정 때문이지. 돈을 썼으면 그 돈을 어디에 썼는지는 알아야 아빠도 마음을 놓든 말든 하지."

나는 그게 무슨 엄마 걱정 때문이냐고 말하려다가 그냥 소파에서 일어나 내 방으로 들어왔다.

"정말 돌아버리겠네. 어디 가 있는지 전화도 안 받고……."

문 밖에서 아빠가 말했다.

다음 날에도 엄마는 집에 들어오지 않았다. 이모집에도 오지 않았다고 했다. 나는 학교를 가지 않았다. 전화는요? 하고 물었을 때 이모는 오늘은 전화도 없었고, 라고 말했다. 불안한 마음에 내가 먼저 이모에게 조심스럽게 돈 얘기를 꺼내보았다. 엄마가 혹시 그런 말을 하지 않더냐구.

"뭐, 하긴 하더라만⋯⋯."

그 얘기라면 이모도 거기에 대해 뭔가 서운한 게 있다는 말투였다. 일억 원이 어느 집 아이 이름인 것도 아니고, 이모로선 구경도 한 적이 없는 돈에 대해 어제 엄마가 전화를 걸어 단지 그런 부탁만 했다는 소리였다. 그러지 않으면 '뭐, 하긴 하더라만' 하는 식으로 대답할 수밖에 없는 일이었다.

"왜 그거 때문에 엄마 아빠가 싸우든?"

"아뇨. 그런 건 아니지만⋯⋯."

"그것 때문이라면 너도 그렇고 아빠보고도 걱정하지 마라고 해라. 그 돈 여기 왔으니까."

이어지는 말도 그랬다. 이모는 그 돈이 기혁이 오빠네로 갔다는 것도 모르고 있다는 얘기였다. 이모 손을 거쳐간 게 아니라 하더라도 최소한 거기에 간 걸 알기만 해도 돈을 받은 쪽 입장에서 그렇게 당당하게 말할 수 없는 것이었다. 이모는 은연중에 내게 너희 엄마가 그렇게 시키니 시키는 대로 말하긴 한다만 사실은 그 돈이 여기에 온 게 아니라는 걸 알아달라는 식으로 말했다. 아니, 그건 은연중도 아니었다. 아주 대놓고 노골적으로 알아달라는 식인데 그럴 땐 이모도 참 사람이 싫어지는 것이었다. 이번 일은 몰라서 그런다 쳐도 그동안 알게 모르게 엄마가 이모를 도운 것도 많았다. 학교 다닐 때 기혁이 오빠 학비만 해도 절반 이상은 엄마가 대주었다. 그리고 그때마다 엄마나 아빠뿐 아니라 내게 까지 황송해하던 사람이었다.

"이모."

나는 정색을 하고 이모를 불렀다.

"왜?"

"우리 아빠가 전화를 걸어도 그렇게 말하실 건가요?"

"응?"

"나는 이모가 그 돈 받지 않았다는 거 알아요."

"……."

"그렇지만 아빠가 전화를 할 땐 정말 받은 사람처럼 말 좀 하시라구요. 전에 기혁이 오빠 결혼할 때처럼요."

"그, 그래."

"지금 이모가 말하는 건 엄마한테 그런 돈 안 받았다고 오히려 광고하는 거잖아요. 오죽하면 엄마가 이모한테 그런 부탁을 했는지도 생각 좀 하구요."

"그래. 알았다."

그 말투도 어린 내게 그런 말을 듣는 게 고깝다는 식이었다. 나는 그런 이모의 얼굴 위에 다시 그 여자의 얼굴을 겹쳐놓았다.

이제 남은 건 아빠가 이모집에 엄마의 행방 때문이 아니라 돈의 행방 때문에 전화를 걸지 못하도록 설득하는 일이었다. 아빠는 회사에 바쁜 일이 있다면서도 거의 한 시간 간격으로 집으로 전화를 걸다 여섯 시쯤 퇴근해 들어왔다.

나는 아빠에게 엄마가 집을 나간 건 돈 때문이 아니라 자존심 때문일 거라고 말했다.

"전에 기혁이 오빠 결혼할 때 엄마가 왜 그랬겠어요? 무슨 일이 있을 때마다 늘 그래야 하는 게 아빠한테 미안하니까 그랬던 거지. 이번에도 이모가 이모부도 없이 혼자 산다고 큰 맘먹고 뭘 좀 했는데 아빠가 자꾸 뭐라니까 자존심도 상하고."

"내가 뭘 뭐라고 그래? 말을 하지 않으니 그랬던 거지."

"아빠가 그랬잖아요. 누구한테 준 거냐고도 묻지 않고 어떤 남자한테 준 거냐고."

"이모는 뭐래?"

"뭐라긴요. 내가 엄마 일에 대해 물어볼 때마다 쩔쩔매죠. 지금은 아빠가 들어온 줄 아니까 전화도 못 하고 있는 거지."

"그러면 처음부터 얘기를 하던가."

"아빠가 이러는데 어떻게 얘기를 해요? 얘기를 하라고 해서 얘기를 했는데도 못 믿는데."

"그러니까 처음부터 믿게 얘기를 해야지. 돈 일억이 누구 집 강아지 이름인 것도 아니고."

"지금이라도 전화를 하면 아빠가 돈 얘기를 하지 않더라도 이모가 그 돈 다시 가지고 올지도 몰라요. 그러면 엄마는 정말 집에 안 들어올 거고."

"들어오든 말든 맘대로 하라고 그래."

"그러면 나도 집 나가버리고 말 거라구요."

"저 계집애가."

버럭 소리를 질렀어도 그 다음엔 아빠도 어쩌지 못했다. 나는 어디 마음대로 해보란 듯 아빠 앞을 지나 내 방으로 들어왔다. 아빠는 밤늦도록 거실에서 서성이다가 안방으로 들어갔다. 내 앞에서는 그러지 않다가 틈틈히 엄마의 핸드폰으로 전화를 거는지 내 방 전화기의 사용중 불이 들어오곤 했다.

나는 모든 게 다 그 여자 때문에 일어나고 있는 일이라고 생각했다. 그러면서 언제가 책에서 본 아마존의 어느 독사 얘기를 떠올렸다. 그 독사는 자신이 한 번에 내뿜는 독만으로도 수십 명의 사람을 죽일 수 있을 만큼 무서운 독을 지니고 있다고 했다. 뭔가 이 집안을 향해 그 여자가 뿌리고 있는 독이 구석구석 스며들고 있는 듯한 기분이었다. 서서히, 그러나 그 느린 속도만큼이나 아주 치명적으로.

2
우리 마음속에 오래가는 상처들

나흘이 지났다.

내가 집을 나올 때, 윤희는 아직도 그때 그 일을 걱정하고 있는 듯했다. 아니, 어쩌면 이번 일도 그 일 때문이 아닌가 생각하고 있는 듯했다. 제가 먼저 밖으로 나가기 전 현관에 서서 엄마가 자기에게 하고 싶은 말이 있으면 다 하라고 해서, 내 걱정 말고 네 걱정이나 하라고 말해 주었다. 그때까지 나는 윤희가 그 일 때문에 그러는지 몰랐다. 지난밤 엄마 아빠가 돈 때문에 말다툼을 하자 그냥 엄마를 위로하기 위해 그러는 줄 알았는데, 느닷없이 윤희가 그 얘기를 한 것이었다.

나, 그 여자 죽여버리고 싶어.

그 말을 듣는 순간 정말 그 아이가 윤희에게 무슨 말을 했는가 싶어 내가 먼저 놀랐다. 너한테 무슨 말을 하더냐고 묻자 그런 것은 아니라고 했다. 아니, 나한테는 아니구. 윤희는 그렇게 말했다. 들을 땐 그렇다면 다행이다 싶어 미처 그 말의 속뜻까지 생각하지 못했는데, 집을 나오며 생각하니 자기에겐 아니지만 엄마에게 그러지 않았냐는 얘기였던 것이다. 그때 윤희의 얼굴이 그랬다. 이젠 그런 짓 못 할 테고, 다시 그러면 그땐 내가 가만히 있지 않을 거라고 했지만 거기에 대해 이번 돈 문제는 그 일 때문이 아니라는 걸 윤희가 안심할 수 있도록 확실하게 말해 주지 못한 것이었다.

집을 나와 있는 동안 다른 일은 걱정되지 않는데, 자꾸 그 일이 마음에 걸렸다. 나흘 만에 윤희의 핸드폰으로 전화를 한 것도 바로 그래서였다. 내 목소리를 듣자 윤희는 첫마디에 울먹이기부터 했다.

"엄마……."

어디냐고 묻자 집이라고 했다.

"울지 말고. 오늘 학교 안 갔니?"

"응, 어제 방학했어. 시험 다 끝나고."

그러면서 윤희는, 엄마는 지금 어디에 있느냐고 물었다.

"그냥 시골에 와 있어."

"외가?"

다시 윤희가 물었다.

"아니. 그냥 그렇게만 알고 있어. 자꾸 알려고 하지 말고."

"그럼 엄마는 내가 나가 있으면 어디 있느냐고 안 물어?"

"묻지. 묻지만 지금은 엄마가 말을 할 수 없어서 그래."

"그런데 왜 안 들어와, 엄마?"

"엄마 혼자 생각할 게 있어서 그래. 그러니까 너도 그냥 그렇게만 알고 있어."

"엄마."

"왜?"

"그 여자 때문에 그러는 거야?"

이번에도 윤희가 먼저 그 말을 꺼냈다.

"아니. 너한테도 전화 안 할까 하다가 그래서 했어. 엄마 집 나온 거 그 일 때문이 아니니까 너 걱정하지 말라구. 기혁이 처 때문에 그러는 거 아니니까."

"정말이야, 엄마?"

"그래."

"그런데 왜 안 들어와?"

"그냥 그럴 일이 있어서 그래. 네가 모르는 일이."

"아빠 때문에?"

"아니."

"그럼 왜?"

"묻지 마. 너도 지금은."

"정말 그 일 때문인 거 아니지? 그 여자가 엄마한테 전화해서 돈 갖다준 거……."

"아니니 걱정하지 말라니까. 너 그거 걱정할까봐 엄마가 전화한 거니까."

"그럼 언제 와? 엄마."

"몰라, 그건 엄마도……."

"엄마가 모르면 어떡해? 나도 기다리고 아빠도 기다리는데. 엄마가 없으니까 집이 텅 빈 것 같아. 그러니까 나도 그렇고, 아빠도 저녁에 들어올 때 기운이 하나도 없고. 밤에 혼자 주방에 나가 새벽까지 술도 마시고."

"다른 얘기는 안 하고?"

"왜 안 해. 너는 엄마가 어디로 간 것 같냐고 묻기도 하고, 왜 그러는 것 같냐고 묻기도 하고. 나는 엄마가 그 일 때문에 나간 줄 알고 아무 말도 하지 못하고. 그러니까 아빠는 내가 알면서 말을 안 하는 줄 알고 자꾸 묻고."

"그 일 때문이면 엄마가 더 네 옆에 있어야지 왜 나와?"

"정말이지, 엄마?"

"생각해 봐. 너도 그런지 안 그런지."

"그런데도 어제 이모까지 왔다 가니까 더 그런 생각이 들었어."

그 얘기는 어젯밤 전화로 들었다. 윤희하고는 통화를 하지 않았어도, 먼저 해두고 온 얘기가 있어 언니하고는 매일 통화를 했다. 여관에서 밤늦게 전화를 걸자 언니도 지금은 어디 있냐고 묻고, 저녁에 집에 갔다 왔다는 말을 했다. 돈 얘기도 다시 한 번 단단히 단속해 두었다. 언니 말로는 강 서방이 돈 얘기는 꺼내지도 않더라고 했다. 알면서 말을 안 하는 건지, 몰라서 그냥 있는 건지 속을 알 수 있어야지. 그래서 언니가 먼저 내가 시키는 대로 돈 얘기를 꺼냈다고 했다. 돈 때문에 분란이 난 거라면 지금이라도 그 돈 도로 가져오겠다고. 그러자 남편은 그러면 그 사람 어디 있는지 내가 찾아내 데려올 때까지 아주 집에 안 들어올지 몰라요, 하더라고 했다. 이제까지 한 번도 이런 일이 없었다. 남편 몰래 집을 나가거나, 얘기를 하고 나오더라도 밖에서 혼자 잠을 자고 들어간 적이.

아마 그래서 남편이 더 놀랐던 것인지도 모른다. 젊은 날 그보다 더한 일이 있을 때에도 한 번 그러지 않던 여자가 왜 이러나 하는 생각도 했을 테고, 정말 집에 안 들어오려고 이러나 하는 생각도 했을 것이다. 그러면서 돈 때문에 다투던 날 자신이 너무 심했던 것은 아닐까 하는 생각도 했을 것이다. 남편은 그런 사람이었다. 애초 이 일의 사단이 된 돈 얘기를 자기가 먼저 언니에게 하고 싶어도 하지 못하는 것도 남편의 그런 성격 때문일 것이었다. 엄마도 돌아가시기 전에 남편에 대해 당신의 사위라서가 아니라 세상에 그만큼 잘 참고 또 그만큼 어진 사람도 없을 것이라고 했다. 언니도 이제 그만 좀 애를 태우고 들어가라고 했다.

"윤희야."

"응."

"너는 엄마 믿지?"

"응."

"그럼 아직은 아빠한테 엄마가 전화했다는 말하지 마. 시골에 있다는 말도 하지 말고."

"엄마 지금 외가에 가 있는 건 아니지만 외가가 있는 시골에 가 있는 거지? 엄마 고향에."

"아니야."

"그럼 왜 시골에 있다고 말하지 말라고 그래?"

"그냥 엄마가 어디서든 전화했다고 말하지 말라구."

"걱정하잖아, 아빠가. 잠도 못 자고."

"그래도 엄마가 하지 말라고 할 때까지는 하지 마."

"언제 올 건데?"

"좀 있다가."

"좀 언제?"

"그냥 좀……."

"오늘도 아빠가 묻는단 말이야."

"물어도 아직은 말하지 마."

"꼭 그래야 해?"

"그래. 엄마가 널 이해하는 것만큼 너도 엄마를 이해하면. 말하면 아빠가 엄마 찾으러 다닐 거잖아. 내일부터 회사도 안 나가고."

"엄마, 지금 엄마 고향에 가 있는 거 맞지? 그러니까 아빠한테 말하지 말라는 거고."

"아니라니까."

"알아 나는. 엄마가 그렇게 말해도. 그렇지만 엄마를 믿고 말하지 않을게. 대신 나한테는 매일 전화할 거지?"

"그래."

"나도 엄마가 나를 믿는 것처럼 엄마를 믿어. 언제나 엄마가 내 편인 것도 믿고, 그 여자 때문에, 아니 이제 엄마한테 그렇게 말하지 않을게. 기혁이 오빠네 언니 때문에 그러는 게 아니라는 것도 이제 믿고."

"그래. 그러라고 전화한 거야. 너 걱정하지 말라고."

"고마워, 엄마. 그리고 아빠 때문에 그러는 게 아니라는 것도 믿고. 엄마가 금방 돌아올 거라는 것도 믿어."

"그래."

"돌아오면 아빠한테는 말할 수 없는 얘기도 나한테는 다 말할 수 있었으면 좋겠어. 내가 엄마 딸이어서가 아니라, 엄마는 알지? 내가 왜 이런 말하는지."

그럴 땐 윤희의 목소리가 너무도 은밀하여 어떤 물기까지 촉촉하게 묻어나는 듯한 느낌이었다. 그래. 스물세 살 먹은 딸아이가 마흔여섯 살 된 엄마한테 서로 가장 깊은 비밀을 나누어 간직한 사이처럼 은밀한 목소리로 엄마는 알지? 하고 말할 수 있는 일이 예전에 우리에게 있었던 것이다. 다른 집 아이가 다른 상황에서 자기 엄마에게 엄마는 알지? 하고 묻는 것과 지금 이 상황에서 윤희가 엄마는 알지? 하고 묻는 것은 같은 말이라도 그 의미가 다른 것이었다. 이어 윤희가 말한 '내가 왜 이런 말하는지'가 바로 예전의 그 일인 것이었다.

"그래. 엄마도 알아."

"엄마."

"응."

"나는 엄마가 내가 말할 때마다 그래, 라고 말하는 게 참 좋아."

"그래. 이제 그만 끊자."

"그럼 엄마 내일 꼭 전화해야 해."

엄마가 밖에 나가 있는 것이 걱정스럽긴 하겠지만, 전화를 끊을 때쯤 윤희의 목소리도 한결 밝아진 듯했다. 그만큼 그 일로 며칠 동안 마음고생을 했다는 얘기일 것이다. 심성이 여리기도 하지만 여린 아이가 아니라 하더라도 누구나 그런 일을 당하면 그랬을 것이다.

처음 그런 일이 일어난 것은 윤희가 고등학교 삼 학년 때의 일이었다. 수능 시험을 두 달쯤 남겨두었을 때 아이의 태도가 갑자기 이상해졌다. 통 아침을 먹으려고 하지 않고, 저녁에 집에 돌아와서도 식탁에 앉아 있거나 제 방에 앉아 있는 동안 해쓱하고도 멍한 얼굴로 한숨만 푹푹 내쉬는 것이었다. 공부를 잘하는 아이는 아니었다. 그래서 얼마 남지 않은 시험에 대한 부담 때문에 그러나 싶어 다른 때보다 더 많은 신경을 썼다. 공부에 대한 부담도 가능한 한 주지 않으려고 했다. 아이 아빠도 나도 윤희의 그 부분에 대해서는 일찍 기대를 접고 있었다. 아이 아빠도 예전에 그랬다고 했고, 나 역시도 집안 형편상 긴 공부를 할 수 없는 처지 속에 학교 성적이 그만했던 것이다.

전에도 남편은 가끔 그런 말을 했었다. 오래 산 건 아니지만 그래도 사십 년 넘게 살다 보니 세상 어느 일이나 그 일에 맞는 사람이 따로 있는 것 같더라고. 그 따로 있는 일의 제일 앞자리에 남편은 언제나 공부와 운동과 노래를 놓고, 제일 끝자리에 돈을 버는 일을 놓았다.

"봐. 공부도 아무나 한다고 되는 게 아니잖아. 고등학교 때 보니 그렇더라구. 열심히 해서 잘하는 아이들도 있지만 열심히 안 하고도 잘하는 아이가 있더라구. 그러다 그 아이가 어느 날부터 열심히 하기 시작하니까 그건 아무도 따라잡지 못하더라구."

"당신은요?"

"나도 당신처럼 그때 집안 형편이 열심히 할 처지도 아니었고, 열심히 한다고 되는 쪽도 아니었지 뭐."

"운동은 잘했다면서요?"

"그것도 학교에서나 잘했던 거지 소문나게 잘했던 것도 없으니 그 길로 나가지 못했던 거지."

노래에 대해서는 더 말할 것도 없는 것이, 바로 남편 같은 사람을 음치라고 부르면 틀리지 않을 것이다. 그래서 남편은 이 세상에서 제일 부러운 사람은 예전의 어떤 친구처럼 공부로 성공한 사람이 아니라 어느 자리에 가서나 자기가 부르고 싶은 노래 한두 곡쯤 남의 웃음거리가 되지 않을 정도로 부를 수 있는 사람이라고 했다. 그게 뭐 크게 부러운 일이냐고 묻자 남편은 이렇게 말했다.

"당신은 몰라서 그렇지 노래를 잘 못 부르는 사람들한텐 돌아가며 노래를 부르는 자리보다 더 곤혹스러운 자리가 없거든. 시험이나 공부는 학교 다닐 때로 끝나지만 그건 어느 자리에서나 평생 가는 거니까."

그리고 두 번째로 부러운 사람이, 예전 자신은 전혀 그러지 못했지만 공부를 잘하는 아이를 둔 부모라고 말했다.

"그렇지만 그것도 아이가 학교를 다니는 동안의 기쁨이고 자랑일 거야. 그 다음은 고시를 패스하거나 계속 공부를 해서 학자가 되거나 하는 식으로 아주 뛰어나게 공부를 잘하는 아이들 몇을 빼곤 다들 앞으로 어떻게 될지 모르는 일이니까. 그게 또 인생이고."

그런 말로 위로를 받자는 것이 아니라 실제로도 남편의 생각은 그랬다. 이 세상에서 오직 공부로만 성공한 사람은 전체의 1퍼센트도 채 되지 않을 거라며, 그러니 우리도 예전에 우리가 했던 것 이상으로 그쪽에 대해선 윤희에게 무얼 기대하지 말자고 했다. 사실 그건 윤희의 초등학교 시절부터 윤희가 없는 자리에서 반은 농담처럼 또 반은 그 농담 속의 체념처럼 남편이 해온 말이었다.

"그럼 돈 버는 일은 왜 제일 끝자리에 놓는데요?"

"그건 그 일에 꼭 맞는 사람이 따로 있는 것 같지 않더라구. 살아오면서 보니 기본 바탕이 있는 게 아니면 순전히 운이지, 그 일에 적성이 맞아 더 벌고 못 벌고 하는 것도 아니고."

"그거야 당신이 벌 만큼 벌었다고 생각하니 하는 얘기지요. 공부 잘하는 사람들 공부에 대해 그렇게 생각하잖아요. 공부에 따로 맞는 사람이 있는 게 아니라 누구나 열심히 하면 잘할 수 있다고."

"그거하고는 다르지. 나를 봐도 그렇고 친구들을 봐도 그렇고. 돈을 버는 일도 공부나 노래처럼 그 일에 맞는 사람이 따로 있다면 중간에 망하지 않고 계속 벌기만 해야 하는데 끝까지 그렇게 가는 경우는 드물거든. 또 공부나 노래는 지금까지 못하다가 어느 날 갑자기 운이 좋아져 잘할 수 있는 게 아니지만 돈 버는 일은 그렇지 않잖아. 끼니 걱정을 하다가도 어느 날 갑자기 운이 트여 달라질 수도 있는 거고. 멀리 갈 게 어디 있어? 당장 당신 옆에 앉아 있는 나를 봐도 그렇지. 그게 당신 운이든 내 운이든."

자신의 일에 대해 그런 생각을 하듯 당장 코앞에 수능시험을 두고 있는 윤희의 일에 대해서도 나보다 편한 사람이 남편이었다. 그리고 나도 다른 엄마들처럼 아이의 성적을 가지고 안달복

달하는 성격이 아니었다. 오래전 윤희와는 다섯 살 터울의 둘째 아이를 잃은 다음, 그리고는 다시 아이를 가질 수 없게 된 다음, 앞으로 윤희를 키우는 일에 대한 내 생각도 많이 바뀌었다. 우선은 몸도 마음도 건강하게 자라주었으면 하는 것과, 유치원에 갔던 둘째 아이가 집으로 돌아오는 길에 길바닥에 앉아 모래 장난을 하며 놀다가 후진하는 자동차에 사고를 당한 것 같은 그런 어처구니없고 느닷없는 사고로부터 이 아이만은 안전했으면 하는 것과, 또 이런 말을 하면 어떤 여자들은 그것조차 여자들 스스로에게 족쇄를 채우는 근대적인 생각이라 할지 모르지만 이 아이가 자라는 동안 한순간의 그릇된 생각이나 유혹에 빠져 여자로서 회복하기 힘든 삶의 상처 없이 커주었으면 하는 것뿐이다.

그렇다고 순결 지상주의를 말하는 것은 아니다. 나도 연애의 아름다움과 그것의 마음 시린 안타까움을 충분히 아는 사람이다. 그래서 적당한 선에서 즐길 만큼 즐기다 시집을 잘 갔으면 좋겠다는 것이 아니라 그 일로 살아가는 내내 그 아이의 삶에 회복할 수 없는 어떤 깊은 그늘 같은 것이 없었으면 좋겠다는 얘기다. 나로서는 어느 엄마나 기본적으로 갖게 되는 지극히 소박한 바람이라고 생각했는데, 그 말을 들은 누군가는 또 이렇게 말했다. 이 세상에 아이의 장래에 대해 갖게 되는 그런 소박한 소망만큼, 부모 마음대로 이룰 수도 없고 이루어지지도 않는 큰 욕심은 또 어디에 있겠느냐고.

아이에 대한 얘기를 하다가 잠시 그런 얘기까지 하게 되었는데, 어쩌면 윤희의 공부에 대해 남편이나 내가 시작부터 편하게 바라볼 수 있었던 것도 예전 그 시절 우리의 모습에서가 아니라, 또 그런 우리 둘의 아이가 같은 나이 때의 우리보다 나으면 또 얼마나 나을까 하는 유전적이거나 경험적인 생각에서가 아니라, 윤희가 열한 살 때인 십이 년 전, 여섯 살 된 둘째 아이를 창졸간에 잃으며 갖게 된 생각인지도 모른다.

그 일이 아니더라도 그때 초등학교를 다니던 윤희의 성적은 어느 학년 어느 교실에서나 늘 중간 정도의 자리였다. 그러니까 아이의 공부에 대한 욕심을 버렸다기보다는 아이의 능력 그대로를 받아들이기로 했다는 뜻이 더 정확할지 모르겠다. 중학교 때에도 그랬고, 고등학교 일이 학년 때에도 그랬다. 우리가 좀 더 안달복달하며 아이를 볶거나 조르면 조금 더 올라갈 수 있었을지 모르지만 그것도 어느 정도 선까지일 뿐이지 부모 마음의 욕심만큼은 아니었을 것이다. 그래서 때로는 아이가 먼저 엄마 아빠는 왜 나보고 공부하라고 말하지 않아? 라고 말할 때가 있었다. 그런 학교 성적과는 관계 없이 이학기 초까지는 그렇게까지 지쳐 보이지 않더니 얼마 전부터 갑자기 아이가 멍하니 넋을 놓을 때가 많았다.

"피곤하면 그만하고 자. 내일 일찍 일어나고."

아이의 방에 간식을 들이거나 과일을 깎아 들어갈 때에도 시험이 얼마 남지 않았다는 걸 알면서도 이왕 하기로 작정한 공부 열심히 하라는 말보다 그런 말을 더 많이 했다. 일이 학년 때부터 다니던 학원 공부 말고도 삼 학년이 되어 스스로 원해 받던 몇몇 과목의 과외를 다시 자기가 싫어 그만둔 것도 바로 그 무렵의 일이었다. 책상에 늘 책을 펴놓고 있어도 한 손으론 턱에 괴고 또 한 손으론 거꾸로 연필을 잡은 채 초점 잃은 눈으로 멍하니 앉아 제 방에 사람이 문을 열고 들어오는지 나가는지도 모르고 한숨만 내쉬곤 했다.

"너 무슨 고민 있니?"

물으면 아니라고 했고, 다시 물으면 코앞에 다가온 시험 때문이라고 했다. 그러면 이제까지 오히려 내가 아이에게 못할 짓을 한 것 같아 마음이 아프곤 했다. 능력이 되든 안 되든 이런 때를 위해서라도 아이를 다잡아줬어야 했는데 그러지 못했던 것이다. 며칠 전보다 얼굴만 더 핼쑥해졌다. 내가 할 수 있는 위로란 시험에 대해 미리부터 겁을 먹지 말고 또 스트레스를 받지 말라는 말뿐이었다.

그러던 어느 날 저녁, 둘만 앉은 식탁에서 아이는 다시 젓가락으로 밥알을 세었다.

"먹기 싫어도 먹어야지."

"잘 안 먹혀."

"시험 너무 걱정하지 말라니까. 보는 대로 보는 거지."

"그래서 나 학교 못 가면?"

"괜찮아. 엄마도 못 가고 이만큼 살아. 아빠도."

"그때하고 지금하고 같아?"

"사람 사는 건 다 같지. 어느 시절이나. 성적 나오면 욕심 안 내고 성적에 맞는 학교에 가면 되고, 들어갈 학교가 아주 없는 것도 아닐 테고."

"엄마는 참 말 편하게 해. 세상 고민도 없이 사는 사람처럼. 아빠는 요즘 계속 늦지?"

"회사 일이 바쁘니까 그렇지. 한 숟가락을 먹더라도 제대로 먹으라니까."

"먹기 싫은 걸 어떻게 해? 먹는 것 가지고 나한테 뭐라고 그러지 마 자꾸."

"안 되겠다. 내일 토요일이니까 너 학교 갔다 오면 엄마하고 같이 한의원에라도 가봐야지. 어디가 안 좋아서 그런지 진맥도 하고 약도 좀 짓고."

"싫어!"

아이가 꽥, 하고 소리를 질러 내가 다 수저를 멈추었다. 애가 왜 이러나 싶어 쳐다보니 한순간 무엇엔가 하얗게 얼굴이 질린 듯한 모습이었다. 수시로 한약을 안 먹었던 아이도 아니었다.

"윤희야."

"나, 안 가."

그때도 아이의 얼굴은 풀어지지 않았다. 그러다 뒤늦게 그런 자기의 모습을 의식했는지 금세 당황하여 얼굴이 붉어지기 시작했다. 스스로도 그런 태도에 놀랐다는 뜻이었다.

"윤희야. 너 왜 그래?"

"나, 안 갈 거라구. 거기……"

이번엔 풀이 다 죽어가는 목소리였다. 그러면서 아이는 젓가락을 놓고 식탁에서 일어섰다. 의자가 기우뚱하게 뒤로 밀리면서 아이의 옷자락이 등받이에 걸렸다. 아이는 손으로 옷자락을 걷어내고 주방을 나갔다. 그때도 나는 시험에 대한 스트레스만 생각했다. 얼마 전 신문에서도 그런 기사를 보았다. 하루하루 시험이 다가온다는 중압감에 식욕 부진과 스트레스성 두통은 기본이고, 교실에서 갑자기 소리를 지르거나 쓰러지는 아이들도 있으며, 전에 없는 행동을 하기도 하고, 때로는 아무 일도 아닌 것에, 특히 자신에 대한 가족의 지나친 관심에 부담을 느껴 공격적인 성격으로 변하기도 한다고 했다. 그럴수록 안정을 취해야 하므로, 수험생을 둔 가족들도 한 사람에게만 너무 호들갑스러운 관심을 보이기보다는 평상시처럼 무심하게 대하는 것이 오히려 도움이 될 거라고 했다.

그래서 아이 스스로 어쩔 줄 몰라하는 얼굴로 제 방 쪽으로 가는 걸, 신문에서 본 것처럼 뒤늦게라도 무심한 척 바라보기만 했는데, 저녁을 준비할 때 아이가 주방에 잠시 나와 했던 말이 이내 마음에 걸리는 것이었다. 그때도 아이는 오늘 아빠가 늦게 들어오느냐고 물었고, 그렇다고 하자 몇 시쯤 들어오느냐고 물었다.

"아빠가 일부러 전화해 늦는다면 열두 시가 넘는 거지."

그러자 아이는 해쓱한 가운데서도 그러면 무슨 말인가 자기가 엄마에게 하기 편한 분위기가 되었다는 듯 조금은 풀어진 얼굴을 했다. 먼저 그것을 물을 때에도 마치 아빠가 늦게 들어오길 바라면서 묻는 것처럼 어딘지 모르게 조심스러운 태도를 보였다. 그러다 둘이 앉아 저녁을 먹으면서 다시 아빠의 늦은 귀가에 대해 물었고, 그 말에 대한 대답과 함께 밥 얘기를 하고 한의원 얘기를 하지 않았다면 아까 주방에 와서 했던 얘기를 다시 꺼내려고 했던 것인지도 모른다. 내 속으로 낳아 열아홉 살이 되도록 키운 딸이었다. 어떤 유행가의 가사대로 작은 눈빛 하나로도 그 아이의 속을 짚을 수 있었다.

"엄마."

"왜?"

"나, 옷이 하나도 없어."

"없긴 왜 없어? 느 또래에 너처럼 옷 많은 애가 어디 있어서."

"다 작년 거잖아. 지금 입을 옷이 없다는 거지."

"그거야 해마다 작년 거지. 철 돌아오면 누구나 작년 옷 올해도 입는 거고."

"사고 싶은 게 있단 말이야. 용돈도 엄마는 얼마 안 주잖아."

"안 주긴 왜 안 줘? 아직 학생이니까 그만큼만 주는 거지."

"다른 애들은 나보다 훨씬 더 많이 받는단 말이야. 엄마가 몰라서 그렇지, 우리 반에 이십만 원 넘게 받는 애들도 많아. 그래서 자기가 사고 싶은 거 자기가 마음대로 사고."

"대신 너는 말하면 엄마가 다 사주잖아."

"이번엔 나 혼자 나가 사면 안 돼? 엄마하고 같이 안 가고 친구들하고 같이."

"뭘 보고 왔는데?"

"이십만 원짜린데 엄마는 말해도 몰라. 나, 공부하는 데 책도 사야 하고. 다른 거 사고 싶은 것도 있고."

"다른 거 뭐?"

"말하면 엄마는 다 확인하잖아. 나 마음잡고 시험 잘 보라고 다른 애들처럼 그냥 주면 안 돼? 그거 가지고 바람도 쐬고……. 나도 한번 다른 애들처럼 내가 사고 싶은 거 그냥 말 안 하고 사고 싶단 말이야. 친구들하고 같이."

"안 돼, 아직은. 엄마는 너희들 이곳저곳 휩쓸려다니는 거 좋아하지 않아. 밖에서 봐도 좋아 보이지 않고."

"엄마는 왜 뭐든지 엄마 마음대로야? 내가 그 돈 나쁜 데 쓴다는 것도 아닌데."

"대학 가거든 네 마음대로 해. 그땐 엄마도 지금처럼 확인 안 할 테니까."

"그러다 못 가면?"

"못 가도 네 마음대로 하고. 학교 졸업한 다음에."

"몇 달밖에 안 남았잖아. 그냥 주면 안 돼?"

"안 돼."

"나는 엄마가 이럴 때마다 미치겠어. 시험이고 뭐고 그냥 확 집을 나가버리고 싶다구."

그러면서 아이는 제 방으로 갔다가 저녁을 먹으라고 하자 다시 처음처럼 다소곳이 주방으로 나와 밥알을 세며 아빠의 귀가 시간에 대해서 물었던 것이다. 처음엔 저도 공부를 하느라 힘든데 기분 전환도 시킬 겸 다시 얘기하면 그렇게 해줄까도 생각했었다. 그러다 바로 밥 얘기가 나오고 한의원 얘기가 나오자 하얗게 질린 얼굴을 하던 게 먼저 했던 얘기에서까지 뭔가 미심쩍은 부분이 새로 잡힌 것이었다. 말은 어디서 미리 보고 온 옷을 사고 싶다고 했지만, 옷이 욕심이 아니라 어디에 쓰든 말하지 않아도 될 돈 이십만 원이 필요하다는 얘기였다. 그리고 한의원 얘기에 저도 모르게 얼굴이 하얗게 질려 싫어! 하고 소리부터 질렀던 것이다. 거기까지 생각이 미치자 내 얼굴이 하얗게 질리며 핏기가 가셔지는 듯한 기분이었다. 아빠 얘기를 두 번씩이나 물었던 것도 다른 뜻이 아닌 것 같았다. 게다가 보름쯤 전부터 갑자기 변한 아이의 행동이 모든 정황을 말하고 있는 듯했다.

"윤희야."

아이는 방문을 걸고 있었다. 주방에서 아이의 방으로 오기 전 열 번이고 스무 번이고 내가 냉정해야 한다고 마음을 다져 먹었다. 만약 그 미심쩍은 의혹이 사실이라면 그 다음부터는 말 한 마디 한 마디를 어떻게 하는 것이, 또 그 다음의 행동과 나중 일을 어떻게 하는 것이 내 기분에 따라서가 아니라 처음부터 끝까지 아이를 위해 이 상황을 슬기롭게 풀어나가는 것인지만을 생각하자고 다시 열 번이고 스무 번이고 마음을 다져 먹었다.

남의 일인 줄로만 알았는데 믿는 도끼에 발등 찍히듯 내 일이 되고 말았다는 식의, 아이에 대한 실망이나 분노 같은 것도 어떤 일이 있어도 작은 눈빛 하나 겉으로 내색하지 말고 내 마음속에서만 다스리자고 했다. 속으로는 냉정해지되 겉으로는 아이에게 따뜻해지자고 했다. 아니, 진정 마음으로까지 아이에게 한없이 따뜻해져 그 상처까지 따뜻하게 감싸자고 생각했다.

처음 문이 걸린 걸 확인하는 순간, 그래서 밖에서 잡은 손잡이가 탁상시계 바늘의 일 초만큼만 돌아가고선 완강하게 손목의 힘을 거부할 땐 내 안의 모든 것이 다 밑으로 쑥 빠지듯 달아나는 기분이었다. 그러면서 머릿속은 아까 하얗게 질려 있던 윤희의 얼굴 말고는 모든 것이 다 한순간 증발해 버리고 마는 듯한 기분이었다. 그렇게 돌아가지 않는 손잡이를 잡고 다시 세 번 생각했고 세 번 숨을 쉬었다.

"윤희야."

두 번째 아이의 이름을 부를 땐 지금 내 목소리가 평소와 다름없는 내 목소리인지 아닌지를 생각했다. 그리고 다시 두 번 생각하고 두 번 숨을 쉬었다.

"윤희야. 문 열어야지."

그래도 아이는 문을 열지 않았다.

"그래야 엄마가 얘기하지."

아이는 다시 다섯 번도 더 숨을 쉰 다음에야 문을 열었다. 문을 열고는 그대로 책상에 가 앉았다. 잠시 전엔 마치 내 심장을 향해 겨누어진 총부리에서 나는 것과도 같은 짧은 금속성과 함께 이내 내 손목의 힘을 거부하던 그것의 완강하고도 차가운 촉감에서 무엇을 확인했다면, 이번엔 턱밑까지 흘러 얼굴 전체로 번진 아이의 눈물이 모든 것을 다 말해 주고 있었다. 나는 다시 두 번 생각하고 두 번 숨을 쉬었다. 아이에 대한 실망이나 분노 같은 감정은 이미 문고리를 잡는 순간 바로 문 밖에 떨어뜨리고 방으로 가지고 들어가지 않았다. 나는 책상 앞에 앉은 아이의 뒤로 다가가 두 손으로 아이의 얼굴을 뺨부터 턱밑까지 쓰다듬었다. 그리고 손을 떼어 다시 눈언저리로 가져가 손바닥으로 누르듯 눈물을 닦아주었다. 냉정하자고, 거듭 냉정하자고 생각하면서도 아이의 눈물을 닦을 때 내 손바닥에 묻어나는 양만큼 내 눈에서도 눈물이 흘렀다.

"윤희야."

저절로 목이 메었다.

아이는 대답하지 않았다.

"엄마한테 얘기하지 그랬어. 마음 힘들게 혼자 앓지 말고……."

아이는 내게 얼굴을 맡긴 채 다시 흐느꼈다. 모은 손가락 사이로 아이의 눈물이 흘러 배었다. 아이의 얼굴과 내 손이 함께 뜨거워지고 있었다. 이래서 뜨겁다는 거구나, 이래서. 그걸 내 손과 마주 댄 아이의 얼굴에서 확인하고 있는 것이었다.

"그래. 얘기할 수 없었다는 거 알아. 엄마도, 엄마도 그랬을 테니까."

아이는 울기만 했다. 어깨가 가느다랗게 오르내렸다. 얼굴에서 손을 놓고 가만히 그것을 어루만지듯 어깨에 손을 얹었다.

"윤희야."

이번엔 아이가 얼굴로 손을 가져갔다.

"그래. 오늘 아빠는 늦어. 우리가 무슨 말을 해도 몰라. 아빠뿐 아니라 이 세상 사람 다. 윤희하고 엄마만 알고 있는 거야. 지금도 그렇고, 앞으로도 그렇고…… 윤희야."

다시 아이의 이름을 부르며 얼굴에 올린 아이의 손을 잡았다. 손등을 어루만지듯 잡자 제 얼굴의 눈물을 닦던 아이의 손도 함께 멈추었다. 멈춘 손에 가만히 힘을 넣었다. 그리고 말했다.

"죽고 싶었지? 어떻게 해야 하는지도 모르고……."

다시 아이의 손을 잡은 손에 힘을 넣자 아이도 가만히 엄마의 손을 잡아왔다.

"그래. 그냥 이렇게 있어. 오늘은 아빠도 늦게 오시고, 이 집에 엄마하고 윤희뿐이니까."

"……."

"이젠 대답해. 엄마가 부르면."

그리고 두 번 생각하고 두 번 숨을 쉬었다.

"윤희야."

"……엄마."

"우리 그냥 이렇게 얘기하자. 엄마는 괜찮지만 윤희는 아직 엄마 마주보고 싶지 않을 테니까. 그냥 이렇게 엄마 말 들어봐 윤희야. 대답하고 싶으면 대답하고 대답하기 싫으면 대답하지 않아도 돼. 엄마도 어떤 걸 어떻게 물어봐야 하는지 잘 몰라서 그러니까. 아까 엄마가 이 방으로 오기 전 그런 생각을 했어. 엄마가 이 방에 올까. 아니면 내일 아침 너를 깨우러 와서 아무것도 모르는 것처럼 윤희가 말한 이십만 원을 윤희 책상 위에 놓아둘까. 아니, 내일 아침에 와서 놓아두면 그보다 더 많이 놓아둬야겠지. 엄마는 윤희 열한 살 때 윤석이가 하늘나라로 간 다음엔 한 번도 임신을 해본 적이 없어서 지금 윤희에게 필요한 게 얼마만큼인지 잘 모르니까. 윤희 아홉 살 때 그리고 윤석이 네 살 때 엄마가 마지막으로 임신을 했거든. 그때는 윤희도 있고 윤석이도 있으니까 엄마가 수술을 했어. 결혼한 어른들도 그래. 낳지 않을 아이를 임신하면 마음이 그렇게 심란할 수가 없어. 아이를 지우는 수술을 하는 일도 그렇고. 또 부끄럽기도 하고. 그래서 다니던 저 앞 큰 병원에서 수술하지 않고, 이모하고 이모네 동네에 가서 수술을 했어. 이모집에서 하루 쉬면서. 작은 개인 병원이었는데, 수술을 하면서 다시는 임신을 하지 않는 수술도 하고. 그리고 이년 있다가 윤석이가 사고를 당했고. 윤희도 윤석이 얼굴 그대로 기억하고 있지?"

"……기억해."

"그런 다음 아빠가 다시 윤석이하고 똑같은 윤석이 동생을 낳았으면 했어. 그래서 다시 아이를 낳을 수 있게 수술을 했는데, 그건 저 앞 큰 병원에서 했어. 그런데 수술을 했는데도 엄마가 다시 아이를 가질 수 없게 된 거야. 다시 병원에 가니까 의사가 그랬어. 먼저 아이를 갖지 않는 수술을 할 때, 그 병원에서 나중에 어떻게 될지 모를 일을 깊이 생각하지 않고 그냥 아이를 갖지 않게 하는 것만 염두에 두고 수술을 해서 그런 건지 모르겠다고. 정말 그런 건지, 아니면 그때 엄마가 이제 더 아이를 낳을 수 없게 되어서 그런 건지는 아무도 모르는 일이야. 그렇지만 아주 아이를 가질 수 없게 되었다는 것을 알았을 때 엄마가 제일 처음 무슨 생각을 했는지 아니? 그때 그 수술을 할 때 그 병원에 가지 않고 큰 병원에서 했더라면 하는 것이었어. 그랬다면 윤석이하고 똑같은 윤석이 동생을 낳았을지도 모르는 일이고. 윤희야."

"……."

"네 방으로 올 때에도 그 생각을 했어. 그때 결혼하고 두 아이를 낳은 어른인 엄마도 늘 다니던 집 앞 병원에 가 의사한테 그 말을 하고 수술을 받는 게 부끄러워 이모네 동네에 갔다가 그런 일이 있었는데, 그냥 내일 아침에 여기 윤희 책상 위에 돈만 올려놓으면 윤희는 그 돈을 가지고 어떤 델 찾아가게 될까 하고. 전에 엄마가 그런 얘기도 들었거든. 병원도 아닌 데서 의사도 아닌 사람이 주사하고 간단한 수술 도구만 갖춰두고 몰래 찾아오는 아이들을 상대로 몰래 그런 수술을 해주는 데도 있다고. 만약 그런 데를 알면 윤희도 큰 병원보다는 당장 들어가기 편하고 남의 눈에 띄지 않는 그런 데를 찾아갈 것 같은 생각이 들었어. 그래서 만에 하나 우리 윤희가 나중에 지금 이 일보다 몇 백 배 더 불행하게 되면 어떻게 하나 하는 생각도 들고. 엄마가 지금 윤희 그런 걸 아는 것까지 알면 윤희 마음이 더 부끄럽고 더 죽고 싶은 마음이 들 거라는 걸 알면서도 그래서 엄마가 이 방으로 온 거야. 정말 어느 것이 엄마가 우리 윤희를 위한 일일까 하고."

아이도 이젠 울음을 그쳤다. 두 손도 뒤에서 아이를 안 듯 가슴 앞에서 나란히 포개듯 잡고 있었다. 내가 힘을 한 번 주면 아이도 엄마 손에 한 번 힘을 주는 식으로.

"윤희야."

"으, 엄마……."

"엄마가 우리 윤희를 위해서도 지금 잘못 온 거 아니지?"

"미안해, 엄마. 죄송하고……. 정말 나 죽어버리고 싶어. 그런 마음뿐이야."

"윤희야. 아무리 어려도 딸이 엄마한테 그런 말하면 안 되는 거야. 엄마가 내일 멀리, 저 앞에 있는 병원보다 더 큰 병원을 알아볼게. 그리고 아빠도 모르게 윤희를 데리고 가서 윤희하고 엄마만 알게 윤희를 다시 예전의 윤희처럼 해줄게.”

“그런데, 엄마. 왜 나 야단 안 쳐?”

“넌 엄마 딸이니까. 그리고 엄마가 야단을 안 쳐도 윤희가 윤희를 야단쳤을 테니까. 엄마는 이 일로 윤희 야단 안 쳐. 앞으로는 야단을 쳐도 이 일에 대해서는. 이제 돌아서서 엄마하고 얘기할 수 있을까?”

“그냥 이렇게 있고 싶어, 엄마. 아직은…….”

“그래. 아빠는 오늘 늦게 오셔. 지금은 여덟 시 반밖에 되지 않았고.”

일단 그렇게 아이를 달랬다. 아이가 다른 마음을 먹지 않도록 오직 달래는 일에만 열중하여, 아이와 얘기를 하는 동안엔 하늘이 무너지는 것 같은 느낌도 받지 않았다. 어떻게 수습하는 것이 지금 아이가 받고 있는 상처를 가장 줄이고, 또 앞으로도의 상처를 줄일 수 있을까만 생각했다. 가끔 이 상황이 지금 정말 우리가 처한 상황일까, 나와 아이는 실제 상황과는 전혀 관계없이 누군가 저녁참에 던져준 극본대로 연극을 하듯 이런 얘기를 주고받고 있는 것은 아닐까 하는 현실 속의 비현실감이 들기도 했다.

그러다 때로는 아까 주방에서 아이가 물었던 것처럼 남편의 늦은 귀가가 이 일의 수습을 위한 불행중의 다행처럼 여겨지곤 했다. 뒤에서 껴안듯 아이의 손을 잡으면서 이러다 밤이 오고 다시 아침이 오면 그땐 또 내 마음은 얼마나 허탈하고 쓸쓸해질까 하는 생각도 했다. 그래서 내 마음 안에 여러 가지로 한꺼번에 밀려드는 그런 생각들을 떨쳐버리기 위해서라도, 그리고 말을 한 다음 내가 한 그 말처럼 스스로 따뜻하면서도 대범하고, 또 씩씩해지기 위해 아이에게 오직 좋은 말만 하고 또 했다. 두려워하지 말라고. 이제 엄마가 알았으니까 앞으로의 일에 대해 조금도 두려워하지 않아도 된다고.

"윤희야."

"말해, 엄마."

"이제 엄마 나갈게. 안방에 가 있을 테니까 너도 나가서 세수하고 엄마하고 마주 앉아 얘기할 준비가 되면 엄마한테 와."

"엄마, 가지 마. 그냥 이렇게 말해. 엄마가 물으면 다 말할게. 지금 엄마가 가면 나 다시 무서워질 것 같아서 그래. 엄마도 무서워질 것 같고."

"윤희야. 엄마 무섭지 않아. 무섭게 하지도 않을 거고."

다시 오래 아이를 안고 있었다. 그러고 보니 아이가 초등학교를 졸업한 다음 이렇게 모녀가 뒤에서 껴안고 한곳을 바라보며 얘기를 한 적도 없는 것 같았다. 그래서 그 얘기도 했다. 이제 엄마하고 윤희가 한곳을 바라보며 서로에 대해 같은 생각을 하고 살아가자고.

그리고 다시 물었다. 그런 일이 언제 어떻게 있게 되었으며 상대는 누구였는지. 그때도 말했다. 네가 대답하고 싶으면 대답하고 대답하기 싫으면 대답하지 않아도 된다고. 처음 말했던 것처럼 엄마도 어떤 걸 어떻게 물어봐야 하는지 잘 몰라서 그런다고.

"아니야. 엄마. 다 말할게. 엄마가 물으면⋯⋯."

그래서 상대가 누구인지부터 물었다.

"나 여름방학 때 독서실에 다녔잖아. 일 학기 중간고사 때부터⋯⋯."

"그래."

"그 독서실에 나오던 오빠였어. 대학생이었는데, 공부를 하다가 모르는 걸 물으면 가르쳐주기고 하고 그랬어. 그 오빠는 영어 공부를 하러 나왔고. 그러다 친해졌는데, 우리 왜 지난 여름에 가족이 다 설악산 갔잖아. 이모네하고."

"그래."

"그때 거기 가기 전에 바로 그랬어. 나 그때 독서실 열심히 나가고 했을 때."

"윤희야."

"엄마가 어디서 그랬는지 물어봐도 되니?"

그 말을 묻기 전과 묻고 난 후에도 두 번 생각하고 두 번 숨을 쉬었다. 아이의 입에서 무슨 말이 나오든 이미 지나간 일, 아이를 위해서도 참자고 했다.

"하고 싶지 않으면 하지 않아도 돼."

그때에도 한 번 생각하고 한 번 숨을 깊게 숨을 쉬었다.

"아니, 할게. 엄마가 묻는 거 다. 독서실이 있는 데가 9층 건물인데, 독서실은 6층과 7층에 있었어. 그런데 오빠가 그 건물 꼭대기에 올라가 보자고 해서……."

"누가 올라올까봐 무섭지도 않았어?"

"옥상에 가니까 한쪽에 환풍구인지 아니면 다른 건지 이쪽하고 가려진 데가 있었어. 사람도 잘 올라오지 않고. 나도 그 오빠 따라서 처음 가봤어."

"그 학생이 처음이었니?"

아이는 대답 대신 고개를 끄덕였다.

"너도 좋아하는 학생이었어?"

"응……."

"그래. 그러니까 윤희가 따라갔겠지. 그 학생이 강제로 끌고 간 게 아니면……."

"그렇긴 한데, 거기서는 반강제로 그러고……."

"그럼 피하지도 못했어? 도로 내려오면 되는걸."

"거짓말이 아니라 어떻게 해야 할 줄 몰랐어. 그리고, 그

오빠가 그러는 건 무섭고 싫었는데, 그 오빠가 싫은 건 아니
었고……."

"그 오빠라는 학생 지금도 만나니?"

다시 생각 두 번, 숨을 크게 두 번.

"아니. 헤어졌어. 그 오빠 9월에 군에 갔어. 가기 전에 무슨 시
험을 준비한다고 독서실에 나왔던 거구."

"그럼 너 이렇게 된 거 몰라?"

"응."

"군에 간 다음 연락도 안 되고?"

망설이는듯 하다가 아이는 다시 고개를 끄덕였다.

"그래. 그러는 게 오히려 낫겠지. 아는 것보다 차라리 모르는
게……. 윤희야."

"말해, 엄마."

"그럼 이 일을 아는 건 이 세상에 엄마하고 윤희밖에 없어. 엄
마가 말하지 않을 거니까 아빠도 모를 거고, 그냥 군에 갔으니 그
오빠라는 학생도 모르고. 군에 간 거 말고 그 학생 연락처는 알고
있니?"

아이는 대답하지 않았다.

"그래. 알아도 말할 수가 없겠지. 말하고 싶지도 않을 테고. 엄
마가 연락이라도 하지 않을까 불안하기도 할 테고."

"아니. 그런 건 아닌데 미안해, 엄마. 엄마 묻는 거 다 말하려
고 했는데……."

"윤희야."

"이제 엄마한테도 말했으니까 잊어, 그 오빠라는 사람. 엄마
생각엔 그래. 네가 다시 만날 수 있는 사람도 아니고, 언젠가 그
사람이 휴가 나와 연락을 한다 해도 이제 네가 만나야 할 사람도
아니고."

"……."

"약속할 수 있니? 그쪽에서 연락이 와도 안 만날 거라고."

"그럴게."

"남자들은 그런다. 자기 때문에 네가 어떤 상처를 받았는지 그
런 건 생각하지도 않고 살다가 문득 지나가는 생각처럼 자기가
연락하고 싶어지면 다음 생각 없이 연락하고……."

"잊을 거야. 다…… 엄마 말대로."

그날 밤, 많은 이야기를 했으면서도 아이의 얼굴은 마주 보지
못했다. 다음 날 병원에 가는 약속만 하고 아이의 방에서 나왔
다. 내가 안방으로 들어간 다음에도 한참이 지나서야 아이가 자
기 방 쪽의 욕실로 가는 것 같았고, 오래도록 세수를 하는 것 같
았다. 그때가 열한 시 반이었다. 바로 잠자리에 들지는 않을 테
고, 그래도 다시 한 번 엄마를 보러 안방에 들르나 싶어 기다렸는

데 아이는 오지 않았다. 아무리 내가 많은 말을 하고 따뜻하게 감싸주었어도 아이에게 그럴 만큼의 마음의 평화나 용기 같은 것은 주지 못한 모양이었다.

병원엔 아이의 몸과 마찬가지로 내 몸속에 돌덩이를 넣고 지내는 것처럼 이틀을 지낸 다음 월요일 낮 시간에 갔다. 전날 아이에겐 당장 내일 가자고 했지만, 토요일이라 남편이 일찍 들어올지도 몰랐다. 아이는 아이 편에 담임선생님 앞으로 편지를 써 보내 일찍 조퇴를 시켰다.

병원에서도 아이를 수술실로 들여보낼 때 왠지 눈물이 나는 것 같았다. 아이도 잔뜩 겁을 먹고 있었다. 그러면서도 엄마 앞에 지은 마음속의 죄 때문인지 아픈 거냐고 묻지도 못하고 무서운 거냐고 묻지도 못했다. 챙이 넓고 긴 모자를 귀밑까지 쓰고, 그 속에 가뜩이나 큰 눈만 더 크게 뜨고 불안하게 엄마를 바라볼 뿐이었다.

"괜찮아. 이런 건 아무것도 아니야."

"정말 나 괜찮은 거지?"

"그래. 금방 끝나고, 금방 괜찮아질 거야."

그러나 위로처럼 어깨를 두드리는 엄마의 말처럼 수술 뒤에도 오래도록 갖게 될 마음의 상처까지 아무것도 아니어서 금방 끝나고, 또 금방 괜찮아질 일이 아니었다. 수술은 금방 끝나겠지만 그 상처는 저 아이의 마음속에 어떤 화인처럼 오래오래 남아 어쩌면 그 끝도 없을지 몰랐다.

수술 후 회복실로 돌아와 누울 때에도 그랬다. 엄마와 단 둘이 있는 방에서도 아이는 여전히 챙이 넓고 긴 개량 야구모를 쓰고 옆으로 다리를 오므리고 누웠다. 병원에서 주는 한 끼의 회복식으로 미역국이 나왔고, 누워 있는 아이를 일으켜 그 국에 밥을 말아 먹일 때, 이 아이를 낳던 날 친정 엄마가 말아주던 첫 미역국을 먹던 일이 떠올라 나도 모르게 자꾸만 눈물이 나왔다. 수술실에서 나오면 안쓰러움이 덜할 줄 알았는데, 빈 배를 채워줄 미역국을 떠먹이는데 국에 만 밥이 아니라 대접 가득 담겨 있는 어미 몫의 안쓰러움을 어미 손으로 직접 퍼 먹이고 있는 것 같은 기분이었다.

"울지 마. 엄마. 나도 이제 안 울게……."

그러면서 아이도 함께 울었다. 다 먹일 생각이었던 밥은 삼분의 이밖에 먹이지 못했다. 아이가 그걸 다 받아먹지 못해서가 아니라 그 안쓰러움을 바닥내듯 아이의 입에 끝까지 그것을 더 떠넣을 재주가 없던 것이다.

"다 먹어야 하는 거 아니야?"

집에서 밥알을 세던 것을 생각했는지 속도 없는 년은 그 말이 어미를 위하는 말인 줄 알고 눈물까지 글썽였다.

"이만큼 먹으면 돼. 저녁에 집에 들어가 또 한 번 먹고."

"미안해, 엄마. 죄송하고……."

"이제 두세 시간쯤 자. 다 끝났으니 마음 편히 가지고."

"잠이 안 와. 자꾸 배기고."

"안 오면 그냥 누워 있고."

아이는 저쪽 벽 쪽으로 얼굴을 대고 새우처럼 몸을 구부렸다. 아이가 대고 있는 허리 밑으로 손을 넣어보니 금방 불을 넣은 방처럼 온돌은 따뜻했다. 그러다 한참 후 다시 자세를 바꾸어 아이는 이쪽으로 돌아누웠다.

"벗지, 모자. 답답한데."

"싫어. 쓰고 있을래."

"엄마가 보는 게 답답해서 그래. 엄마가 내 딸 얼굴 보는 게."

"엄마."

"왜?"

"아니야……."

"괜찮아. 엄마한테 말하고 싶은 거 있으면 말해."

"나 그때, 엄마한테 혼날 줄 알았어."

"엄마 혼 안 내."

"집에 가서도?"

"그래."

"나중에도?"

"그래. 그러니 얼른 다 잊어. 잊고 시험 준비하고."

"나중에도 나 혼내지 마, 엄마."

"안 낸다니까."

"그러면 슬퍼질 것 같아. 지금은 그렇게 슬프지 않은데."

"다리 펴고."

"이게 더 편해. 이렇게 엄마 보는 게. 그런데 엄마."

"왜?"

"나, 이렇게 누워 있으니까 슬퍼서 생각난 건데, 엄마한테 뭐 물어봐도 돼?"

"물어. 묻고 싶은 거 있으면 다."

"엄마 화 안 낼 거지?"

"그래. 안 내니까."

"엄마."

"왜?"

"엄마는 이런 적 없었지?"

"얘기했잖아. 윤석이 있을 때 윤석이 동생 가지고 그랬다고."

"그때 말구. 아빠 만나기 전에……."

이년이. 그런 얼굴로 아이의 얼굴을 보았다. 그런데 왜 그 말

끝에 모자 깊숙이 감춰진 아이의 눈이 하염없이 깊어 보이고 하염없이 슬퍼 보였던 것일까. 방금 전 그 눈 속에 바라본 슬픔보다 더 깊고 슬픈 슬픔이 호수처럼 아이의 눈에 넘쳐나고 있는 것이었다. 그리고 가라앉은 가슴 저 밑바닥에서 올라오는 어떤 뭉클함과 함께 내가 지금 저 슬픔을 어루만져 위로하지 않으면 평생토록 아이가 그 슬픔의 그늘 속에 운명적으로 자신을 가두어버릴 것만 같았다.

"내가 생각해도 엄마는 없었을 거 같아. 아빠 만나기 전에 만난 남자도 없었을 거 같고……."

그렇다면 이제 저 슬픔을 위로하기 위해 내가 용기를 내야 할 차례였다. 어쩌면 지금 아이에게 간절하게 필요한 것은 보호자로서의 엄마가 아니라 같은 아픔을 이해할 수 있는 같은 상처를 가진 여자로서의 엄마인지도 몰랐다.

"윤희야."

"왜, 엄마."

"엄마도 있었어."

그리고 한 번 깊은 숨을 쉰 다음 아이의 눈 속 슬픔에게 말했다.

"아빠 만나기 전에 그런 남자……."

3
엄마의 첫사랑

일단 말을 꺼내긴 했으나 그 이야기를 어디서부터 시작해야 할
지 몰라 나는 잠시 망설였다. 깊숙이 눌러 쓴 야구 모자 챙 속에
아이의 눈이 반짝였다. 엄마는 이런 적 없었지? 하고 묻기는 했
어도 막상 엄마 입에서 '엄마도 있었어. 아빠 만나기 전에 그런
남자……'라는 말까지 나올 줄은 아이도 미처 생각하지 못한 것
같았다.

　"왜, 이상하니? 엄마가 그런 말 하니까."

　나는 아이의 눈을 보고 물었다.

　"아니."

아이가 대답했다.

"지금 우리 윤희 몇 살이지?"

"열아홉 살."

그보다 두 살 더 먹은 스물한 살 때의 일이었다. 그러나 그때의 일을 바로 얘기하지 않고 보다 어렸을 적의 얘기부터 시작했다.

마을에서 읍내로 나가는 삼거리 길목에 집이 있었다. 마을 사람들은 우리 집을 삼거리집이라고 불렀다. 위로 오빠와 언니가 있었고, 아래로 남동생이 둘 있었다. 그때 오빠는 읍내 고등학교를 다니고 있었고, 그 아래 언니는 오빠에게 치여 초등학교만 졸업하고 말았다. 아마 언니가 아니었다면 나 역시도 동생들에게 치여 초등학교만 다니고 말았을 것이다. 그랬다면 보다 일찍 동네 언니들을 따라 서울로 올라왔을 것이다. 초등학교만 다닌 언니는 아버지 어머니한테 자기는 그랬다 하더라도 순영이는 중학교를 보내야 할 게 아니냐고 거칠게 항의했다.

"보내면 니가 가르칠 거야? 밑에 애들은 어떻게 하고?"

아버지가 언니에게 그렇게 소리쳤다. 그 말에 언니는 내일이라도 당장 자기가 서울로 올라가 식모살이를 하든 공장살이를 하든 내 학비를 댈 거라고 했다.

"하나는 보내야 할 거 아니에요? 먼저 난 딸 하나 중간에 기를 꺾었으면."

그 말이 아버지의 가슴을 찌른 모양이었다. 학비를 대겠다는
언니의 말을 믿어서가 아니라 딸의 기를 꺾었다는 말에 가슴이
찔린 아버지는 내게 그러면 너도 사진을 찍으라고 말했다. 중학
교 입학 원서에 붙일 증명사진 얘기였다.

다른 아이들은 이미 지난주에 학교에서 그것을 찍었다. 한 사
람 한 사람씩 찍은 것이 아니라 읍내 사진관에서 나온 아저씨가
키가 비슷한 아이 둘씩 짝을 지어 학교 뒷벽에 세워놓고 사진을
찍었다. 사진을 찍지 않은 우리는 다른 아이들이 사진을 찍는 구
경만 했다. 그때 그 사진을 얼마나 찍고 싶었는지 모른다. 그것
은 그냥 사진만 찍는 일이 아니라 지난 육 년간 같은 교실에서 공
부를 한 아이들 가운데 어떤 아이는 중학교에 가고 또 어떤 아이
는 중학교에 가지 못하고 하는 것의 가장 직접적인 구분이었던
것이다.

사진사 아저씨는 우리가 네 시간째 공부를 하던 중에 뒤에 작
은 상자를 실은 자전거를 타고 교문으로 들어왔다. 그때 우리는
'전류의 흐름'에 대해 공부하고 있었다. 창문 밖으로 아저씨가
운동장으로 들어오는 모습을 보자 내 발끝에서부터 머리까지 찌
릿찌릿 전기가 올라오는 것 같았다. 교실에서도 어떤 흥분 같은
작은 소란이 일었다. 그러나 내 머리를 타고 올라오던 전기는 그

런 흥분과도 같은 소란과는 전혀 다른 느낌의 것이었다.

"중학교 가는 사람들은 점심 먹지 말고 지금 바로 뒷마당에 모여라."

공부가 끝나고 선생님이 말했다.

"그럼 저희들은요?"

앞골에 사는 영숙이가 물었다.

"너희들은 교실에서 밥 먹고."

선생님은 중학교에 가는 아이들만 나오라고 했지만, 중학교에 가지 않는 우리들도 뒷마당으로 따라 나갔다. 선생님과 사진사가 중학교로 가는 아이들의 키를 맞추었다. 남자 여자 합쳐 쉰 명쯤 되는 반에 서른 명쯤의 아이가 두 줄로 줄을 맞춰 자기 차례를 기다렸다. 우리는 멀찍이 떨어져 중학교로 가는 아이들이 키를 맞추는 모습과, 또 두 명씩 불려나와 학교 뒷벽에 기대어 서서 햇볕을 안고 사진을 찍는 모습을 바라보았다.

지금 생각하니 증명사진을 찍었던 것이 아니라 일반 사진을 찍어 그것을 둘로 나누었던 것 같다. 어쨌거나 그날 나는 사진을 찍지 못했다. 중학교에 가는 아이들은 사진을 찍고 난 다음 점심을 먹었지만 우리는 도시락을 열지 못했다. 사진을 찍지 않은 여자 아이들 대부분이 그랬다. 사진을 찍은 아이들은 이미 사진을 찍은 것만으로도 중학생이 다 된 것처럼 웃고 떠드는데 그 옆에서 사진을 찍던 얘기로—누구는 눈을 감아 두 번 찍었다는 둥, 누구는 얼굴을 왜 그렇게 찡그리냐는 둥 하며—함께 웃고 떠들 수가 없던 것이었다.

"넌 왜 기운이 하나도 없나? 어디 아프나?"

집으로 돌아오자 언니가 소주 됫병에 석유를 따르며 물었다. 마을에 아직 전기가 들어오지 않을 때였다. 그래서 다들 남포를 쓰거나 등잔을 썼는데, 삼거리에서 가게를 열고 있는 우리 집에서 그것을 팔았다. 원래는 저마다 가져오는 됫병에 석유를 따라주지만, 석유가 담겼던 빈 병을 가져오면 석유 값만 받고 미리 석유를 넣어둔 새 병을 내주곤 했다. 그걸 사러 올 때마다 석유를 따라주다 보면 저녁 밥상머리에까지 석윳내를 묻혀 들어오기 때문이었다.

그렇게 석유만 판 게 아니라 담배도 팔고, 읍내 양조장에서 커다란 짐자전거로 싣고 온 술도 팔고, 과자며 성냥 등 다른 잡화들도 팔았다. 대부분 읍내에 나갔다가 들어오는 길에 그것들을 사가지고 오기 때문에 마을 사람들이 우리 집에서 물건을 사가는 일은 그렇게 많지 않았다. 그렇지만 담배와 석유, 탁주만은 꼬박꼬박 우리 집에서 사갔다.

담배는 읍내 가게에서 파는 것이나 우리 집에서 파는 것이 같은 값이었고, 석유는 우리 집 것이 조금 비싸긴 해도 읍내에서 그것을 사올 경우 유리병이라 조심스럽기도 하거니와 아무리 조심을 한다 해도 다른 장거리에 석유 냄새가 배기 때문이었다. 그리고 탁주는 그때그때 그걸 마실 때마다 사러 와야 하고 또 시장에 다녀오는 길에 읍내에서부터 사오다 보면 여름철이면 목구멍에 넘어가기도 전에 이미 쉬어 꼬부라져 식초가 되고 말기 때문이었다. 그러나 농토도 많지 않은 집안에―그런데도 아버지와 어머니는 거의 논밭에 나가 살았다―그것만 가지고는 일곱 식구가 먹고 사는 일조차 힘들었던 것이다.

"왜 그렇게 기운이 없냐니까?"

"애들이 사진을 찍는데 나는 못 찍었으니까 그렇지."

"무슨 사진을?"

"저기 탱자나무집 숙자도 찍었는데."

나는 우리보다 잘살지도 못하고, 공부도 나보다 나을 게 없는 숙자 얘기를 했다. 그러나 숙자는 오누이뿐인 집안의 큰딸이었다.

"무슨 사진이냐니까?"

"중학교 갈 때 입학원서에 붙이는 사진인데, 오늘 학교에서 그걸 찍었단 말이야. 나는 뒷전에서 구경만 하고."

그러자 다시 언니가 오빠에게 치인 자신의 설움까지 모아 아버지와 한바탕했던 것이다. 전기도 들어오지 않는 촌구석에서 중학교라도 배워야 이 다음 전기가 들어오는 읍내로라도 시집을 가지 않겠느냐고. 둘밖에 없는 딸년 언제까지 줄줄이 석웃내에 절게 할 거냐고.

"너는 서울로 간다며?"

"가요. 아버지가 말려도 가서 내가 우리 순영이 학비 댈 거라 구요. 식모살이를 하든 아랫마을 금자 언니 따라가 재봉 공장에 들어가든."

언니가 그렇게 아버지와 싸울 때, 오빠 책임인 것은 아니지만 오빠는 마치 우리한테 큰 죄라도 지은 사람처럼 아무 말도 하지 못했다.

"아버지요. 하나는 보내야지요, 하나는. 오빠 내년이면 졸업 할 거고."

언니는 아버지가 나를 중학교에 보내지 않으면 내일이라도 당 장 보따리를 싸 서울로 올라갈 것이라고 말했다. 오빠와 나 사이 에 나보다 네 살 많은 언니였다. 큰딸 하나 기를 꺾었으면 됐지 작은딸마저 기를 꺾어 평생 석웃내에 절게 할 거냐는 말에 결국 아버지가 지고 말았다. 아버지는 나를 중학교에 보내겠다는 말 대신 내일이라도 읍내로 나가 사진을 찍으라고 말했다.

"그거야 뭐 큰돈이 들겠나. 그렇게 찍고 싶으면 가서 찍어라. 나중에 학비 댈 일이 큰일인 거지."

말은 그렇게 했지만, 그 말이 곧 나를 중학교에 보내겠다는 말이었다. 그날 밤 함께 누워 언니도 울고, 나도 울었다. 오빠는 저쪽 방에서 아무 소리도 하지 못했다. 그 일에 대해서라면 오빠는 귀는 있어도 입이 없는 처지였던 것이다.

"엄마 집이 그렇게 가난했어?"

거기까지 얘기하고 났을 때 윤희가 물었다.

"그래. 이모, 엄마, 외삼촌들까지 줄줄이 연이었고."

"나는 외가가 그렇게 가난한지 몰랐어."

"그 시절엔 다 그렇게 살았어. 가난해도 그게 가난인 줄도 모르고."

"나는 집도 좋고 해서 외가가 부잔 줄 알았지."

"그건 나중에 아빠가 지어준 거고. 외할아버지 외할머니 살아 계실 때."

"그래서 사진을 찍으러 간 거야?"

"그래. 다음 날 혼자."

내 일생에 내가 주인공으로 처음 찍어본 사진이 바로 그것이었다.

"이러면 더 받아야 하는데."

사진사가 그렇게 말했던 것도 기억한다. 그때는 두 사람을 함께 찍은 것이 아니라 혼자 찍었다는 뜻으로만 생각했는데, 뒤늦게 생각해 보니 나만 사진관 안에서 제대로 된 증명사진을 찍었다는 얘기인 것 같았다. 그때도 사진사 앞에서 눈물을 쏙 빼고 울었다. 그렇다고 다른 아이들보다 사진 값을 비싸게 받으면 나는 정말 중학교에 못 간다고. 언니 때문에 허락은 했지만 남보다 비싼 사진 값을 줄 아버지가 아닌 걸 내가 더 잘 알기 때문이었다. 나중에는 눈물 콧물 다 흘리며 이런 말도 했다.

"아저씨 때문에 나 중학교 못 가면 어떻게 해요?"

그러자 아저씨는 그게 왜 자기 때문이냐고 했고, 나는 더 큰 소리로 엉엉 울며 아저씨가 사진 값을 비싸게 받아 중학교에 못 가게 되었으니 그게 아저씨 책임이 아니냐고 떼를 썼다.

"알았다, 알았어. 저기 가서 세수나 하고 와라."

"그럼 사진 값 다른 애들이 학교에 낸 것하고 똑같이 해줘요?"

"해줄 테니 세수나 하고 오라니까."

그리고 다음 날 다시 읍내로 나가 그것을 찾아 집으로 돌아오는 길에 한동네에 사는 재집옛날 기와집 승호 오빠를 만났던 것도 기억한다. 그때 승호 오빠는 중학교 삼 학년이었다. 오빠가 태워주는 자전거 뒤에 앉아 오빠 허리를 꼭 껴안았다. 자전거 뒤에 앉아서도 오빠에게 내가 중학교에 가는 것을 얼마나 자랑처럼 말했는지 모른다. 그러면서 그런 생각을 했다. 내년 중학교를 다닐 때에도 이렇게 오빠 뒤에 자전거를 타고 다녔으면 좋겠다고.

그렇지만 다음 해 승호 오빠는 우리 오빠가 다니는 읍내 고등학교가 아닌 다른 큰 도시의 고등학교에 입학했다. 방학 때에만 가끔씩 가게에 들르는 얼굴이 하얀 승호 오빠를 봤을 뿐이었다. 오가며 읍내까지 하루 이십 리 길을 걸어다니긴 했지만 순전히 언니 덕에 다닌 중학교였다.

그리고 중학교를 졸업하던 열일곱 살 가을에 서울로 올라왔다. 그때 서울 어느 곳의 봉제 공장에 있던 언니를 따라 올라온 것이 아니라 언니 동창 명숙이 언니를 따라 올라온 것이었다. 언니가 다니는 공장은 청계천에 있었고, 명숙이 언니가 다니는 직물공장은 생긴 지 얼마 되지 않는다는 구로동 수출공업단지 안에 있었다. 그쪽이 더 근무 환경이 낫다는 것을 알고 따라간 것은 아니었다. 나는 언니와 함께 일하고 싶었지만, 그해 추석 때 명숙이 언니와 함께 내려온 언니가 이왕 서울로 올라갈 거면 자기보다 명숙이 언니를 따라가라고 했다.

하루 열몇 시간씩 교대 근무로—그러니까 점심 시간이나 저녁 시간을 뺀 순수 근무 시간만 열두 시간—나도 힘들긴 했지만 나중에 가본 언니네 봉제 공장에 비한다면 내가 일하고 있는 곳은 천국과도 같았다. 빛도 들어오지 않는 낮은 천장 아래 다락방에서 언니는 종일 미싱을 밟고 있었다. 미싱질을 하던 옷감을 흔들 때마다 모포를 마주 잡고 흔드는 것처럼 전등불 아래 먼지들이 뿌옇게 솟아오르곤 했다. 그 속에서 종아리가 붓도록, 종일 미싱을 밟은 돈으로 언니가 내 학비를 댄 것이었다. 침을 뱉으면 흰 침이 아니라 하루 종일 마신 먼지로 고약처럼 굳은 가래가 목구멍에서 올라온다고 했다.

그런데도 부끄럽게 나는 그곳에서 한 재단사가 노동법을 위해 싸우고, 끝내는 자신의 몸에 석유를 끼얹고 분신을 한 일을 아주 뒤늦게야 알았다. 다만 언니에 대한 고마움만 가슴에 새기고 있었다. 명숙이 언니를 따라 서울로 올라온 다음 두 번짼가 세 번째 언니를 찾아갔을 때 언니가 한 남자를 데리고 나왔다. 같은 공장에서 일하는 재단사라고 했다. 그때 처음으로 탕수육이라는 걸 먹어봤다. 나중에 형부가 된 그 남자가 사주었다.

"돈 벌어서 뭘 하니? 기회를 봐 공부를 해야지. 나야 이미 늦은 거고."

언니는 내게 늘 그렇게 말했다. 그러나 언니 때문에 공부를 했던 것은 아니었다. 명숙이 언니를 따라와 다니던 직물공장에서 이태쯤 일을 했을 때 내게도 내가 담당해야 할 네 개의 베틀이 배당되었고, 또 그때쯤 구로동 수출공업단지 안에서 일하는 직공들을 대상으로 한 산업체 부설 학교가 문을 열었다. 그냥 그런 학교가 문을 열었다고 해서 무조건 다닐 수 있었던 것도 아니었다. 일을 시키는 사람들은 일만 시키고 싶어 하지 자기 회사거나 공장 아이들이 학교를 다니는 걸 좋아하지 않았다. 그렇지만 어쩔 수 없이 보내야 하는 것이 공장마다 전체 직공 수에 따라 그 학교로 보내야 할 학생 수가 강제조항처럼 할당되어 나왔기 때문이었다. 자연 지원자는 많았고, 거기에 뽑히는 사람 수는 적었다. 내가 다니는 공장도 시골에서 중학교를 졸업하고 올라온 거의 모든 아이들이 지원했다. 아니, 아이들이 아니었다. 대부분 말만 한 처녀들이었다. 학교에 가서 시험을 보기 전에 공장에서 먼저 시험을 볼 아이들이 시험을 보았다. 하루 열두 시간 공장에서 일하고, 바로 기숙사에 가서 옷 갈아입고 학교로 가 다시 대여섯 시간씩 공부를 하고 오는 일이었다.

그렇게 스무 살 때 학교에 들어갔다. 고향에서 제대로 읍내 고등학교로 들어간 아이들이 고등학교를 졸업하던 해 나는 서울의 한 산업체 부설 학교의 야간반 일 학년이 되었던 것이다. 삼 년이 늦기는 했지만 그러나 그 학교에서 내 나이는 그렇게 많은 편이 아니었다. 명숙이 언니는 아니지만 명숙이 언니와 같은 나이의 언니들도 그 학교에 다녔다. 공부 시간 말고 학교에서나 공장에서나 보고 듣고 배우는 것도 다 어른들의 세계였다. 쉬는 시간이면 지금 사귀고 있는 남자에 대해, 또 언제 결혼할 것인지에 대해 말하는 언니들도 있었다. 청계천에서 봉제 공장을 다니던 언니는 그해 봄 결혼을 했고, 학교를 다니지 않는 명숙이 언니도 다음 해엔 결혼할 거라고 했다.

"나는 엄마가 서울에서 고등학교를 다녔다고 해서, 시골에서 자랐다면서 어떻게 서울에 와서 고등학교를 다녔나 했어."

다시 얘기 중에 윤희가 말했다.

"내가 너한테 힘들던 시절 말을 안 했으니까 그렇지."

"외가가 가난했던 것도 몰랐으니 외할아버지가 엄마를 서울로 보내준 걸로 알았고."

"외할아버지가 보내준 거면 시골에서 읍내 고등학교를 다녔겠지."

"생각해 보니 그런데, 엄마는 그런 얘기 한 번도 안 했잖아."

"잘하지도 못한 공부 다 늦은 나이에 한 게 자랑이 아니니까 그랬던 거지."

"왜 자랑이 아니야? 힘들게 했으면 힘들게 한 것만큼 자랑이지."

"세상이 어디 그걸 자랑으로 여기기나 해야 말이지. 거길 나온 다음 계속 공부를 해 나중에 이름이나 있는 대학을 나왔다면 또 몰라. 고작 고등학교를 그런 식으로 마쳤다는 걸 알면 당장 동네 아줌마들부터 엄마를 무시하려고 들 건데."

"왜 무시하는데?"

"빛나는 것도 뒤의 것이 빛나야 앞의 고생도 같이 빛나는 거야. 서로 그런 걸 모르고 지낼 땐 괜찮게 보다가도 알고 나면 무슨 큰 비밀이라도 알게 됐다고, 어느 집 여자 예전에 옷감 짜는 공장 다니며 겨우 야간 부설 학교 나왔던 사람이더라고 흉보듯 소문부터 내는 게 세상인심인 거고. 자랄 때 가난했던 게 자랑인 것도 아니고."

"나한테도 그래서 말 안 했던 거야?"

"아니."

대답은 그렇게 했지만 어쩌면 딸에게도 그래서 한 번도 그런 말을 안 했던 것인지도 모른다. 말로는 힘든 시절 새삼스럽게 다시 떠올려 뭐 좋은 일이 있겠냐고 했지만 깊은 속내의 이유는 정작 다른 데 있었던 것인지도 모른다.

"그래도 엄마가 그렇게라도 서울에 왔으니까 지금처럼 사는 거잖아."

"그래. 그때 외가 형편이 괜찮아서 시골에서 고등학교를 다녔다면 지금처럼 느 아빠도 만나지 못했을 테고, 그랬다면 너도 이 세상에 없었을 테고."

"끔찍해. 나는 그런 생각을 하면."

"뭐가?"

"지금 엄마 말처럼 엄마 아빠가 서로 조금만 다르게 길을 갔다면 이 세상에 내가 없을 수도 있다는 게."

"그건 아빠도 마찬가질 거다. 엄마를 만나지 않고 다른 사람을 만났다면 네가 아닌 다른 아이가 이 집에 태어났을 거고, 그러면 엄마도 다른 집에 가서 윤희가 아닌 다른 아이를 낳았을 거고."

"그런 생각들이 아찔하다구. 그렇게 서로 조금씩 어긋나는 걸로 하마터면 이 세상에 내가 없을 뻔도 했다는 게. 그런데도 나만 빠진 채 세상은 지금과 똑같은 모습일 거고."

"그러니 모두들 얼마나 귀하게 온 거니? 네 말대로 하마터면 오지 못할 목숨들이 이 다 이런저런 인연으로 이 세상에 온 건데."

앞으로도 스스로를 귀하게 여기고 몸을 아끼라고 한 말이었지만 바로 지금 상황에서 할 말은 아니었다. 단지 어미 맘에 아이를 위하자고 한 말이긴 해도 막상 하고 보니 그랬다. 방금 전 아이는 제 몸속에 든, 이 세상에 와서는 안 될 목숨 하나를 들어내는 엄청난 일을 하고 지금 이 자리에 누워 있는 것이었다. 하늘로 보면 귀하기는 그것도 이것도 다 마찬가지일 것이다. 아이의 몸속에 왔던 목숨도 하늘이 정한 세상의 어떤 인연으로 거기까지 왔던 것일지 몰랐다. 말을 뱉고 난 다음 내가 먼저 움찔했고, 그런 내 모습을 보고 아이도 움찔하는 것 같았다.

"그런 얘기 말고 엄마."

아이도 어미 마음속의 생각을 짚은 모양이었다.

"그럼 무슨 얘기?"

"아까 하던 얘기. 아빠 만나기 전에 만났다는…….."

"꼭 듣고 싶니?"

"응. 엄마가 싫으면 안 해도 되고."

그건 병원에 오기 며칠 전 아이 방에 가서 내가 한 말이었다. 상대가 누구였고 어디서 그런 일을 겪었느냐고 묻기 전에 네가 대답하기 싫으면 안 해도 된다고. 말은 그렇게 했지만 네 입으로 엄마에게 말해 줬으면 좋겠다는 얘기였고, 지금 아이가 하는 말도 엄마 입으로 그 얘기를 자신에게 해줬으면 좋겠다는 얘기였다.

"아까 자전거 얘기했지? 다음 날 사진 찾아가지고 오다가 동네 오빠를 만났다고."

"응."

"그 오빠를 서울에서 다시 만났어."

"그럼 그 오빠가 엄마 첫사랑이었어?"

세상 아무도 모르게 죄를 짓는 마음으로 모녀만 숨어든 방에서 방금 제 몸속에 든 것에 대해 평생 겪지도 저지르지도 말아야 할 엄청난 일을 해내고도 아이는 그렇게 물었다. 나는 안쓰러운 마음으로 물끄러미 아이를 바라보다 두 번 크게 숨을 쉰 다음 대답했다.

"그래."

이왕 하기로 한 얘기였다. 그걸로 아이가 어미와 어떤 동질감을 느끼고, 또 그것으로 방금 전 자신이 해낸 엄청난 일에 대해 작으나마 위로가 될 수 있다면. 그리고 나는 그런 아이의 어미인 것이었다.

아이에게 말한 대로 서울에 올라와 공장에 다니고, 공장에 다니던 중 산업체 부설 고등학교에 들어가고, 그 학교에 들어간 다음 해인 스물한 살 때 서울에서 다시 승호 오빠를 만났다. 아니, 처음 다시 만난 건 스무 살 가을의 일이었다. 그해 봄 언니가 시집을 가, 추석이 되어 혼자 집으로 내려가기 위해 몇 개의 보따리를 꾸려 마장동 버스 정류장에 나갔다가 승호 오빠를 만난 것이었다. 명숙이 언니도 그해 추석엔 자기 집이 아니라 내년 봄에 결혼할 남자 집에 인사를 가야 한다고 했다. 그때 명숙이 언니는 아직 결혼식만 올리지 않았다뿐이지 재생 타이어 공장에 다니는 남자와 공단 옆에 작은 방을 얻어 함께 살림을 하고 있었다. 그러다 보니 자연 나 혼자 내려갈 수밖에 없는 길이었는데, 예매도 없던 시절, 사람이 미어터지는 정류장에서 발 옆에 내려놓은 보따리를 연신 단속해 가며 길게 줄을 섰다가 막 표를 끊고 난 후였다.

"어이, 석유병."

저쪽에서 누군가 그렇게 말하는 소리를 들었는데도 얼른 양손에 챙겨 들어야 할 보따리 때문에 미처 그것이 나를 부르는 소린지 몰랐다. 방금 끊은 차표를 엄지손가락 아귀에 감아쥔 채 나는 양손에 보따리를 나누어 들었다. 차표를 주머니에 넣으면 보따리를 들기가 한결 낫겠지만 차를 타러 나가자면 개찰구에서 표부터 보여주어야 했다. 그래서 더욱 엉거주춤한 모습으로 보따리를 들고 개찰구 쪽으로 나가는데 다시 누가 야, 석유병, 하며 내 어깨를 치는 것이다. 돌아보니 재집 승호 오빠였다. 오빠는 어릴 때처럼 여전히 하얀 얼굴에 책가방만 하나 달랑 든 채 나를 보고 씩 웃었다.

"오빠."

반가운 마음보다 부끄러운 마음이 먼저였다. 다른 사람도 아닌 승호 오빠 앞에 양손에 보따리 몇 개를 나눠 들고 선 엉거주춤한 모습을 보였다는 것 때문에 더욱 그랬을 것이다.

"불러도 못 듣대."

"그렇게 부르니까 못 듣지."

"집에 가냐?"

"응. 오빠도?"

"몇 시 찬데?"

"저기 앞에 서 있는 거. 두 시 사십오 분."

"그럼 같은 차네."

"오빠도?"

"이쪽 건 이리 줘. 내가 들고 갈 테니까."

오빠는 내 왼쪽 손의 짐을 받아갔다. 그건 겨울에 아버지 어머니 덮으라고 산 담요를 싼 것이었다. 비로소 나는 오른손 엄지손가락 아귀에 움켜쥐었던 차표를 왼손에 옮겨쥐었다.

"많이 사가는구나. 명절이라고."

"많지도 않아. 부피만 크지."

"느 어머니가 좋아하시겠다. 객지 나가 있는 동안 몸도 건강하고 선물도 이렇게 많이 사들고 가니까."

짐칸에 짐도 오빠가 넣어주었다. 캐시밀론 담요와 사각 종이 상자에 넣은 전기 밥솥이었다. 이태 전부터 우리 마을에도 전기가 들어왔다. 일제는 뚜껑만 제대로 닫아놓으면 스물네 시간도 넘게 보온이 된다는데, 더러 몰래 그런 것을 들여와 쓰는 부잣집이 있다는 말만 들었지 실제로 그런 물건이 있는지는 구경도 해보지 못했다. 내가 산 건 밥만 해주는 것이었다. 가게를 하면서도 아버지와 어머니는 하루 종일 논밭에 가서 살다시피했다. 동생 둘 중 하나는 고등학생이었고, 하나는 중학생이었다. 가게를 찾는 손님도 다들 그런 사정을 아는 동네 사람들이라 대부분 아침 일찍 또는 밤늦게 그날 쓸 물건이거나 다음 날 필요한 술과 담배를 받아갔다. 어쩌다 빈집에 손님이 와 소리를 지를 때에도 논밭에서 달려와 틈틈이 가게를 볼 수는 있어도, 해가 떨어져 어두워지도록 어머니가 미리 집에 들어와 저녁 준비를 할 짬까지는 낼 수 없는 형편인 것이었다. 밥솥도 그래서 산 것이었다. 반찬이야 때마다 별다른 게 있는 것도 아니어서 아침상에 올렸던 걸 저녁상에 다시 올려도 되지만, 밥만은 늦은 저녁에 어머니가 천 근 같은 몸을 끌고 돌아와 부엌 무쇠솥에 쌀을 씻어 안치고 장작을 때서 했던 것이다.

그리고 또 한 보따리는 식구들의 옷과 동네에 조금씩 나누어 줄—아이가 있는 집 기저귀감으로. 그러나 아이가 있건 없건 상관없이—공장에서 내가 짠 소청을 함께 싼 것이었다.

"야, 석유병."

짐을 실은 다음 버스에 나란히 함께 앉아서도 승호 오빠는 계속 나를 그렇게 불렀다.

"그렇게 부르지 마, 오빠. 이제 우리 집 그런 거 안 팔잖아."

"야, 누가 석유 팔았다고 석유병이라고 부르냐?"

그럼? 하고 나는 묻지 못했다. 승호 오빠는 내가 중학생이고 오빠가 고등학생일 때 방학이 되어 어쩌다 동네에서 마주칠 때마다 내 이름 대신 꼭 별명으로 '석유병'이라고 부르곤 했다. 그렇다고 오빠가 부르는 '석유병'이 같은 또래의 동네 아이들한테까지 내 별명이었던 것은 아니다. 동네 남자 아이들과 오빠들은 나를 '작은 봉단이'라고 불렀다. 언니 때문에 생긴 별명이었다.

어느 해 설 명절에 동네 어느 집에 여럿이 놀러갔다가 팔뚝맞기로 화투놀이를 하던 중 언니가 화투에 쓰여진 '홍단'을 입버릇처럼 '봉단'이라고 불러 붙여진 별명이라고 했다. 하도 동네 오빠들이 놀려 어떻게 읽으면 홍 자를 봉 자로 읽을 수 있을까 싶어 일부러 숙자 집에 가서 그것을 살펴보기까지 했다. 흘려 쓴 글자이긴 하지만 아무리 봐도 '봉' 자로 읽을 수 없는 글자인데도 그랬다. 그렇지만 승호 오빠는 날 한 번도 '봉단이'라거나 '작은 봉단이'라고 부르지 않았다. 다른 사람들 앞에서는 꼭 순영이라고 내 이름을 부르다가도 우리 가게에 오거나 길에서 둘이서만 마주치면 씩 웃는 얼굴로 '야, 석유병, 어디 가?' 했던 것이다. 그러니까 그건 오빠와 나만 아는 둘만의 비밀 같은 별명인 것이다.

내가 중학교 일 학년 때였고, 오빠가 외지에 나가 공부를 하던 고등학교 일 학년 여름방학 때의 일이었다. 아버지와 엄마는 밭으로 나가고 동생들도 어디로 갔는지 나 혼자 집을 지키고 있었는데 오빠가 석유를 사러 왔다. 석유는 그것을 들고 옮길 때마다 냄새가 고약해 마당 바깥에 따로 비가 들지 않게 갓집을 짓고 그 안에 오가롱 통5갤론짜리 군용 철제 용기 몇 개와 거기에서 나누어 따른 석유병들을 애초 그 술병들을 담은 나무 궤짝에 차곡차곡 보관해 두고 있었다. 주전자로 받아가는 술 심부름이거나 담배 심부름과 마찬가지로 석유 심부름도 대부분 아이들이 다녔다. 아버지는 아이들이 그것을 들고 다니기 좋게 병마다 노끈으로 고리를 묶어두었다. 책엔 석유가 물보다 가볍다고 하지만 막상 병에 넣어 들어보면 아무 차이도 느껴지지 않았다. 냄새나 기름 때문에 다루기가 곤란해 오히려 소주 됫병보다 더 무겁게 느껴지는 게 석유병이었다. 오빠는 먼저 석유를 산 다음 그것을 마당 쪽으로 들고 와 뜨락 위에 올려놓고 전방에서 다시 과자 몇 봉지를 샀다. 오빠는 바다빛처럼 새파란 백 원짜리 종이돈을 내밀었다. 십 원짜리도 여러 장이었다.

"잠깐만 있어봐, 오빠."

나는 오빠가 내미는 돈을 받아들고 석유 값과 과자 값을 합쳐 방 안에 둔 돈통—그것도 카키색의 군용 탄약통이었다—에서 잔돈을 꺼내와 거스름돈을 계산해 주었다. 그때 나는 우리 허리 높이만큼 되는 뜨락 위에 있었고, 오빠는 뜨락 아래 마당에 서서 내가 내주는 거스름돈을 받아 주머니에 넣었다. 그러다 동전 하나가 발밑에 떨어졌다. 오빠가 그것을 줍기 위해 허리를 굽힐 때 내가 뜨락에 올려둔 석유병을 들었다. 오빠가 병을 들고 가기 편하게 노끈의 구멍을 벌려줄 생각이었다.

오빠가 몸을 일으키고, 내가 자, 오빠, 하고 병을 내미는 순간 뭔가 바짝 위쪽으로 힘을 줘 끌어올리고 있는 내 손에서 또 다른 무엇이 깊은 우물 아래로 텅 하고 빠져나가는 느낌과 동시에 병이 깨지면서 유리 조각과 석유가 오빠를 덮쳐버린 것이었다. 얼마나 놀랐던지 석유 냄새 같은 것은 코에 들어오지도 않았다. 나는 그대로 얼이 빠지고 말았다.

"순영아."

한참 만에야 오빠가 나를 부르는 소리를 들었다. 그 다음 오빠가 한 말은 괜찮아, 였다.

"괜찮아, 순영아. 놀라지 마."

오빠는 그 말을 하고 또 했다. 오빠 옷에서 석유 방울이 뚝뚝 떨어지는 걸 본 것도 한참 후의 일이었다. 오빠 손에 들려져 있던 과자 봉지들도 땅바닥에 떨어져 있었다. 한바탕 울고는 싶은데 운다 해도 울음조차 제대로 나오지 않을 것 같았다. 한순간 겁에 질린 것 같기도 하고, 또 지금 이 상황과는 전혀 관계가 없는 어떤 돌처럼 단단한 슬픔 같은 것이 내 목에서 가슴으로 내려가는 숨길을 막고 있는 것 같기도 한 기분이었다.

"괜찮다니까."

그러나 오빠의 얼굴과 머리에도 석유 방울이 튀어 살갗을 타고 빠르게 번지고 있었다. 그때까지도 나는 한 마디도 못 하고 있었다. 병이 떨어진 뜨락에서부터 마당까지 흥건하게 석유가 스며들고 있는 가운데, 그 위에 깨진 유리 조각들이 날카롭게 이빨을 세우고 있었다. 비로소 훅 하고 석유 냄새가 콧속을 파고들며

정신이 어질어질해지기 시작했다.

그날 깨지고 쏟아진 석유 자리를 냄새 말고는 흔적도 없이 치워준 것도 승호 오빠였다. 오빠는 놀란 나를 먼저 달래고, 깨진 병 조각을 치웠다. 그때까지도 오빠는 온통 석유로 목욕한 옷을 입고 있었다. 나한테도 석유가 튀었지만 허벅지에서 다리까지만 심하게 튀었을 뿐, 뜨락 아래에 있던 오빠만큼은 아니었다.

"순영아. 정태 형 안 입는 옷 좀 내줘라. 부엌에 가서 성냥 좀 가져오고."

오빠는 마당에 아직 물처럼 고여 있는 석유 위에 성냥을 그어 던지곤 그 불길이 사그러지는 걸 지켜본 다음 내가 떠주는 물로 우리 집 뒤안에서 목욕을 했다. 그러기 전 나는 오빠에게 우리 오빠가 입던 헐렁한 반바지와 가슴 앞부분의 단추가 떨어진 티셔츠를 내주었다. 밖에서 승호 오빠는 재촉하고 오빠 방에서 아무리 찾아도 다른 옷은 찾을 수가 없었던 것이다. 그때도 참 이상한 마음인 것이 오빠를 내가 석유로 목욕을 시켰다는 것보다, 이미 서로 그것을 알고 있긴 하지만 우리 집의 남루한 살림을 다시 확인해 보이듯 오빠에게 정태 오빠의 해어진 옷을 내주는 게 더 부끄럽고 못 견디겠던 것이다.

그건 오빠가 나가 있는 뒤안으로 세숫비누 대신 빨랫비누를 내줄 때에도 그랬다.

"우리 집엔 이거밖에 없어."

가게 안에도 빨랫비누는 있어도 세숫비누는 없었다. 그런 건 다들 읍내에서 사가지고 들어오는 물건이라 아예 들여놓지도 않았다.

"됐어. 이게 더 잘 지워지니까."

비누를 받으며 오빠가 말했다. 오빠는 꽤 오랜 시간 동안 목욕을 했다. 물이 더 필요하다고 양동이를 문 안쪽으로 들여놓으면 내가 거기에 물을 채워주고 밖으로 나온 사이 오빠가 다시 그것을 뒤안으로 가져가 몸을 헹구었다. 그러면 나는 또 마당가 우물에서 두레박으로 물을 길러 부엌으로 퍼 날랐다. 그러면서 틈틈이 나도 손에 묻은 석유를 씻고 세수를 했다. 빈집에 오빠를 불러 나쁜 죄를 짓는 것 같은 기분이었다. 아니 뭔지는 모르지만 이미 오빠와 그런 나쁜 죄를 지었으며, 어머니고 아버지고, 오빠고 동생이고, 가게를 찾아오는 마을 사람들까지도 제발 지금은 우리 집으로 들어오지 말았으면 하고 눈길이 저절로 한길 쪽으로만 가던 것이었다.

"수건 좀 줘라."

그때도 다시 부끄러워지는 마음이었다. 우리 집엔 수건이 방 한쪽 벽에 끈을 해 매달아 걸어놓고 온 가족이 거기에 손도 닦고 얼굴도 문지르는, 때까지 꾀죄죄하게 절은 그것 한 장밖에 없었다. 못에서 그것을 벗겨내 뒤안 문턱에 올려놓을 때에도 아직 어린 마음이긴 하지만 꼭 그런 모습으로 때가 전 내 내복이거나 언니 내복을 때가 덜 보이는 쪽으로 개어 거기에 올려놓는 듯한 기분이었다.

"어, 너는 제대로 안 씻었네?"

목욕을 마친 다음 옷을 갈아입고 나온 오빠가 말했다.

"조금 이따가……."

오빠는 삽과 괭이로 마당에 석유가 스며든 자리의 흙을 긁어 울 밖으로 버리고 새 흙을 퍼와 그 자리를 덮었다.

"이렇게 해도 며칠 냄새가 날 거야."

"괜찮아, 그건."

아까 마당에 떨어뜨렸다가 저쪽으로 치운 과자 봉지들도 밭쪽으로 가져가 삽으로 으깨어 땅에 묻어버렸다. 과자를 싼 봉지라는 것이 요즘 것과는 달리 가게로 물건을 떼어올 때부터 아래로 가루들이 새는 정도여서 이미 속에까지도 석유 냄새가 스며들었을 것이다.

"이제 대충 된 것 같은데. 야, 석유 한 병 더 줘라."

삽과 괭이까지 모래로 닦아 있던 자리에 세워놓고 나서 오빠가 말했다. 그제야 나는 퍼뜩 제정신이 돌아오듯 물건 값에 생각이 미쳤다. 석유 값은 다시 석유를 내주면 된다지만 과자 값은 고

스란히 오빠에게 다시 되돌려줘야 하는 것이었다. 그러나 그렇게 하면 저녁때 석유 냄새를 맡고 무슨 일이 있었느냐고 물을 아버지 어머니에 대한 뒷일이 감당되지 않는 것이었다.

"뭐 해? 한 병 더 달라니까."

그래도 나는 석유를 보관하고 있는 갓집으로 가지 못하고 우물쭈물거리기만 했다. 아까 석유병이 깨지고 그것이 튈 때 어떤 막막함 속에서도 돌처럼 단단한 슬픔을 느꼈던 것도, 그래서 그 돌 같은 무엇이 목에서 가슴으로 내려가는 숨길을 막고 있었던 것 같은 느낌도, 그야말로 한순간 내 머릿속을 스치고 지나가던 뒷감당에 대한 두려움 때문이었는지도 모른다.

"자. 내가 바로 들고 갈 테니 먼저 돈부터 받고."

그런 내 마음을 읽기라도 한 듯 오빠는 다시 주머니에서 사십 원을 꺼내 내게 내밀었다. 저쪽 옷에서 이쪽 옷으로 옮겨 넣은 돈도 석유에 젖어 있었다.

"받아."

나는 당장 저녁때 생길 뒷일이 무서워 손을 내밀고 싶었지만 선뜻 그러지 못했다.

"얼른. 나 빨리 가야 하니까. 그래야 너도 목욕할 거고."

오빠는 그 돈을 뜨락 위에 올려놓았다.

"이 돈도 말려야 할 거다. 냄새가 나서."

나는 대답하지 못했다. 오빠는 아까 벗어서 허리띠로 묶어둔 옷을 챙겨 들었다.

"저기서 하나 들고 가면 되지?"

오빠가 갓집에서 석유를 꺼내올 때까지도 나는 그 자리에 서 있었다.

"그럼 나 간다."

"오빠, 잔돈은……."

그게 마당을 벗어나려는 오빠에게 내가 한 말이었다. 읍내에서는 얼마 받는지 모르지만 우리 집에서 받는 석유 값은 삼십오 원이었다.

"나둬. 나머지는 병 값이니까."

그러면서 오빠는 다시 나를 돌아보며 말했다.

"어른들이 물으면 내가 깼다고 그래. 장난치다가 뜨락에 부딪쳐서. 나도 집에 가서 그렇게 말할 테니까. 알았지?"

그 말에도 나는 대답하지 못했다. 오빠가 간 다음 부엌에서 물을 받아 목욕을 하면서 백 번이고 이백 번이고 고맙다는 말을 했지만, 나중에도 오빠한테 직접 그 말을 하지 못했다. 그 일이 있기 전과는 달리 왠지 오빠 앞에 서기만 해도 이내 부끄러워지고 말았던 것이다.

그러나 스쳐 지나가는 생각처럼 오빠를 떠올릴 때마다 그날의 고마움을 단 한 번도 잊은 적이 없었다. 한 살씩 나이를 먹어갈수록, 그래서 내 생각이 조금씩 더 깊어갈수록 그날 오빠에 대한 고마움도 함께 깊어갔다. 그때 오빠 나이가 열일곱 살이었다. 병이 깨져 자기에게 석유가 쏟아졌을 때 제풀에 놀란 어린 가겟집 아이에게 싫은 말 한 마디 하지 않고 자기가 먼저 나서서 마당 설거지를 하고, 아이가 두려워하는 뒷감당까지 자기 돈으로 석유 값과 병 값까지 내며 해주는 것이 어른들로서도 쉽지 않은 일이었다. 어릴 땐 단지 저녁때의 위기 모면과 그것의 값만 따져 고마움을 느꼈지만 자라면서 생각할수록 그건 그날 깨진 석유 한 병과 석유에 젖은 몇 봉지의 과자가 문제인 것이 아니었다. 그러면서도 오빠가 누구에게도 그 말을 하지 않았던 것도 그랬다. 때로는 부끄러워 듣기 싫기도 했지만 둘만 있을 때 '야, 석유병' 하고 불렀던 것도 그날 일에 대한 남다른 친밀감의 표시였는지도 모른다.

4
순결보다 더 중요했던 것

예전의 그 일로부터 따진다면 꼭 칠 년 만에 승호 오빠와 함께 타는 버스 여행길이었고, 오빠를 마지막으로 본 것으로 따진다면 사 년 만의 만남인 것이었다. 그때 오빠는 대학 사 학년이었다. 고향으로까지 가는 길이 아직 고속도로가 뚫리기 전의 일이어서 꼬박 여섯 시간을 함께 앉아 가야 했다.

오빠는 내게 서울에서 무엇을 하느냐고 물었다. 나는 공장 얘기와 학교 얘기를 했다. 오빠도 자신의 얘기를 조금 했다. 이번이 졸업 학기이고, 겨울쯤 대학원 시험을 봐둔 다음 내년 2월이나 3월쯤 군대에 가게 될 것 같다고 말했다.

"오빠."

"왜?"

"그때 정말 고마웠어."

"뭐가?"

"옛날 우리 집에 석유 사러 왔을 때 나 도와준 거."

나는 뒤늦게야 그때의 고마움을 표시했다. 그러자 오빠도 내 앞에서 처음으로 부끄러워하는 얼굴을 했다.

"야. 그게 언제 적 일인데 아직도 너는 그걸 들고 있는 거야?"

"뭘?"

"그때 그 석유병 말이야. 그러니까 내가 널 볼 때마다 석유병이라고 부르는 거지."

"그래도 이제는 그렇게 부르지 마. 나도 이제 다 큰 숙년데."

그런 농담도 했지만 고향으로 가는 여섯 시간 동안 참으로 많은 얘기를 했다. 오빠는 내 공장 생활에 대해서도 말하고, 늦은 나이에 시작한 학교에 대해서도 이런저런 얘기를 선생님처럼 해주었다.

"이거 이러다 읍내에 도착하면 집까지 들어가는 차도 없겠다. 아홉 시가 다 돼서야 도착할 텐데."

"그러면 택시를 타면 되잖아. 나는 짐도 많고."

"올라가는 건 언제 올라가는데?"

"삼 일만 쉬고 다들 올라오래. 요즘 회사 일이 많다고. 일손이 달리니 툭 하면 철야고."

"그러면 올라갈 때도 나하고 같이 가면 되겠네. 나도 그날쯤 올라갈 생각인데."

그래서 올라갈 때에도 오빠하고 함께 올라갔다. 표는 추석 다음 날 아침 내가 일부러 읍내 차부까지 나와 오빠 것까지 함께 끊었다. 전에도 마음속으로 오빠를 좋아했지만 아마 그때부터 오빠를 더 가깝게 느끼기 시작했던 것인지 모른다. 다시 여섯 시간 차를 타고 저녁때 서울에 도착했을 때 나도 오빠도 왠지 우리가 이대로 그냥 헤어지기엔 뭔가 서로 허전한 것을 가슴속에 담고 있다는 것을 느꼈던 것 같다. 정류장 부근 다방에서 커피를 마시며 다시 한 시간쯤 시간을 보내고 일어설 때 오빠가 내게 자신의 하숙집 전화번호를 가르쳐주며 내 전화번호를 물었다. 나는 회사 전화번호를 적어주며 일할 때에는 오빠가 전화를 걸어도 전화를 받을 수가 없다고 말했다.

그리고 사흘쯤 후부터 스스로 그러지 않으려고 해도 이상하게 오빠의 전화가 기다려지는 것이었다. 오빠에게 오빠가 전화를 걸어도 일할 때에는 전화를 받을 수 없다고 한 말도 왜 그런 말을 했던가 싶게 이내 후회가 되고 말았다. 그렇다고 내가 먼저 오빠의 하숙집으로 전화를 걸기엔 오빠와 나 사이에 너무 넓어

건너지 못할 어떤 강 같은 것이 가로놓여 있는 것 같은 생각이 들었다.

"뭘 그렇게 생각해?"

일을 하면서 반장 언니로부터도, 또 학교에서도 자주 그런 소리를 들었다. 오빠 생각이라기보다 아마도 오빠와 나 사이에 가로놓인 어떤 강 같은 것에 대한 생각을 더 많이 했던 것인지 모른다. 한동네의 일로만 본다면 고등학교 때부터 외지에 나가 공부를 하던, 그리고 지금은 대학 공부로도 부족해 대학원 공부를 생각하고 있다는 재집 아들과 시골에서 중학교를 마친 다음 서울로 올라와 공장을 다니며 스무 살 나이에 이제 겨우 고등학교 과정을 배우고 있는 삼거리 가겟집 둘째딸 사이의 일인 것이었다.

오빠는 보름쯤 후에 전화를 했다. 그리고 다시 열흘쯤 후에 전화를 했다. 그게 내게는 첫사랑의 시작이었으며 첫 연애의 시작이었다. 가을에 고향으로 내려가는 버스에서 만나 겨울이 오기까지 두 번 만났고, 그 겨울부터 오빠가 군에 입대하던 봄까지 세 번인가 네 번 만났다.

지금도 안타깝게 기억하고 있는 것이 오빠가 입대하기 전에 찾아왔던 마지막 밤의 일이었다. 그때 나는 스물한 살이었다. 학교까지 빼먹고 오후 여섯 시쯤 서울 명동에 나가 오빠를 만났다. 오빠는 일주일 후 군대에 간다고 했다. 저녁을 먹고 영화를 보고 그리고 하염없이 서울 거리를 걸었다. 이상하게도 그날 나는 어쩌면 이것이 오빠와의 마지막 날이며 마지막 밤이 될지도 모른다는 생각을 하고 있었다. 꼭 오빠가 군에 가서가 아니라 진작부터 내가 생각해 오던 우리 사이의 강 같은 넓이가 그랬다.

어디로 간다는 목적지도 방향도 정하지 않은 채 우리는 걷고 또 걸었다. 큰 길이 나오면 보다 작은 길로, 더 작은 길이 나오면 다시 큰 길을 찾아 걸었다. 그러다 이윽고 통금 예비 사이렌이 울었다. 그래, 속이지 않고 얘기한다면 어쩌면 오빠와 나는 그 통금 사이렌을 향해 그것이 울 때까지 아무 길이고 무작정 걸었던 것인지 모른다. 그리고 한 작은 여관에 오빠와 함께 들어갔다. 오빠가 날 붙잡은 게 아니었다. 이제 다시 볼 수 없을 거라는, 앞으로 우리 앞에 어떻게 다가올지 모를 미래라는 시간이 나를 붙잡았던 것인지도 모른다.

그러나 뒷일은 무참해서 더 말하기가 어렵다. 스물네 살의 사내와 스물한 살의 계집이었다. 그리고 다시 통금 해제 사이렌이 우는 네 시까지는 어디로도 나갈 수 없는 허름한 여관방 안이었다. 깨알같이 파리똥이 앉은 형광등이 바르르 떨리는 것을 보았고, 그 한쪽 구석에 쥐 오줌이 묻은 것처럼 누런 요와 이불이 아무렇게나 개어진 위에 역시 그런 모습으로 머리때가 묻은 베개 두 개가 놓여 있는 것이 보였다. 간첩 신고는 113이며, 소지품의 분실에 대한 책임을 지지 않는다는 '주인백'의 말을 보았다.

그래, 말하자. 여관방이었다. 입맞춤 같은 것은 진작에 있었다. 이제 날이 밝거나 통금이 해제될 때까지 그 방에서 우리가 해야 될 게 무엇이라는 것도, 아직 한 번 겪지 않은 일이었지만 불안하게나마 짐작하고 있었다. 아이들 말대로 드라이하게 말하자면 거기까지 이르는 절차가 불을 끄고도 한 시간쯤 걸렸고, 다시 오랜 입맞춤 끝에 오빠가 겉옷을 벗고 내 웃옷을 벗겼다. 브래지어를 먼저 끌러냈다면 그것도 가벼운 저항 끝에 오빠의 손길을 허락했을 것이다. 그때쯤 나는 이미 모든 것을 허락하기로 마음먹고 있었다. 그런데 오빠의 손이 브래지어를 놔둔 채 바로 내 청바지로 왔다. 먼저 단추를 끄르고, 지퍼를 내리고……. 그때 나는 가슴에 올린 두 손의 주먹을 꽉 쥐었다. 아마 너무도 몸이 떨려 이도 꽉 물었을 것이다. 아니면 나도 모르게 입술을 벌리고 밭은숨을 몰아쉬었던 것인지도 모른다.

그러나 지퍼를 내린 오빠의 손이 내 허벅지 양옆을 잡고 막 청바지를 끌어내리려고 할 때, 머릿속에 떠오르는 어떤 생각 하나로 나는 이미 단추가 풀리고 지퍼까지 내려가 있는 내 청바지의 허리춤을 꽉 움켜잡았다. 안 돼! 하고 소리를 쳤는지 안 쳤는지는 모른다. 그러나 그 순간부터 나는 필사적으로 내 청바지를 움켜잡고 그것을 오빠가 끌어내리지 못하게 위쪽으로 끌어당겼다.

그 실랑이가 얼마큼 이어졌는지 모른다. 만약 오빠가 밤새 그랬다면 나 역시도 밤새 필사적으로 저항했을 것이다.

먼저 머릿속에 떠오르는 건 아까 불을 켰을 때 보았던 쥐 오줌때가 묻은 이불이었다. 그리고 어린 날 내가 석유병을 깼을 때 오빠에게 내주었던 정태 오빠의 낡은 옷과 수건이었다. 부끄럽지만 내 청바지 안의 팬티 역시 그것과 다르지 않았던 것이다. 비록 불을 껐다 하더라도 차마 그것을 오빠에게 내보일 수가 없던 것이었다.

"왜 그런 걸 입었는데?"

하고 윤희가 물었다.

"그때 엄마한테는 그런 거밖에 없었으니까."

"왜?"

"그땐 다들 그랬어. 가난한 사람이나 가난하지 않은 사람이나 겉으로 보면 모두 잘 차려입었지. 그렇지만 가난한 사람들은 속옷까지 늘 새 걸로 입지 못했거든. 그건 겉으로 보이는 게 아니니까. 엄마도 그랬어. 속옷이라는 게 고작 두 개밖에 없었는데 둘 다 아래로 처져 늘어질 만큼 나달나달해질 때까지 입었던 거야. 아무리 빨아도 색까지 누렇게 절고. 어쩌면 그것 중 하나는 해어져 구멍이 났는지도 모르고……."

정말 사랑하고 싶은 사람 앞에서도 그렇게 내 몸의 순결보다

더 소중한 게 있었던 것이다. 나는 그 얘기를 딸에게 했다. 엄마
가 바로 그런 시절을 건너왔던 것이라고.

"그래서 엄마는 순결을 지켰구나."

다시 윤희가 말했다.

"아니. 순결을 지켰던 게 아니라 팬티를 지켰던 거지."

스물한 살의 내 몸보다 더 부끄러웠던 가난과 남루함을.

"네가 말하는 순결 같은 건 이미 그 밤 엄마 마음 안에서 무너
졌던 거고."

5
그때 무슨 일이 있었나

그때 나는 엄마에게 이렇게 물었다.

"그럼 엄마. 그 오빠라는 사람 다시 못 만났어?"

"그래. 못 만나기도 했고, 안 만나기도 했고."

"왜?"

"그 사람 그리고 군에 갔으니까."

"그 후로 한 번도?"

나는 다시 엄마에게 물었다.

"집에 내려갔을 때 어쩌다 보기는 했지."

"그 다음엔 아무 일도 없었어?"

그 말을 물을 때에도 나는 입 안에 고여드는 침을 목구멍 너머로 삼켰다. 지금 내가 여기에 무슨 일로 와 있는지, 또 누워 있는 곳이 어떤 곳인지조차 잊고 왠지 볼이 붉어지는 기분이었다. 더구나 엄마의 지난날 얘기였다.

"그래. 있을 게 없었던 거지. 나는 나대로 내 처지를 알게 되고, 그 사람도 그 사람대로 자기 처지를 따라갔던 거고. 다 어린 한때의 일이고 젊은 한때의 일인 거야."

엄마는 내 모자 위로 머리를 쓰다듬었다. 다른 건 몰라도 방금 전 엄마가, 다 어린 한때의 일이고 젊은 한때의 일이라 말하는 뜻만은 알 것 같았다. 엄마는 엄마의 첫사랑 얘기로 앞으로 이 일에 대해 엄마가 내게 당부하고 싶은 말을 했던 것이다. 그러면서 딸에게는 차마 밝힐 수 없는 자신의 첫사랑 얘기를 하는 것으로 나를 위로하고자 했던 것이다.

"모자 벗을까?"

산부인과 병원 회복실에 누워 내가 엄마에게 해줄 수 있는 일이란 게 고작 엄마에게 내 맨 머리에 손을 대게 해주는 것밖에 없는 것이었다.

"괜찮아. 쓰고 있어."

엄마는 다시 모자 위로 내 머리를 쓰다듬었다.

"벗을게."

엄마의 손은 오지 않았다. 그러나 나는 엄마에게 모자를 벗은 얼굴을 보여주는 것만으로도 그리고 그런 내 얼굴을 엄마가 봐주는 것만으로도, 엄마가 내 머리를 쓰다듬은 것이나 다름없다고 생각했다.

"미안해, 엄마."

"뭐가?"

"엄마 그런 얘기까지 하게 해서……."

"엄마 걱정하지 말고 너나 얼른 몸 추슬러. 마음도 추스르고."

비로소 엄마의 맨손이 내 머리로 왔다. 그리고 천천히, 오래도록 엄마는 내 머리를 다시 쓰다듬었다. 지금 같으면 묻지 않겠지만 같은 여자로서 엄마의 젊은 날에 대한 얘기를 들으면 그것이 어떤 위로가 되지 않을까 싶었던 그때의 내 나이는 열아홉 살이었고, 또 이제까지 살아오며 때론 자신에게조차 감추고 싶기도 했을 남루했던 시절의 첫사랑 얘기를 산부인과 회복실 바닥에 누워 있는 딸에게 딸에 대한 위로처럼 말했던 엄마는 마흔두 살이었다. 그게 사 년 전의 일이었다.

그러나 그 사 년 전, 내 몸에 어떻게 그런 일이 있었는가에 대해 차마 엄마에게 제대로 말할 수 없는 부분이 더 많았다. 아니, 그냥 많기만 했던 것이 아니라 독서실에서, 그리고 독서실이 있는 건물의 옥상에서 그런 일이 있었다는 것은 처음부터 거짓말이었다. 독서실에 그런 오빠가 나왔던 것은 사실이지만 그 오빠하고는 아무 상관도 없는 일이었다. 그냥 지나가는 말로 몇 마디 얘기를 주고받은 것이 전부였다. 그 건물 옥상에서의 일 역시 있지도 않은 것이었다. 내게 그런 일이 생겼을 때 그 오빠는 이미 독서실에 나오지 않았다. 언젠가 공부가 잘 되지 않던 한밤중 옆자리의 친구와 함께 두 번인가 세 번 그곳에 올라가본 밤 풍경만으로 엄마에게 거짓말을 했던 것이었다. 그 오빠가 어떤 공부를 하러 다녔는지, 그리고 독서실을 그만둔 게 군에 가기 위해서였는지, 아니면 다른 이유로 그냥 독서실만 그만둔 것인지 나로서는 전혀 모르는 일이었다. 제대로 얘기다운 얘기를 나눈 적이 없긴 하지만, 같은 독서실을 다니던 친구들 사이에 흰 얼굴에 말수가 없는 모습만으로도 늘 눈길을 끌던 오빠였다.

그날 엄마는 아직 주방에 있고, 나도 모르게 도망치듯 내 방으로 왔을 때 우선 느꼈던 것이 이제 이 일을 엄마가 알아버렸구나 하는 두려움이었다. 그 두려움 속에 곧 엄마가 이 방에 올 거고, 그러면 거짓말로라도 어떤 대답을 해야 하는데 그때 떠오르던 것이 이젠 독서실에 나오지 않는, 이름도 모르는 그 오빠의 얼굴이었던 것이다. 나하고 주고받았던 얘기는 7층 독서실로 올라가는 엘리베이터 안에서 내가 먼저 인사를 하자 그 오빠가 학교는 몇 시에 끝나느냐, 아침엔 몇 시에 가느냐, 하는 것들을 물었던 것이 전부였다. 나도 한 마디 묻기는 했었다. 오빠는 무슨 공부를 하느냐고 물었을 때 그 오빠는 어떤 공부를 한다고 말하지 않고 그냥, 이라고 대답했다. 그리고 그 장소를 독서실이 있는 건물 옥상이라고 말한 것도 그 오빠를 떠올림과 동시에 떠올린 것이었다. 한 번도 그곳에 여자와 남자 두 사람이 있는 걸 본 적이 없지만 같은 독서실에 다니는 친구들 말로는 더러 그곳에 독서실에 다니는 남자와 여자가 한밤중에 몰래 올라와 만나기도 한다는 것이었다. 그 건물 옥상 환기통 뒤쪽에서 서로 몸을 안고 있는 남자 아이와 여자 아이를 본 적이 있다는 친구도 있었다.

이미 내 몸 안에서 일어나고 있는 변화도 변화지만 그렇게 상관도 없는 오빠를 끌어들여 거짓말을 할 수밖에 없는, 그런 몸의 변화보다 더 말하기 끔찍한 일이 지난 여름 내게 있었던 것이다. 차라리 상대가 그 오빠였다면 몸의 변화에 대한 절망도 바닥 아래로까지 꺼지듯 무겁지는 않았을 것이다.

처음엔 그것마저 거짓말로 독서실에서 돌아오는 길에 누군지도 모르는 남자에게 강제로 당한 일이라고 말하려고 했다. 그래서 엄마가 그 말을 믿어주기만 한다면 엄마 앞에 내 죄도 한결 가벼워질 것 같았다. 그러나 그 거짓말은 뒤로 몇 마디 가지 못해 이내 탄로가 나고 말 것 같았다. 그 다음엔 더 직접적이고 날카로운 엄마의 추궁이 있을 것이고, 그러면 나는 모든 것을 다 사실대로 말하지 않을 수 없는 상황으로 내몰릴 것이었다. 그때서야 뒤늦게 독서실의 그 오빠라고 거짓말을 한다 해도 엄마가 그 말마저 믿지 않고 끝까지 내 입에서 사실대로 바른말이 나오게 할 것 같았다.

어쩌면 그날 내가 엄마에게 독서실에서 만난 오빠라고 한 것은 처음 하고 싶었던 거짓말 '강간' 과 차마 엄마에게는 그 말만은 할 수 없는 '사실' 의 중간 지점 같은 것이었는지도 모른다. 아주 상대가 누군지조차 사라져버리고 마는 강간보다는 같은 거짓말이라 하더라도 그 거짓말의 대상이 분명한 오빠 쪽이 엄마를 더 믿게 할 것 같았다. 아니, 그 상대가 실제론 누구였는지만은 엄마에게 감출 수 있을 것 같았다. 그때 내게 이미 진행되고 있는 몸의 변화보다 더 무섭고 두려운 것이 그 상대가 누구인지 가족들에게 알려지는 것이었다. 나는 다른 모든 거짓말을 해서라도 그것만은 막아야 한다고 생각했다. 생각만 해도 그건 뒷일이 너무 끔찍하고 복잡해 앞으로 남은 내 인생 모두로도 감당이 되지 않을 일처럼 여겨졌기 때문이다.

이모네 기혁이 오빠였다.

그해 여름, 기혁이 오빠가 군에서 마지막 휴가를 막 나왔을 때였다. 엄마는 언제나 내게 공부 쪽으로는 관대한 편이어서 그해 여름 휴가 때에도 엄마 아빠와 함께 며칠 바다에 가 놀고 오자고 했다. 아빠가 제주도의 것과 함께 화진포의 어떤 콘도 회원권을 가지고 있었다. 바다가 바로 보이는 자리에 있는, 바로 바닷가의 콘도였다. 문을 열고 베란다로 나가면 발밑에 바위들이 있고, 그 발밑으로 파도들이 밀려오곤 했다. 지난해 갔을 때 해돋이도 굳이 신발을 신고 사람들이 모여 선 해변으로 나가서 본 것이 아니라 그 사람들의 머리 위쯤에 해당하는 베란다에 나가서 베란다 난간의 흰 철봉을 잡고 보았다. 그러지 않으면 파도가 밀려올 때 마치 바다 밑으로 떨어지고 말 것 같은 기분이 들 만큼 해변 쪽으로 바싹 붙여 지은 콘도였다.

마음속에 많은 유혹이 있었지만 나는 공부 때문에 안 된다고 말했다. 이미 방학을 한 여름이었고, 수능이 백 일 조금 더 남은 시점이었다. 서울에 남아 있는다 하더라도 그동안 자리가 나게 공부를 하는 건 아니겠지만, 떠나고 나면 더 불안해지고 말 것 같았다.

"아빠하고 둘이 다녀와. 나 걱정하지 말고. 나 혼자서도 밥 잘 해 먹을 수 있으니까. 귀찮으면 나가서 사 먹으면 되고."

"누가 밥 때문에 걱정하니?"

"공부 때문이라면 더 걱정하지 말고. 잘하는 건 아니지만 더 열심히 할 테니까."

"아빠하고 무슨 재미로. 바다에 나가는 것도 귀찮아 문 열고 들어앉아 우두커니 텔레비전이나 보고 오게 되지."

"어른들은 참 이상해."

"뭐가?"

"좋은 데 가서도 둘이 가면 놀 줄 몰라. 그러니 꼭 애들 앞세우려고 하고."

그건 친구 집들을 봐도 그랬다. 우리 생각엔 우리가 안 따라가면 아이들한테 신경 안 쓰고 더 즐겁게 놀 수가 있을 것 같은데 실제로는 그러지를 못하는 것 같았다. 지금이야 우리가 고3이니까 데려가고 싶어도 못 데려가고, 또 그것 때문에 휴가를 못 떠나는 집도 많지만 그 전에도 엄마 아빠를 보면 그랬다. 어디 놀러갈 계획을 세울 때면 꼭 나부터 앞세우려고 했다. 친구들 얘기도 그랬다. 초등학교나 중학교 일이 학년 때까지는 엄마 아빠와 함께 다니는 게 재미있지만, 벌써 중3만 되어도 엄마 아빠를 따라다니는 게 재미가 없는데도 어디 놀러갈 때면 꼭 함께 데리고 가고 싶어 한다는 것이었다. 그러다 아이들이 안 간다고 하면 그러면 우리끼리 무슨 재미로, 하는 식으로 엄마 아빠도 안 가는 때가 많다고 했다.

"그게 왜 그러는 줄 아니? 다 너희들 중심으로 살다 보니 그렇게 되는 거지. 그러다 엄마 아빠만 가면 뭘 다 놔두고 온 것처럼 허전하니 노는 재미도 없는 거고. 그러니 갈 맛도 없는 거고."

"그럼 이모하고 같이 가. 어른들은 또 어른들끼리 그런 데 가면 잘 놀잖아. 애들 없어도."

"이모가 가려고 하니? 우린 둘이 가는데 혼자서."

"왜 혼자야? 기혁이 오빠도 어제 휴가 나왔다면서. 정윤이 언니도 갈 수 있으면 같이 가도 되고. 이모는 엄마처럼 그런 데 많이 안 다녀봤잖아."

"아이구. 정윤이 그 새침떼기가 잘도 따라나서겠다. 즈 엄마를 위해서 기혁이가 따라나서면 몰라도."

그때 기혁이 오빠는 대학원을 마친 후 군에 간 다음 마지막 휴가를 나온 것이었고, 정윤이 언니 역시 그런 데를 따라나설지 안 나설지 모를 대학 이 학년생이었다.

"그럼 엄마는 왜 날 보고 가자고 그래? 정윤이 언니도 안 따라가는 델."

"정윤이하고 너하고 같니? 걔는 가고 싶어도 우리가 돈 쓰는 데를 따라가는 게 싫어서 안 따라나서는 애니 그러지."

"가고 싶지만 나도 이번엔 불안해서 안 돼. 공부를 많이 하든 적게 하든 집에 있어야 마음이 편할 것 같아."

그래서 엄마가 이모네에 전화를 했다. 넓은 거실과 주방 그리고 주방 옆에 달린 방 하나와 또 바다 쪽으로 방이 하나 있는 콘도였다. 엄마는 전화로 이모에게 둘이 가게 되면 놀게 될 빈방이 아까워서라고 했지만, 정말 엄마 아빠만 내려간다면 두 사람 다 집에서처럼 우두커니 텔레비전이나 보고 올 휴가였다. 이모라도 같이 가야 저녁에라도 아빠가 두 사람을 데리고 바다로 나가거나 아니면 어른들이 놀 만한 데를 찾아 자동차를 운전할 것이었다. 이모가 아이들에게 물어보고 다시 전화를 하겠다고 했다.

결국 엄마의 말대로 저쪽에서는 기혁이 오빠가 이모를 따라나서는 모양이었다. 고작 보름밖에 되지 않는 휴가 기간 동안 시간 아까운 걸 여기더라도 정윤이 언니보다 기혁이 오빠가 더할 텐데도 그랬다.

"같이 가, 너도."

떠나기 전날 저녁, 엄마가 바꾸어준 전화로 기혁이 오빠가 말했다.

"안 돼 나는. 오빠나 갔다 와. 이모 모시고."

"공부 때문에?"

"응."

그러면서 오빠에게 어른들은 왜 어른이 되어서도 혼자서나 둘이서는 잘 놀 줄 모르는지 모르겠다고 말했다. 기혁이 오빠도 일하는 것만 배웠지 노는 건 안 배운 사람들이니까, 라고 말했다.

"나야말로 거기 혼자 따라가면 심심한데. 황금 같은 휴가 없애 가며."

"정윤이 언니는?"

"다음 주에 친구들하고 간단다."

"좋겠다, 언니는."

"그러니 너도 같이 가."

"오빠가 내 공부해 줄 거야?"

"그래봐야 나흘이잖아. 공부는 못해 줘도 대신 휴가 끝날 때까지 너를 가르쳐줄 수는 있지. 그러면 그게 너한테도 더 효과적이고."

그래서 마음이 흔들린 것이었다. 불안해서 못 떠나긴 하지만 막상 혼자 있게 됐을 때 그 시간만큼 열심히 공부를 잘할 수 있을 거라는 생각도 들지 않았다. 오빠도 이미 내 그런 마음을 알고 전화를 한 듯했다.

"공부라는 거 그거 책만 잡고 하는 듯 마는 듯해서는 소용도 없는 거야. 그동안 쌓인 스트레스 확 풀어낸 다음 죽기 살기로 본격적으로 달라붙어 하는 게 효과적이지."

엄마 아빠는 자식들의 공부가 예전 두 사람 공부의 평균에서 왔다 갔다 하는 것이라고 했지만 기혁이 오빠나 정윤이 언니를 보면 꼭 그렇지만도 않은 것 같았다. 아직 오빠 언니가 어렸던 시절, 돌아가신 이모부의 머리가 남달랐던 것인지는 모르지만 과외 같은 거 한 번 하지 않고도 두 사람은 이모의 자랑이 되었다. 전에 엄마도 그런 말을 했었다. 이모부가 돌아가신 다음 이모도 중간에 팔자를 고칠 기회가 몇 번 있었지만, 그때마다 이모가 기혁이 오빠 장래에 모든 희망을 걸고 그것을 거절한 것도 이미 중학교 때부터 두각을 나타내기 시작한 오빠의 남다른 공부 때문이었다고 했다. 그 점에서는 정윤이 언니 역시 마찬가지였다. 아빠의 평균론대로라면 같은 자매라도 엄마보다는 이모가, 또 이모보다는 이모부가 그런 쪽으로 월등하게 머리가 좋았던 것인지도 모른다.

내가 삼 학년이 되었을 때 엄마가 정윤이 언니에게 내 공부를 부탁했을 때, 나도 그게 싫었지만 정윤이 언니도 다른 핑계를 대고 그걸 거절했다. 아주 형제나 자매가 아닌 다음에야 친척끼리 공부를 가르치면 가르치는 사람이나 배우는 사람이나 가르치고 배우는 것의 분명한 선이 무너져 차라리 남한테 배우는 것보다 못하다는 것이었다. 저도 그러고 싶지만요, 아마 정윤이 언니는 분명 그렇게 말하고 나서 뒷말을 달았을 것이다. 나도 정윤이 언니한테 배우는 것은 싫었다. 그렇지만 정윤이 언니가 그렇게 말하더라는 얘기를 들었을 때 엄마 앞에서는 다른 친구들도 그러더라고 맞장구를 치긴 했지만 속으로는 쳇, 지가 하면 또 얼마나

한다구, 아주 웃겨, 라고 말했다.

"그러면 오빠가 정말 가르쳐줄 거야?"

"며칠간 어른들 사역할 생각하니 끔찍해서 그런다."

"그게 뭔데?"

"그런 게 있어. 군대에서 억지로 일 끌려 나가는 거."

"따라가면 나 가르쳐줄 거냐구? 휴가 끝날 때까지."

"불안하면 내일 갈 때도 책 가지고 가면 되잖아. 나흘 동안 종일 놀지만도 않을 텐데."

그래서 다음 날 아침 일찍 우리 식구와 이모, 이모네 기혁이 오빠, 이렇게 아빠가 운전하는 자동차를 타고 진부령을 넘어 화진포에 갔다. 아빠 옆에 엄마가 타고, 뒷자리에 나와 이모, 기혁이 오빠가 앉았다. 기혁이 오빠가 근무하는 부대도 그 길 근처 어디에 있다고 했다.

가는 날은 아침 일찍 떠났는데도 오후 늦게서야 그곳 콘도에 도착했다. 아빠는 자동차 안에서도 그랬고 또 콘도에 도착해서도 그곳 화진포에 김일성 별장과 이승만 별장이 함께 있다는 얘기를 했다. 그러면서 또 자동차 안에서 아빠 군대 때의 얘기를 했다. 그건 홍천이라는 곳에서 인제라는 곳으로 나갈 때 기혁이 오빠가 이 부근 어디에 자신이 근무하는 부대가 있다고 말할 때였다.

"나는 포천에서 군대 생활을 했는데 말이지. 거기도 겨울이면 엄청 추워. 산정호수 쪽에 가면 거기에도 김일성 별장이 하나 있거든. 또 승일교라는 다리가 하나 있는데, 그게 왜 승일곤지 알아? 그게 이승만과 김일성의 이름 한 자씩 따서 승일교라고 지은 거라구. 거기가 삼팔선 북쪽이니까 예전에는 북쪽 땅이었고, 지금은 남쪽 땅이고 하니 말이지."

그러자 기혁이 오빠가 거기에 김일성의 별장이 있는 건 맞지만 사실은 그 다리를 놓은 공병부대장의 이름이 승일이어서 공명심에 다리 이름을 그렇게 붙인 것인데, 그것이 이쪽저쪽 땅이 바뀌는 과정에 이승만과 김일성의 이름을 따지은 것처럼 잘못 전해진 얘기라고 말했다.

"어라, 얘가 또 못 듣던 소리 하고 있네. 내가 거기서 군대 생활을 했는데 모르겠나. 서울 남대문도 서울 안 가본 사람이 가본 사람보다 더 아는 것처럼 말한다더니. 거기 문지방이 닳아 반질반질하다고."

둘 다 처음 듣는 얘기여도 내 생각에도 아빠보다 오빠 말이 맞는 것 같았다. 그런데도 아빠는 기혁이 오빠의 말을 가볍게 일축하고 마치 아빠의 젊은 시절로 돌아간 것처럼 군대 얘기를 하고, 또 그야말로 군대에서 축구하던 얘기까지 했다.

"아빠. 이 세상에서 여자들이 제일 재미없어 하는 얘기가 뭔지 알아?"

"뭔데?"

"세 번째로 재미없는 게 군대 얘기야. 그리고 두 번째로 재미없는 건 축구 얘기구."

"그게 왜? 남자들은 얼마나 재미있어 하는 얘긴데."

"하여간 그렇다구. 남자들은 재미있는지 모르지만 여자들은."

"그럼 제일 재미없는 건 뭔데?"

"지금 아빠처럼 군대에서 축구한 얘기."

"그래? 하하. 그거 재미있는데. 군대에서 축구한 얘기. 잊어먹지 말고 어디 가서 써먹어야겠다. 그런데 요즘은 그런 얘기도 들었다 해도 금방 잊어버린단 말이야."

"하지 마. 아빠."

"왜?"

"그거 모르는 사람은 아빠밖에 없을 거니까. 고구려 군대 시절부터 내려오던 얘긴데 뭐."

"군대에서는 오래된 농담을 고조선 전우신문에 났던 얘기라고 합니다."

"고조선 전우신문? 하하. 그것도 재미있네. 우리 때는 말이지. 전우신문이라는 게……."

그러면서 아빠는 다시 자신의 군대 시절 얘기를 했다.

"당신은 나하고 다닐 땐 한 마디도 안 하더니 여럿이 가니 꽤 좋은가봐요. 여태 안 하던 말도 다 하고."

옆자리에 앉은 엄마가 그렇게 말할 정도였다.

"당연하지. 이봐, 우리 둘이만 가면 무슨 재미가 나나? 이렇게 처형도 모시고 애들도 데리고 가니 저절로 기분이 나는 거지. 안 그렇습니까 처형? 야, 윤희야. 또 웃기는 얘기 좀 해봐라. 아빠 배우게."

그래서 오빠하고 나하고 고조선까지는 아니지만 조선 시대 역사신문에 났을 만한 우스갯소리는 다해 주었다.

"야, 야, 이제 그만해라. 갈 때 얘기하면 내가 다 잊어버리고 말지. 올 때 얘기해 줘야 몇 개는 안 잊어버리고 나중에라도 써먹지. 그리고 보면 말입니다, 처형. 나는 들은 얘기도 금방 잊어버리고 마는데 예전에 돌아가신 우리 형님 말입니다. 그 양반은 처갓집 가서도 나하고 같이 들은 얘기도 그렇고, 나하고 같이 보고 온 것도 그렇고 참 안 잊어버려요. 사실 우리 장모님이 얘기는 또 오죽 많으신 분입니까? 그러면 나는 예예 해도 다 잊어버리고 마는데, 이 양반은 돌아와서 다시 나한테 다 얘기를 해줘요. 뭐는 이렇게 하고, 뭐는 저렇게 하고 하는 식으로. 공부를 해도 판검사로 성공할 양반이었는데."

"그러니 뭐 하겠어요? 일찍 세상 뜨고 마는걸."

"그러게 말입니다. 이럴 때 함께 다니면 나도 동무가 좋아 좋고, 처형도 외롭지 않고. 야, 기혁아."

"예."

"너도 그렇고, 정윤이도 그렇고, 너희들 어머니한테 잘해야 한다. 느 아버지 못 하고 가신 거 다 너희들이 말이지."

"예."

"처형. 그래도 듬직하지요? 나도 저 녀석 보면 처형이 든든해 보이거든요. 사실 이번 우리 휴가도 저 녀석 덕에 가는 겁니다. 아까 이 사람 말대로 우리 둘이 다니면 뭐 재미있습니까? 요즘 애들 어른하고 같이 어디 다니는 거 싫어하는데도 저 녀석이 어머니 모시고 나오니 우리 윤희도 따라나서고, 두 집안 기사 노릇하는 나도 기분이 좋아 이렇게 떠들고 말이죠. 그래서 내가 이번 휴가 동안 우리 식구들을 최고로 모실 겁니다. 먹는 것도 최고로, 노는 것도 최고로 말이죠. 그리고 저 녀석 휴가 끝나고 들어갈 때 포상금도 두둑히 줄 거구요."

확실히 아빠는 기분이 좋아 보였다. 이모를 엄마의 손위 언니라고 크게 어려워했던 적은 없었지만—그렇다면 함께 떠나지도 않았겠지만—이제까지 아빠가 이모 앞에 이렇게 기분 좋은 얼굴로 유쾌하게 많은 말을 했던 적도 없었다. 내 기억으로 딱 한 번, 몇 년 전 이모의 생일날 호텔에서 두 집 식구가 함께 식사를 할 때 그랬다. 그날 아빠는 이모에게 반지를 선물하고, 또 그것을 직접 끼어준 다음 포도주를 따르며 말했다.

"처형은 나를 어떻게 생각할지 모르지만 나는 처형이 참 고맙습니다. 이 사람 서울에 와 학교를 다녔다 해도 그게 다 장인어른이나 장모님보다는 처형 덕이지요. 그래서 나도 만나 우리가 이렇게 일가를 이루고 살고. 고맙습니다, 처형. 많이 드세요. 그리고 형님 몫까지 오래오래 애들하고 행복하게 사시구요."

그래도 그땐 이모가 눈물을 흘려 지금처럼 유쾌한 분위기는 아니었다. 아빠 혼자 그런 이모를 달래려고 더욱 웃는 얼굴로 많은 말을 하며 애썼던 것 같다.

그러나 우리가 함께 휴가를 떠나는 것을 그렇게 좋아하던 아빠는 화진포 바닷가 콘도에서 하루만 자고 다음 날 오전 다시 서울로 올라갔다. 무슨 일인지 아침 일찍 회사 박 상무님이 아빠를 찾는 전화를 했다. 처음엔 아빠가 전화로 무어라고 지시를 했고, 삼십 분쯤 후 다시 박 상무님이 아빠에게 휴가철이라 속초에서 뜨는 당일 비행기 표가 없긴 하지만 회사에서 어떻게 표를 구했노라며 열한 시 비행기 편으로 올라오라고 했다.

"뭐 별일 아니야. 내가 과천에 나가서 직접 설명해야 할 일이 있어서 그런 거지. 일 보고 저녁때든 내일 아침이든 다시 내려올 테니 마음 편히 쉬고 있어."

아빠 말로는 공정거래위원회의 어떤 일이라고 했다. 대기업이 정부로부터 따낸 어떤 공사에 아빠 회사가 참여했는데, 그에 대한 공사대금 지급에 관하여 원청기업인 대기업에 불리하지 않도록 해명만 해주면 되는 일이라고 했다. 그런 일이거나 그 비슷한 일은 전에도 가끔 있었다. 처음엔 좀 놀란 얼굴을 하던 이모도 엄마가 그 일을 대수롭지 않게 여기자 이내 편안한 얼굴을 했다.

"이거야 원. 어쩌다 내려온 휴가, 편하게 쉬지도 못하게 하는구만. 모처럼 두 집 다 내려왔는데 말이지."

그래서 오빠가 아빠를 속초공항까지 데려다주었다. 나도 함께 그 차를 타고 갔다 왔다. 갈 때도 올 때도 오빠가 운전을 했고, 내가 오빠가 운전하는 옆자리에 앉았다.

"기혁이 너 우리 윤희한테 좋은 말 좀 많이 해줘라. 그리고 이걸로 윤희 뭐 맛있는 거 사달라면 사주고."

공항에서 아빠는 오빠에게 지갑에서 세어보지도 않고 이만큼 돈을 꺼내주었다.

"아닙니다."

"너희들도 너희들끼리만 써야 할 돈이 필요해서 주는 거니까 받아. 내가 따로 주더라고는 어머니하고 이모한테는 말하지 말고. 전체 써야 할 돈은 이모한테 따로 주고 왔으니까."

그제야 기혁이 오빠가 감사합니다, 하고 아빠가 주는 돈을 받았다. 어쩌면 아빠는 서울로 올라갈 때 이미 그렇게 올라가면 다시 내려오기 힘들 거라는 걸 알고 있었는지 모르겠다. 다음 날 저녁때까지도 아빠는 내려오지 못했다. 그냥 전화로만 엄마한테 별일이 있는 건 아닌데, 서울에 계속 있어야 할 것 같다고 말했다.

그러자 엄마들은 엄마들끼리, 그리고 오빠와 나는 오빠와 나대로 휴가를 온 사람처럼 두 팀이 따로 놀기 시작했다. 그건 이미 아빠가 올라간 낮부터도 그랬다. 엄마와 이모는 나가봐야 덥기만 하지, 하는 식으로 잠시 바닷물에 몸을 담그고 나선 거의 콘도에만 있었다. 오빠와 나만 해변으로 나가 종일 수영을 했다. 그런데 참 바다라는 것이 이상했다. 그동안 집에서는 오빠가 놀러 오면 목덜미라도 보일까 부끄러워하고, 행여 치마라도 말려 올라가 무릎 위 허벅지라도 보일까봐 늘 조심스러웠는데 바다에 오니 언제 우리가 그런 생각을 했는가 싶게 나는 오빠 앞에 아슬아슬한 모습의 수영복을 입고도 깔깔거렸고, 오빠 역시 작은 팬티 조각 하나 외엔 온몸을 내 앞에 드러내놓고도 서로 그것을 조금도 이상하게 여기지 않게 되던 것이었다.

물론 때로는 언뜻언뜻 마주치는 오빠의 눈길이 부끄럽기도 했다. 오빠 역시도 그런 것 같았다. 그러나 우리는 깔깔거리며 수영을 하고, 또 깔깔거리며 파도 타기를 하고 서로 몸을 밀어 깊은 바다에 빠뜨리기도 했다. 운동 중 다른 것은 몰라도 수영만은 자신이 있었다. 유치원 때부터 스포츠 센터에서 수영 강습을 받았고, 고등학교 일이 학년 때에도 친구들과 자주 수영장에 다녔다. 그래서 오빠하고 시합을 하듯 먼 곳까지 헤엄을 쳐 나가기도 하고, 물속에서 서로 물을 먹이기 싸움을 하듯 수영을 하는 다리를 잡거나 팔을 잡아당기기도 했다. 서로 처음 대하는 맨 수영복에 대한 어색한 느낌도 잠시 동안뿐 한낮이 지난 다음부터는 해변에 앉아서도 서로 다리를 붙이고 장난을 했다. 이모나 엄마 몸 닮아 오빠 몸이나 내 몸도 그곳 해변에서 빠지는 몸은 아니었다. 바다에 들어갔다가 나올 때면 우리는 팔을 끼고 파도가 겨우 닿을락 말락 한 모래밭으로 나와 털석 몸을 던지기도 하고, 또 그렇게 내가 오빠 팔에 매달리듯 팔짱을 끼고 가게로 가 음료수를 사 마시거나 간식을 사 먹거나 기념품들을 구경하곤 했다.

아직 고등학생인 내 얼굴이 남들 눈에 앳돼 보이긴 했겠지만 누가 봐도 우린 어른들 몰래 둘만 이 바닷가를 찾은 어린 연인 같은 모습이었을 것이다. 거기에다 학교와 공부까지 벗어난 내 마음 안의 해방감과 어떤 도발심까지 겹쳐 오빠 옆에 더욱 짝 달라붙어 그런 모습을 연출하고 싶어 했던 것인지도 모른다. 지나가는 사람들 모두 내가 매달리듯 오빠의 팔짱을 끼고 걷는 모습을 보았고, 또 더러는 우리를 지나치며 힐끔거리기도 했다. 나는 마냥 그런 분위기가 좋았다. 내 또래의 아이들 중 나 같은 모습의 아이가 없다는 게, 마치 나 혼자 그들보다 더 성숙해져 있는 것 같은 느낌을 주어 더욱 오빠 옆에 달라붙어 다녔던 것인지 모른다. 가게며 해변을 걸을 때 오빠는 내 허리에 손을 올리거나 어깨를 감싸지 않았지만 나는 몇 번 먼 바다로 나갔다 들어온 다음부터는 나도 모르게 마음대로 오빠의 허리를 안고는 했다. 아니, 나도 모르게 했던 것이 아니라 나 스스로에게도 모르게인 것처럼 했던 것인지 모른다. 그러니까 이런 심리 같은 것이었다. 내가 오빠의 팔을 안고 다니는 것은 그의 동생이니까 누구에게도 눈치 볼 일이 아니어서 떳떳하고, 또 그렇게 팔짱을 낀 모습으로는 오빠 동생의 분위기보다는 다른 분위기를 해방감처럼 느끼거나 풍기고 싶어 했던 것이다. 그러면서 뭔가 그 해변에서 아침과 다르게 내가 마음도 몸도 성숙해져 가는 느낌을 받았다. 그것은 내가 팔짱을 낀 오빠도 모르게 나 스스로 즐기는 어떤 은밀한 심리 게임 같은 것이었는지도 모른다.

그건 해가 진 다음 저녁때에도 마찬가지였다. 밖에서 식사를 한 다음 이모와 엄마는 잠시 우리와 해변을 둘러본 다음 다시 콘도로 들어갔다. 엄마와 이모가 놓치지 않고 보는 드라마가 있었던 것이다. 우리만 밖에 남았다.

"너무 늦지 않게 들어와. 괜히 나쁜 것들한테 붙잡혀 시비당하지 말고."

우리의 제약은 그것뿐이었다. 너무 늦지만 않게 들어가는 것. 나는 마음속으로 자정쯤이 그 시간일 거라고 생각했다. 대충 바닷가 샤워실에서 몸에 절은 소금물을 헹구고 다시 콘도로 들어와 정식으로 샤워를 한 다음 내가 갈아입은 옷은 서울에서 떠날 때 이 옷은 가져가도 오빠 앞에서 제대로 입지 못할 거야, 했던 짧은 핫팬츠와 그 핫팬츠의 허릿단에 닿을 듯 말 듯한 길이의 소매 없는 티셔츠였다. 오빠는 무릎까지 내려오는 헐렁한 반바지와 헐렁한 티셔츠를 입었다. 내가 그런 옷을 입었을 때에도 엄마는 이미 낮에 입은 것을 본 수영복에 대한 면역 때문인지 그렇게 입었다가 모기 물리지 않겠니? 하는 말만 했다. 바닷가 모기가 무섭다고 했다.

"약 뿌리면 돼요. 모기 안 달려드는."

오빠가 대신 말했다.

"세월도 참 좋아. 예전에 우리 살 때는 저녁 먹을 때마다 마당 가에 거 왜 풍로에 쑥을 얹어서……."

"그래도 조심해. 바닷가 모기는 담요도 뚫는다더라."

이모가 엄마에게 말하고, 엄마가 우리에게 말했다.

"괜찮아요. 한 번 스프레이 하면 네 시간은 끄떡없으니까. 요즘은 군대도 보초 설 때 이런 게 나와요. 모기 깨물려 긁거나 움직이면 안 되니까."

그게 오빠의 군대 얘기와 아빠의 군대 얘기 차이였다. 아빠는 우려먹을 것도 없는 걸 자랑하듯 질리게 했고, 오빠는 지나가는 말처럼 새로운 것들에 대해 한두 마디 그 말이 꼭 쓰여야 할 데를 찾아 적절하게 얘기했다.

그날 저녁 나는 오빠와 데이트를 하듯 오빠 옆에 바싹 붙어 좁은 화진포 해변가의 가게란 가게들은 다 돌아보았다. 그러다 열시쯤 호텔식 콘도의 지하 나이트에 갔을 때 더 이상 발 디딜 틈이 없어 도로 나오고 말았다. 그리고 해변에 마주 어깨를 붙이고 앉아 손으로는 모래 장난을 하며 오빠가 묻는 학교 생활과 앞으로의 일들에 대해서 말했다. 오빠는 주로 그런 것을 물었고, 나는 오빠에게 애인이 있는지, 예전에는 있었는지, 있었는데 왜 헤어지게 되었는지 하는 것들을 물었다. 그리고 정확하게 열한 시에 방으로 들어왔다. 젊은 남자들 몇이 술이 취한 채 해변을 떼 지어 어슬렁거리며 다녔기 때문이었다.

낮에는 넓은 바다가 우리 앞에 탁 트여 있어도 밤엔 먼 바다에 떠 있는 고깃배의 불빛 말고는 파도 소리조차 우리를 단조롭게 했고, 또 갈 곳 없이 답답하게 만들었다. 아빠는 내일도 오지 못할 것이라고 했다. 아쉬워하는 것은 엄마와 이모뿐이었다. 아빠가 온다 해도 어른들은 어른들끼리, 우리는 우리끼리, 이미 낮부터 해야 할 일과 놀아야 할 일이 따로 정해져 있었다.

다음 날엔 아침부터 비가 내려 바다에 오래 나가 있지 못했다. 가는 비가 오는데도 해변엔 수영하는 사람들이 제법 있었다. 우리도 아예 콘도에서부터 수영복을 갈아입고 바다로 나갔다. 전날엔 몰랐는데 바닷가 바로 옆에 지어진 콘도에 묵는 젊은 사람들과 아이들은 다 그렇게 하는 것 같았다. 우리는 엘리베이터 대신 복도와 계단을 걸어 발밑의 바다로 들어갔다. 그러나 오래 바다에 들어가 있지는 못했다. 점심때가 지나 아빠는 이제 아주 내려오지 못하게 되었다고 했다. 내려와봐야 내일 하루 쉬고 모레 다시 올라가야 하는 것이었다. 그러나 그래서 안 내려오는 것이 아니라 별일이 아니라면서도 그 별일이 아닌 일로 회사에 있어야 한다고 했다.

어쩌면 오빠와의 사이에서 있었던 그날의 모든 일이 그 가는 비로부터 시작되었는지 모른다. 가는 비 때문에 전날보다 일찍 바다에서 돌아왔고, 저녁을 먹은 다음 어른들과 함께 방에 있는 게 그렇게 답답할 수가 없었다. 그리고 저녁이 되어 그 가는 비는 굵은 비로 바뀌었다. 낮처럼 이번에도 내가 오빠를 밖으로 불러냈다. 낮부터 내린 비 때문인지 저녁때가 되어서도 나이트는 어제보다 더 만원이었다.

"우리 자동차 타고 나가 오빠."

"어디로?"

“아무 데나. 이쪽으로 가든 저쪽으로 가든.”

“아무 데나 가긴. 여기서 저쪽 길로 자동차로 십 분만 더 가면 휴전선이야. 거기서 다시 십 분만 더 가면 금강산이 나올 거고.”

“여기가 그렇게 북쪽이야?”

나는 조금도 그런 생각을 해본 적이 없었다. 여기가 남쪽에선 가장 위쪽에 위치한, 그래서 김일성의 별장까지도 있는, 북쪽과 가장 가까운 해수욕장이라고는 들었지만 그렇게 가까운 곳에 휴전선이 있고 금강산이 있는 줄 몰랐다. 서울에서 떠난 사람들에겐 이 땅의 관광지가 다 서울 근교인 것이었다.

“그럼 아래로.”

“비가 오는데?”

“자동차 안엔 안 오잖아.”

“이런 날 책이나 보지. 가져왔으면.”

“서울 가서 열심히 할 거야. 오빠가 도와준다고 했잖아. 갈 거야 안 갈 거야?”

“키 가져올게.”

“엄마가 가지고 있어?”

“응.”

“그럼 내가 가지고 올게.”

나는 오빠하고 잠시 자동차를 타고 아래로 내려갔다 오겠다고 했다. 엄마는 비가 오는데? 하고 물었고, 나는 여기는 갈 데도 없이 답답해서 그런다고, 늦지는 않을 거라고 했다.

"그래. 바람만 쐬고 들어와. 너무 늦지 말고."

"전화할게, 중간에."

"괜히 밖에 나가 비 맞지 말고."

엄마는 모자가 달린 헐렁한 면 셔츠를 내주었다. 가운데 지퍼로 채우고 풀고 하는 셔츠였다. 복도로 나오며 입으니 오히려 면 셔츠의 길이가 내가 입고 있는 핫팬츠의 길이보다 더 아래로 내려오는 것 같았다. 어느 것이 더 길고 짧은지 허리를 숙여 허벅지를 바라보자 더욱 그렇게 보였다.

오빠가 운전을 하고 내가 오빠 옆에 앉았다. 자동차에 올라앉아 허벅지와 무릎을 구부리자 입고 있던 핫팬츠는 더욱 위쪽으로 올라가 몸에 끼는 것 같았다. 핫팬츠는 아예 보이지도 않고 면 셔츠 아래로 길게 내 허벅지만 두 개 드러났다. 운전석에 앉은 오빠의 모습도 그랬다. 무릎까지 내려오는 반바지였지만 자리에 앉느라 오빠의 반바지도 바싹 위쪽으로 올라가 원래 그 길이 정도밖에 되지 않는 짧은 바지를 입은 것처럼 보였다.

거진이라는 곳을 지나 간성이라는 곳까지 나갔지만 마땅히 자동차를 댈 곳도 없었고, 들어갈 곳도 없었다. 그곳도 거리마다 관광객들이 우산을 들고 이곳으로 왔다 저곳으로 분주하게 움직였다.

"속초까지 내려가?"

"거긴 어딘데?"

"어제 갔던 비행장이 있는데. 설악산이 있고."

"여기서 멀잖아."

"가도 시내에는 별로 없고 설악산에나 뭐가 있을 거다. 그리고 거기도 비가 오니 꽉 찼을 테고. 오고 가는 시간 빼면 자동차 안에서 말고는 놀 시간도 없고."

"답답해. 이럴 땐 답답해도 서울이 좋은데."

"어떻게 해?"

"돌려. 그렇지만 금방 가지는 마. 가봐야 할 것도 없는데. 엄마들은 텔레비전 볼 거고."

"공부하지."

"오빠. 나는 오빠나 정윤이 언니하고 달라. 그런 거라면 그냥 다 던져버리고 싶어. 공부고 뭐고. 그냥 답답하기만 하고."

"비가 더 온다."

후진으로 자동차의 방향을 바꾸며 오빠가 말했다.

"가지 마, 금방."

"여기는 길가야. 자동차들 다니구."

"와도 쉴 데가 없어."

"이만큼 쉬면 되지. 그래도 윤희 네가 오니 다행이지 나 혼자 왔더라면 더 심심할 뻔했어. 혼자 갈 데가 없으니 어른들 텔레비전 심부름해 가며."

"그럼 내가 오빠 위해서 왔네."

"그래. 그래도 어제 오늘 너도 잘 놀았잖아."

"이게 잘 노는 거야? 갈 데도 없어 이러고 있는 게. 이제 가. 그렇지만 빨리 가지는 마. 가면 더 답답하니까."

다시 자동차를 출발시키며 오빠가 운전석의 무엇을 조작하자 윈도 브러시가 더 빠르게 움직였다. 우리 반 아이 중 누군가 윈도 브러시에 대해 했던 얘기가 떠올랐다. 아빠가 저녁에 학원에 데려다주는데 비가 왔고, 그러자 윈도 브러시가 자동차 앞창을 왔다 갔다 하며 자기에게 공부해, 공부해, 하는 소리를 내더라고 했다. 그 얘기를 들을 땐 마음속으로 그렇게 따라 말하니 그렇지 했는데, 그 아이가 했던 얘기를 떠올리자 정말 윈도 브러시가 빠르게 움직이며 내게 그런 소리를 내는 것 같았다.

"오빠, 저거 좀 천천히 움직이게 할 수 없어?"

"비가 많이 오잖아. 아까보다."

"그래도. 천천히 가면 되구."

오빠가 자동차의 속력과 함께 브러시의 속도를 줄였다. 아까보다 확실히 더 굵은 비가 쏟아지는 것 같았다. 그런데도 창밖으

로 언뜻언뜻 검게 내려앉은 바다에 거품을 푼 듯 밀려드는 흰 파
도가 보였다. 좁은 빗길에서도 뒤따라오는 자동차들은 연신 클
랙슨을 울리며 우리를 추월해 나갔고 마주 오는 자동차들 역시
위협적으로 우리 앞으로 달려왔다.

오 분 사이로 비가 더 오는 것 같았다. 자세를 편하게 하기 위
해 몸을 틀면 핫팬츠와 그 안의 속옷이 더욱 몸에 끼어왔다. 오빠
는 앞만 보고 운전을 했다. 비는 더 내리는데도 브러시는 아까보
다 느리게 움직였다.

"오빠도 답답하지?"

"뭐가?"

"브러시 움직이는 거."

"그래."

"나도 답답해. 나는 오빠나 정윤이 언니 같지도 않고. 그런데
도 엄마 아빠는 거기에 대해 아무 말 안 하고. 어제도 오면서 느
꼈어. 그래도 내가 공부를 잘했으면 하고 바라는 걸 말이지. 아
빠가 오빠 대하고 또 오빠를 믿는 걸 보고."

"그거야 우리 아버지가 일찍 돌아가셨으니 그러지. 엄마만 계
시고."

"아냐. 꼭 그래서만도. 오빠를 믿는다는 게 뭘 믿는다는지도
알고."

"신경 쓰지 마. 놀러 와서."

"얼마나 더 가면 돼?"

"여기서 한 이십 분쯤. 이 속도로 가면."

"빨리 가지 마. 열 시도 안 됐어."

"뒤에 자동차들이 자꾸 빵빵거리잖아."

"그러면 가지 말고 서, 오빠. 좁아도 여기 자동차 안이 더 편하니까. 엄마들만 있는데 일찍 들어가는 것보다는."

"여긴 길이 좁아. 서 있을 데도 없고."

"그럼 좀 넓은 데 가서 길 옆에 서면 되잖아."

여전히 비는 거세어지고 있었고, 몸을 움직일 때마다 핫팬츠와 그 안의 속옷이 더욱 바싹 몸에 끼어오는 것 같았다. 여전히 오빠는 앞만 보고 운전을 했고 윈도 브러시는 느리게 움직였다. 나는 바다가 보이는 창밖 쪽으로만 눈길을 돌렸다. 그러자 아무 이유 없이 그리고 까닭 없이 슬퍼지는 듯한 기분이었다.

오빠가 길옆 공터에 자동차를 세웠다. 바다는 보이지 않았다. 얼마 떨어지지 않은 거리에 난 길로 자동차들은 빗속을 달려가고 달려오고 있었다. 몸을 움직이지 않는데도 옷이 몸에 끼어왔고 몸을 틀면 아래 부분으로 그것이 더욱 끼어오는 것 같았다. 어제 하루와 오늘 낮 동안 오빠와 잘 놀고도 왜 슬퍼지고 우울해지는지 까닭을 몰라 괜히 더 내 슬픔이 깊어지고 있는 것 같았다.

그러면서 한편으로는 그 정체 모를 우울함이 왠지 내게는 잘 어울리고 또 제법 그럴 듯한 무엇처럼 느껴지기도 했다. 비는 여전히 거세게 차창을 두드리고 거기에 어떤 작은 두려움을 동반한, 밀폐된 자동차 안의 은밀함까지 더해지자 참 묘한 기분이 들었다.

"왜 그러는데?"

오빠는 내가 아까와는 다르게 많이 우울해하며 또 슬퍼한다고 생각하는 것 같았다.

"몰라. 나도."

"기운 내라."

오빠가 가만히 내 어깨에 손을 얹어 위로했다. 그 위로를 오빠의 다른 감정으로 바꾸었던 것도 그 다음의 내 행동들이었을 것이다. 나는 손을 올려 내 어깨에 둘러진 오빠의 손을 잡았다. 그런데 왜 갑자기 울컥, 하고 눈물이 났는지 모르겠다. 나도 모를 내 답답함과 아무런 이유도 없는 슬픔의 무게를 오빠의 팔 무게로 가늠했던 것인지 모른다. 꼭 그만큼만 우울하고 꼭 그만큼만 슬퍼지는 기분으로 나는 가만히 내 팔을 두른 오빠의 어깨에 얼굴을 묻었다.

그리고는 더 말하지 않으련다.

창밖의 비는 더 거세지는 듯했다.

내 열아홉 살에 그런 일이 있었다. 아침에 내린 가는 비로부터 한밤까지 내린 굵은 빗줄기 사이로, 그리고 그곳 화진포의 어느 바닷가, 그러나 바다가 보이지 않는 길옆 자동차 안에서. 그러니 그대들도 더 묻지 않기를 바란다. 지금도 내게 가혹한 것은 그 밤의 기억이 아니라 그때 열아홉 살의 내 나이와 그런 내 나이에 맞이한 그 밤에 대한 그대들의 은밀한 호기심들이니까.

6
싫어, 라고 말하지 못했네

그해 나는 대학엘 가지 못했다. 내 수능 성적으로는 서울에 있는 어느 학교도 갈 수가 없었던 것이다. 지방은 또 엄마가 말렸다. 자식이 여럿 있는 것도 아니고 하나 있는 딸 그렇게 멀리 보내고 싶지 않다고 했다. 이미 나 아래로 동생 윤석이를 잃은 엄마였다. 처음엔 아무 데나 있는 학교면 어때? 하던 아빠도 엄마가 워낙 강경하게 말하니까 엄마 말을 따랐고, 나 역시도 그것이 내 문제임에도 불구하고 지난 가을 병원에 갔던 일과 또 그것 때문에 더 낮게 나온 수능 성적 때문에 아무 말도 하지 못했다. 자연 재수를 할 수밖에 없었다.

오빠는 그해 봄에 제대를 했다. 이제 제대를 했다고 인사를 하러 온 오빠에게 엄마는 네가 우리 윤희 공부 좀 맡아주지, 하는 말을 했다. 정윤이 언니도 함께 온 자리였다. 정윤이 언니는 벌써 대학 삼 학년이었다.

싫어.

마음속으로는 그렇게 말하고 싶었는데, 그렇게 말하지 못했다. 아니, 엄마의 그런 말에 내가 먼저 나를 단속하듯 그렇게 말해야 하는데 내 마음속의 무엇이 그렇게 말하지 못하게 했다. 마음속으로 그때 나는 오히려 오빠가 엄마에게 그렇게 하겠다고 대답해 주길 기다렸던 것인지도 모른다.

"이제까지 아예 그런 얘기를 하지 않았더니 얘가 아주 공부에 취미를 잃은 것 같아."

"스스로는 잘하고 싶은데 공부하는 방법을 잘 몰라 그럴 수도 있어요."

엄마가 말하고 오빠가 대답했다. 그때도 나는 오빠의 얼굴을 피해 오빠의 가슴께를 바라보았다. 내 옆에 앉은 정윤이 언니만 기혁이 오빠의 얼굴을 바라보았다.

"재수해서 성적 오른 애들도 많고요."

다시 기혁이 오빠가 말했다.

"그러니까 기혁이가 애를 좀 붙잡고 들어앉아서 공부하는 방법을 좀 가르쳐주라는 거지."

"저도 이제 취업 공부를 해야죠."

"왜? 학교 공부는 더 안 하고?"

"예. 계속 공부한다고 학교에 자리가 날 것도 아니고, 난다 해도 들어가기 쉬운 일도 아니고요. 요즘 학교도 그래요."

"그래도 이제까지 한 게 있는데."

"제대하기 전 제 나름대로 많이 생각을 해봤어요. 이제 어머니 나이도 있고, 정윤인 아직 학교를 다니고."

"내 생각은 하지 마. 지금도 나는 내 학비 정도는 벌고 있으니까."

오빠의 말을 받아 정윤이 언니가 말했다. 아주 오래전 자매간의 약속대로 엄마가 이모에게 매번 정윤이 언니의 학비를 보내긴 하지만 그런 문제에 대해서라면 자기는 언제나 당당하다는 태도였다. 나는 언제나 정윤이 언니의 그런 태도가 마음에 들지 않았다. 기혁이 오빠가 남자라서가 아니라 아마 엄마나 아빠도 그런 정윤이 언니의 태도 때문에 기혁이 오빠를 더 가깝게 여기고 따뜻하게 대하는 건지도 몰랐다.

엄마는 잠시 전 기혁이 오빠가 내 공부에 대해 어떤 위로를 하듯 스스로는 잘하고 싶은데 공부하는 방법을 잘 몰라 그럴 수도 있다는 말과 재수를 해서 성적이 오른 애들도 많다는 말에 새로운 희망을 얻는 듯했다. 나는 그때 이미 새로 학원에 등록하고, 그것 외에도 영어와 수학 두 과목의 과외를 따로 받고 있었다.

"얘도 학원 끝나면 바로 집으로 돌아오거든. 다른 애들은 학원 끝나면 바로 독서실 같은 데 가서 공부를 한다지만 얘도 그렇고 나도 얘가 그런 데 나가 공부하는 거 별로 좋아하지 않으니까."

작년의 그 일 때문일 것이다. 엄마는 지난 해 내게 있었던 모든 일이 독서실 때문에 생긴 것이라고 생각하고 있었다. 엄마가 그 말을 할 때 옆에 앉았다가 나는 내 발밑을 바라보았다. 그러면서 제발 엄마가 그 일만은 끝까지 몰랐으면 좋겠다고 생각했다. 그러자 기혁이 오빠의 얼굴을 더더욱 쳐다볼 수가 없었다.

"그런 데는 안 나가는 게 좋아요. 집도 조용하고 좋은데."

"그렇지?"

다시 오빠가 말하고 엄마가 오빠의 동의를 구했다.

"그런 덴 저처럼 집에서 공부하기가 마땅찮은 사람들이 나가는 데죠."

엄마는 그래서 하는 얘기라면서 기혁이 오빠에게 앞으로 계속 학교 공부를 하든 아니면 취업 공부를 하든 당분간 우리 집에 와서 공부를 하면 어떻겠느냐고 말했다.

싫어.

그때도 내가 그렇게 말했어야 했다. 그것은 오빠의 공부에 관한 일이고, 또 엄마와 오빠 사이의 얘기지만 결정은 오히려 내가 할 일이었다. 그러나 이번에도 나는 아무 말도 하지 못한 채 내 발끝만 바라보았다. 엄마는 오빠가 내게 공부하는 방법을 가르쳐주길 바랐다.

"너무 멀죠, 여긴. 제가 매일 집에서 왔다 갔다 하기가."

오빠가 말했다.

"아니, 내 말은 기혁이 공부 끝날 때까지, 그래서 어디 취직 시험 볼 때까지 우리 집에 들어와 있으라는 거지. 기혁이도 공부를 하니 우리 윤희를 따로 가르쳐달라는 얘기는 아니고, 옆에서 공부하는 방법도 지도하고 또 공부하는 본도 보이고. 기혁이가 여기에 와 있는다 해도 나나 이모부가 불편한 건 없으니까. 여기는 쓰지 않는 방도 2층에 너른 게 두 개나 있고."

그때 기혁이 오빠가 내 얼굴을 바라보는 것 같았다. 나는 더 아래로 고개를 숙였다.

"왜, 이모집에 와 있는 게 불편해?"

"아뇨. 그런 건 아니지만……."

그러면서 기혁이 오빠는 다시 나를 바라보는 것 같았다.

너는 어떻게 생각하니?

오빠는 내게 그렇게 묻고 싶었는지도 모른다. 엄마나 정윤이 언니는 눈치 챌 수 없는 일이어도 오빠와 나 사이의 이 일은 오빠가 아니라 내가 결정할 일이었다.

싫어.

어쩌면 그게 내가 그렇게 말할 수 있는 마지막 기회였는지 모른다. 그러나 그렇게 말하지 못했다. 아니, 그때는 이미 그렇게 말할 기회조차 놓친 다음인지 몰랐다. 지금은 싫어, 라고 말하는 게 아까 먼저 있은 두 번의 기회와는 달리 그렇게 하는 공부가 싫다는 얘기가 아니라 기혁이 오빠가 우리 집으로 들어오는 게 싫다는 걸 직접적으로 말하는 게 되는 것이었다.

"그래. 그렇게 하면 되겠네 뭐. 오빠가 여기 들어와 있으면. 여기는 우리 집보다 조용하니 오빠도 공부하기가 편하고, 그러면서 틈틈이 윤희 공부도 봐줄 수 있고."

엄마의 편을 들어 그렇게 말한 사람은 정윤이 언니었다.

"네 생각도 그렇지?"

이번엔 엄마가 기혁이 오빠 대신 정윤이 언니의 동의를 구했다.

"오빠가 윤희 공부 봐주는 거 부담스러워하지만 않음요."

그러나 나는 알고 있었다. 왜 정윤이 언니가 저렇게 말하는지. 이모네는 남의 집에 부엌이 따로 딸린 두 칸짜리 방을 세 들어 살고 있었다. 예전에 이모부가 살아 있을 땐 방 세 칸짜리의 자기 집을 가지고 있었지만 이모부가 세상을 뜨기 전 마지막으로 병원에 입원했을 때 그 집을 팔고 두 칸짜리 남의 집으로 옮겼다고 했다.

"엄마가 좀 도와주면 되었잖아."

언젠가 내가 그 일을 물었다. 그때 엄마는 이렇게 대답했다.

"그땐 우리도 힘들었어. 아빠가 돈을 벌기 시작한 것도 그 다음이었고."

나는 그럼 그 다음에라도, 라고 말하지 않았다. 엄마가 이모부가 돌아가실 때의 얘기를 할 때였다. 그때 이모부는 꼬박 일 년을 그렇게 앓고 세상을 떴다고 했다. 나중에 아빠가 돈을 벌어 집을 새로 지어준 것은 이모네가 아니라 시골에 있는 외할아버지와 외할머니의 집이었다. 엄마가 말한 삼거리의 그 가겟집을 허물고 바로 그 자리에 반듯하게 지은 별장 농가 같은 집이었다.

"돌아가시기 전 장인 장모님도 좋은 데서 한번 사셔야지. 안 그래?"

그때 아빠는 엄마에게 그렇게 말했다. 그리고 나서 이모네도 서울에서 새집을 사주는 것까지는 힘들어도 지금 있는 데보다 훨씬 넓고 좋은 데로 전세로라도 이사 얘기를 하자, 그땐 이모가 아빠에게 집 대신 다른 부탁을 했던 것이었다. 기혁이 오빠가 고등학교를 다니던 때의 일인데, 이모는 엄마를 통해 아빠에게 이렇게 말했다고 한다. 없는 살림에 집만 넓혀서 무얼 하겠느냐, 강 서방이 우릴 생각해 주는 건 고맙지만 이모 자신은 집에 대한 욕심은 없다, 지금으로선 그런 욕심을 낼 처지도 아니고, 그런 도움이라면 집보다는 이제 곧 대학에 들어가 언제 끝날지도 모를 기혁이와 정윤이의 학비를 대달랬다는 것이었다. 어느 쪽이 현실적으로 더 큰 도움이냐 아니냐를 떠나, 비록 전세지만 집에 대한 도움보다는 자식들의 학비를 더 걱정할 만큼 이모에겐 기혁이 오빠가 유일한 희망이었고, 정윤이 언니 또한 이모의 자랑인 것이었다.

그런 이모의 태도는 이후에도 여전해 기혁이 오빠가 대학원을 마치고 군에 갔다가 이제 제대해 나오고, 또 정윤이 언니가 대학 삼 학년이 되도록, 이모네는 방 두 칸짜리 남의 집에 살고 있는 것이었다. 기혁이 오빠가 군에 가기 전엔 한 칸은 기혁이 오빠가 쓰고, 또 한 칸은 이모와 정윤이 언니가 썼다. 그게 정윤이 언니가 고3이 될 때까지의 일이었다. 그러다 기혁이 오빠가 군에 가면서 기혁이 오빠가 쓰던 방을 정윤이 언니가 쓰고 있었다.

잠시 전 정윤이 언니가 오빠가 윤희 공부 봐주는 거 부담스러워하지만 않음요, 라고 말한 것도 바로 그래서였을 것이다. 게다가 최근 윤희 언니는 자신이 지도하는 두 파트의 과외 중 한 파트의 과외를 집에서 하고 있었다. 그건 엄마도 잘 알고 있는 일이었다. 이모가 늘 그렇게 엄마에게 기혁이 오빠 자랑을 하고 정윤이 언니 자랑을 했던 것이다.

"그럼 엄마한테 얘기하고 내일이라도 짐을 이쪽으로 옮겨. 거긴 지금 더구나 정윤이가 일을 하고 있으니까 당장 다른 데 방을 구해 나갈 수도 없는 거고. 지금 집에서 하는 거지, 그 과외?"

엄마는 정윤이 언니에게 그렇게 묻는 걸로, 이건 우리 윤희의 공부만을 위한 것이 아니라는 걸 말하고 싶어 하는 듯했다.

"예. 공부하러 오는 애들 집도 여럿이 모이기엔 마땅하지 않으니까."

그 점에서는 오랜만에 엄마와 정윤이 언니의 의견이 일치했다. 우선은 내 공부와 관계된 일이고, 또 오빠와 나 사이의 일인데도 분위기를 그쪽으로 이끌고 가는 것은 엄마와 윤희 언니였다. 언제나 엄마는 기혁이 오빠라면 믿었다. 엄마 혼자 생각만도 아닌 것 같았다. 엄마보다 더 기혁이 오빠를 믿는 게 아빠였고, 어쩌면 기혁이 오빠가 제대를 해 오던 며칠 사이 나 모르게 두 사람 사이에 그런 얘기가 이미 오고 갔던 것인지 모른다. 이모는 의논 대상도 아니었다. 엄마 아빠가 기혁이 오빠를 이쪽으로 보내 달라고 하면 이모는 보내야 할 처지였고, 또 정윤이 언니가 그곳에서 한 파트의 과외를 하고 있는 지금의 여건이 그랬다.

엄마와 정윤이 언니 사이에 그런 얘기가 오갈 때 오빠는 다시 내 눈치를 살피는 것 같았다.

너한테 달린 거야. 모든 결정이.

발밑을 바라보다 아주 잠깐 얼굴이 마주쳤을 때 오빠의 눈이
그렇게 말했다.

네가 말해야 해.

나는 다시 고개를 숙였다. 왠지 이젠 싫어, 라는 시간조차 놓
쳐가고 있는 듯한 기분이었다. 아니, 그렇게 시간을 놓치고 싶어
하고 있었던 것인지도 모른다. 내 마음을 내가 잘 알 수가 없었
다. 함께 있는 게 왠지 무섭고 두려우면서도 또 무섭고 두려운 그
일이 지난 여름 화진포 바닷가, 빗속의 일처럼 왠지 그 무섭고 두
려운 일 속으로 자꾸 다가가고 싶어 하는 내 마음도 함께 보이던
것이었다.

"저는 독서실에서 나가서 하면 됩니다. 독서실이라는 데가 바
로 저 같은 사람을 위해서 있는 거니까요. 매일 아침에 나갔다가
밤에 잠을 자러 들어오면 되니까."

오빠가 말했다.

그러면서 오빠는 또 나를 보았다. 다시 눈이 마주쳤다.

아직도 네가 말할 시간은 있어.

오빠가 정말 그런 눈빛을 보냈는지 아닌지는 알 수가 없다. 그
러나 독서실 얘기를 하는 오빠의 말이 내게 그렇게 들렸다.

"그러면 불편하지. 매일 아침 도시락 두 개씩 싸느라 엄마도
힘들고, 그거 먹고 공부하느라 네 몸도 축나고."

"그래, 오빠. 하루 이틀이지."

다시 엄마와 정윤이 언니가 말했다.

결정은 내가 해야 할 일인데도 그곳에 내 자리는 비어 있었다.

"공부가 다 그렇지 뭐. 어차피 힘든 거고."

"윤희 때문에 그래. 내가 보기에도 애쓰긴 하는데 방법을 모르니 자리는 나지 않는 거 같고."

이번엔 오빠와 엄마가 말했다.

나는 자리에서 일어났다. 갑자기 어떤 요의 같은 게 느껴졌다. 화장실 쪽으로 걸음을 옮기며 오빠 쪽이 아닌 창문 쪽을 바라보고 말했다.

"와 있어, 오빠. 나 좀 도와주고."

아주 오래 억지로 참았던 것처럼 요의가 이미 몸 바깥으로 와 닿는 느낌이었다. 처음부터 나는 그 말을 하고 싶었던 것인지도 모른다. 어떤 분위기 때문이 아니라 결국 나는 그 자리에서 내가 하고 싶은 말을 내 입으로 해버리고 만 것이었다. 안 돼, 라든가 싫어, 라는 말은 내 머릿속이 아닌 또 다른 머릿속의 말들이었을 것이다.

"그래. 윤희도 저렇게 말하는데."

엄마의 소리가 아주 먼 데서 들려오는 소리처럼 들렸다. 오빠는 내 얼굴이 붉어져 있는 걸 보지 못했을 것이다. 다만 그 말을 할 때 목소리가 떨렸다는 것만은 알고 있었을 것이다. 엄마도 정윤이 언니도 들을 수 없는, 오직 오빠만 들을 수 있고 느낄 수 있는 떨림이었다. 내 요의는 화장실 문고리를 잡기도 전에 이미 몸 밖으로 나와 옷 끝에 닿았다.

싫어.

나는 그 말을 빠른 속도로 물이 휩쓸려 내려가는 변기 속을 바라보며 말했다.

이런 내 모습과 내 마음이…….

그러나 어쩔 수 없는 일이었다. 내가 싫어, 라고 말한 중얼거림도 물과 함께 휩쓸려 내려갔다. 이미 내 마음이 그 말을 변기 속으로 떠나보낸 것이었다.

오빠는 삼 일 후 엄마와 함께 엄마의 자동차로 우리 집으로 들어왔다. 오빠보다 오빠가 쓸 책상과 의자가 먼저 들어왔다. 아빠가 회사 사람을 시켜 새로 사 보낸 것이었다.

너 웃긴다고 생각하지 않니?

새로 치우고 단장한 2층 오빠 방에, 오빠 책상 앞에 앉아 의자를 창 반대쪽으로 돌리고 맞은편 벽에 걸린 거울 속의 나를 보고 말했다. 그러나 지난 가을의 일 같은 건 이미 까마득히 잊고 있는 또 다른 내가 거울 속에서 이쪽의 나를 바라보고 있었다.

"우리 잘 지내자."

책상보다 늦게 온 오빠는 우리 집에 온 첫인사로 내게 그렇게 말했다.

오빠는 그해 늦은 가을 어느 은행에 취업 시험을 보고 그 은행 연수원으로 연수를 들어갈 때까지 우리 집에 있었다. 그러나 그 6개월간 오빠와 나 사이에 다시 무슨 일이 있었는지에 대해서는 화진포에서의 일처럼 말하지 않겠다. 발설하기 끔찍하거나 가혹해서가 아니라 이제는 그 일을 내가 잊고 싶기 때문이다.

나는 다음 해 대학에 들어갔다. 오빠의 힘이 컸을 것이다. 그것까지 부인할 수는 없는 일이었다.

7
오빠의 여자

　엄마가 그 일을 안 건 지난 가을의 일이었다. 오빠의 여자 때문이었다. 아니, 그렇게 따지자면 오빠 때문이고 나 때문이었다.

　오빠는 지난해 봄에 결혼을 했다. 오빠와 한 은행에 다니는 여자였다. 첫 발령으로 본점의 어느 부서에 배치되었고, 그곳에서 만난 여자라고 했다. 여자는 회사 앞에서 오빠를 찾아온 나를 몇 번 보았다고 했지만, 나는 그 여자를 결혼 전 오빠가 여자와 함께 우리 집에 인사를 하러 왔을 때 처음 보았다. 본 것만 그때가 처음이 아니라 오빠에게 그런 여자가 있다는 것도 엄마와 이모 사이에 오빠의 결혼 얘기가 오고갈 때서야 알았다.

그날 나는 사과를 깎다가 손을 베었다. 칼은 날카로웠고, 칼과 사과를 쥔 내 손은 서툴렀다. 양손에 칼과 사과를 나누어 쥔, 그리고 여자를 본 내 마음이 어지럽고 심란했던 것인지 모른다. 그날 칼에 베인 상처는 그렇게 깊지 않았다. 그러나 상처 안으로 과즙이 배어들어 더욱 아리고 쓰렸다.

그러나 지금 생각해 보면 오빠가 미리 자신의 여자에 대해 내게 어떤 말이라도 해주었다면 그날 손도 베지 않았을 것이고, 가을에 그 여자가 나와 엄마를 차례로 밖으로 불러내 만나는 끔찍한 일도 없었을지 모른다.

아니, 그때가 아니다. 오빠가 그 여자를 처음 사귀기 시작했을 때, 그런 여자가 자기 옆에 있다는 얘기만 해줬어도 오빠의 회사 앞에서 내가 그 여자의 눈에 띄는 일 같은 건 없었을 것이다. 어쩌면 그것이 지난 가을 일의 시작이었는지 모른다.

오빠에겐 묻지 못했다. 왜 내게 그런 얘기를 해주지 않았냐고. 다만 미루어 짐작할 뿐이다. 처음엔 서로 아무 관계가 없는 동료처럼 지내다가 그 여자가 회사 앞에서 나를 보고 난 다음 오빠가 그 여자를 사랑하게 되었을 수도 있다. 그러면 미리 조심했어야 할 쪽은 나였다.

그리고 또 하나는 오빠가 내게 그 여자의 이야기를 일부러 감추려 했던 것이 아니라, 나에 대한 오빠의 어떤 미안한 감정 때문에 하고 싶어도 하지 못했을 수도 있다. 내가 물을 때마다 오빠는 지금 사귀는 여자 친구도, 애인도 없다고 말했다. 이상하게 나는 오빠를 만날 때마다 같은 말을 물었고, 오빠는 이모와 엄마 사이에 오빠의 결혼 얘기가 오가기 한 달 전에 만났을 때에도 아직 여자가 없다고 똑같은 대답만 했었다. 그래서 더 자주 내가 마음 놓고 오빠 회사 앞으로 나가 오빠를 만나 함께 식사를 하거나 맥주를 마시고 했던 것인지 모른다.

그 얘기를 보다 진작에 해주었더라면 그 얘기를 듣는 날부터 나는 오빠 회사 앞으로 나가는 일을 삼갔을 것이다. 그렇다고 오빠의 회사가 아닌 다른 곳에서 계속 오빠를 만났을 거라는 얘기는 아니다. 단지 그 여자의 눈에, 그리고 그 여자의 직감에까지 이상하도록 띄는 행동 같은 것은 하지 않았을 거라는 얘기다. 더구나 오빠와 함께 그 여자가 근무하는 회사 앞에서였다.

아마 오빠는 내게 그랬던 것처럼 그 여자에게도 처음엔 내가 누군지 제대로 말하지 않았을 것이다. 그러다 여러 번 나를 본 여자가 물었을 테고, 한참 뒤에야 오빠는 그 여자에게 내 얘기를 했을 것이다.

우리 집에 인사를 와서 나하고 처음 인사를 할 때에도 여자는 정말 우리가 처음 얼굴을 보는 사람들인 것처럼 인사를 했다. 가만히 보면 그때 이미 여자의 마음 안에 나와 오빠 사이에 대한 어떤 의혹 같은 것을 가지고 있었는데, 그래서 더욱더 처음 보는 사람인 것처럼 인사를 했던 것인지 모른다.

　그러잖으면 아가씨는 저를 보지 못했어도, 라든가 윤희 씨는 나를 보지 못했어도 나는 윤희 씨를 몇 번 본 적이 있지요, 하는 말을 두 사람이 결혼을 하고도 한참 후인 지난 가을이 아니라 처음 인사를 오던 날에 했어야 하는 것이었다. 아니, 그 추리는 백 퍼센트 옳지는 않다. 만약 그때 그 여자가 그렇게 인사를 한 다음 가을에 다시 그런 일이 있었다면 나는 그 첫인사 때의 알은 체를 오히려 지금 이상하게 여길 것이다.

　어쨌거나 오빠와 그 여자는 지난해 봄에 결혼을 했다. 그때 나는 재수를 해서 들어간 대학의 삼 학년이었다. 오빠와 결혼하는 그 여자의 존재를 아주 뒤늦게 안 때문인지 내 눈엔 오빠의 결혼이 무척 서둘러 치러지는 결혼처럼 보였다. 그건 나뿐 아니라 엄마 아빠도 그랬고, 이모나 정윤이 언니에게도 그런 것 같았다. 오빠는 이모에게도 여자 얘기를 아주 뒤늦게 한 것 같았다. 나에게만 그랬던 것이 아니라는 얘기인데, 나는 지금도 오빠가 왜 그랬는지를 잘 이해할 수가 없다. 이모에게는 늦게 얘기하더라도 내게는 그 여자 얘기를 했어야 했다. 내가 오빠에게 그 말을 들을 권리가 있다는 것이 아니라 두 사람이 처음 사귈 때 그 얘기를 해주어 내가 더 이상 오빠 회사로 나오지 않게 하거나 나오더라도 그 말을 듣지 않았을 때보다 더 조심스럽게 행동하게 했어야 했다.

내가 찻집이 아니라 바로 오빠가 근무하는 회사 정문 앞에서 기다리다가 저만치에서 나오는 오빠를 보고 달려가 팔짱을 끼었던 적이 있었다. 그때 오빠와 함께 회사에서 나오던 오빠의 동료가 누구냐고 물었고, 오빠는 어, 내 동생, 하고 말했다. 그러자 오빠의 동료는 동생이 아니라 애인 같은데, 라고 말했다. 오빠가 다시 동생 맞어, 라고 했지만 나는 애인 같다는 그 동료의 말이 참 듣기 좋았다. 그때 이미 그 여자를 사귀고 있던 때라면 오빠는 내게 더 조심을 시키거나 그 여자의 존재에 대해 말해 줬어야 했다. 그날도 나는 어김없이 오빠의 애인에 대해서 물었고, 오빠는 내가 그런 게 어디 있냐, 하고 부끄러운 듯 얼굴을 붉혔다. 생각해 보면 오빠와 그 여자 사이의 연애가 그때쯤 시작되지 않았을까 싶은 오빠의 입행 다음 해의 여름이었고, 내 일 학년 여름방학 바로 전의 일이었다.

두 사람이 인사를 하러 왔을 때 여자는 유심히 우리 집을 살폈다. 엄마는 오빠에게 내가 깎아온 과일을 집어주며 두 사람이 사귄 지가 얼마나 되느냐고 물었다. 오빠는 슬쩍 내 눈치를 보며 사귄 지 오래되지 않다는 식으로 얼버무리듯 대답했다. 그때 앉은 자리에서 저쪽으로 고개를 빼어 주방 쪽을 살피던 여자가 오빠의 그런 태도가 못마땅하다는 얼굴로 오빠를 바라보고 나선 인사가 늦어 짧은 것 같아도 이 년이 조금 되지 않는 기간이라고 말했다. 그 말에 놀란 건 엄마가 아니라 나였다. 나는 슬며시 자리에서 일어섰고, 오빠는 뭔가 당황하는 기색이 역력했다. 돌아보면 그 상황 역시 여자가 놓칠 리가 없는 것이었다. 엄마가 나이를 물었을 때 여자는 오빠보다 한 살 아래라고 말했다. 오빠가 대학원을 다니고, 군에 갔다 오고, 다시 일 년 취업 공부를 한 기간까지 포함한다면 여자는 오빠보다 오 년이나 더 직장 생활을 한 셈이었다.

그 결혼에 아빠는 결혼 경비에 쓰라며 이모에게 천만 원을 주었고, 또 엄마와 이모를 통해 기혁이 오빠에게도 천만 원을 건넸다. 엄마는 이모네 사정이 어려운지는 알지만 양쪽으로 그렇게 많이 할 것까지는 없다고 했다. 아빠에게 미안해서 한 얘기겠지만 그런 엄마의 말에 아빠는 정색을 하고 말했다.

"무슨 얘기야? 형님이 돌아가실 때 나한테 부탁을 한 게 있는데. 그리고 내가 형님한테 약속한 게 있고. 그때는 그런 약속을 해도 형님이나 나나 둘 다 형편이 어려워 지키지 못했지만 지금이야 얘기가 다르지."

오빠가 결혼한 다음 나는 이모집에 한 번도 놀러가지 않았다. 물론 오빠는 이모집에서 나와 다른 곳으로 살림을 나 있었다. 오빠보다는 여자가 직장 생활을 더 오래했고, 그렇게 번 돈에다가 다시 오빠가 자기가 다니는 은행의 저금리 융자를 얻어 마련한 스물두 평짜리 전세 아파트라고 했다. 두 사람이 신혼여행을 다녀온 다음 이모네 식구와 우리 식구, 그리고 시골 외삼촌네 식구들까지 불러서 하는 집들이에도 나는 가지 않았다. 엄마에게는 빠질 수 없는 다른 약속이 학교에 있다고 말하곤 친구하고 함께 영화 구경을 했다. 집들이에 다녀온 엄마가 하는 얘기도 가능한 한 듣지 않으려고 했다.

"엄마는 기혁이 오빠하고 그 여자 어디가 그렇게 좋아서 한 얘기 또 하고 또 하고 해?"

"대견스러우니 그러지. 아버지도 없이 그렇게 커서 결혼도 하고. 여자도 어디서 얻었는지 한살림 하게 야무져 보이고."

"뭐가 야무져? 전에 온 거 보니 내 눈엔 독해 보이기만 하던데. 오빠는 그 여자가 이러자면 이러고 저러자면 저러고."

"집안일이라는 게 다 그렇지. 큰 건 남자 주장대로 가고, 작은 건 여자 주장대로 가고."

"그래도 지겹잖아. 남의 얘기 한 얘기 또 하고 또 하고 하면."

정말 그 무렵 나는 오빠 얘기라면, 그리고 이모네 얘기라면 아무것도 듣고 싶지 않았다. 그렇다고 그 여자에 대해 어떤 질투 같은 걸 느끼고 있던 건 아니었다. 뭐랄까, 막연한 두려움 같은 것이었다. 그 여자가 처음 인사를 왔을 때 손을 베었던 것도 내 마음 안의 어떤 질투 때문이 아니었다. 내 스스로도 뭔지 모를 허전함 같은 것은 있어도 그 여자의 존재에 대해서거나 오빠의 옆자리에 대해 질투 같은 것은 나지 않았다. 이미 그때 나는 그 여자를 두려워하기 시작했던 것인지 모른다. 여러 생각으로 머릿속이 어지러웠던 것도 장차 어떤 일로 발전될지 모를 내 미래에 대한 막연한 두려움 때문이었을 것이다. 그 두려움이 이미 독버섯처럼 내 마음속에 자라나고 있어 질투 같은 건 느낄 겨를도 없었다. 마음 한구석에 있었다 해도 두려움에 가려 보이지조차 않았다. 질투와는 다르게 그냥 오빠 얘기를 듣는 게 싫었고, 그 여자 얘기를 듣는 건 더더욱 싫었다. 들을 때마다 자꾸 이런저런 생각들이 꼬리에 꼬리를 물고 내 머릿속을 어지럽혔다. 오빠에 대해 가지고 있는 생각이라면 그런 내 마음속의 두려움을 잊듯 오빠도 잊고 그 여자도 잊고 싶은 생각뿐이었다.

"기혁이가 남이야?"

"그럼 남이지. 아니야? 그 여자는 더 남이고."

"그래도 우리 집에 일 년을 와 살았다. 내가 해준 밥 먹고, 네 공부 봐주며."

"일 년은 뭐가 일 년이야? 반 년 조금 더 되지. 4월에 와서 11월에 나갔으니까."

"그게 일 년이지. 온 일 년은 아니더라도."

그렇게 오빠가 결혼한 봄이 가고 여름이 가고 가을이 되었을 때, 어느 날 그 여자가 내게 전화를 했다. 그 여자와는 처음 통화였는데, 여자는 간단한 인사 끝에 얼음처럼 차갑고도 차분한 목소리로 자기의 퇴근 시간에 자기 회사 앞으로 나와 줄 수 있겠느냐고 물었다. 결혼을 한 다음 오빠는 여전히 본점에 근무를 하고 여자는 여름에 있었던 인사발령 때 서울 시내의 어느 지점으로 근무처를 옮겼다고 했다.

전화를 받으며 나는 이제 올 것이 왔구나, 하는 생각을 했다. 전화가 걸려와 내가 여보세요, 하고 여자가 안녕하세요? 이모네 아가씨, 할 때 이미 내 얼굴은 하얗게 질려 있었다. 자기 회사 앞으로 나올 수 있겠냐는 말에 내가 어떻게 대답했는지도 모른다. 다만 내가 나가지 않으면 안 된다는 생각만 했다. 내가 나가지 않으면 다시 집으로 여자가 전화를 할 것만 같았다.

그럼 이따가 봐요.

여자는 그렇게 전화를 끊었다. 찬바람 정도가 아니라 전화기를 잡은 손끝에 얼음이 박혀드는 소리였다.

약속 시간보다 오 분 먼저 약속 장소로 나갔다. 그 부근까지 나가긴 삼십 분 전에 나갔지만 여자와 약속을 한 카페엔 오 분 전에 들어갔던 것이다. 여자가 먼저 와 구석 쪽 자리에 앉아 있었다. 나는 죄인처럼 떨리는 걸음으로 고개를 숙이고 여자 앞에 가 앉았다.

"오랜만이죠? 우리."

여자가 먼저 인사를 했다. 나는 기어들어 가는 목소리로 예, 라고 대답했다.

"놀랐죠? 내가 전화를 해서."

표정도 바꾸지 않고 다시 여자가 물었다. 나는 대답하지 않았다. 탁자 이쪽 끝만 내려다보았다. 그런 상황에도 탁자 끝에 덜 닦인 커피 자국이 눈길을 잡았고, 또 신경 쓰였다.

"이모네 아가씨라고 불러야 하나, 그냥 윤희 씨라고 불러야 하나……."

나는 손끝으로 커피 자국을 문질렀다. 그 여자가 처음 우리 집에 왔을 때 과일을 깎다가 베인 왼손 두 번째 손가락이었다.

"그거야 뭐 어떻게 부르든……."

종업원이 와서 차를 주문받았다. 그 상황에서도 여자는 차 종류를 적은 메뉴판을 다 훑어보고 나서 커피라고 말했다. 여자가 다른 것을 시켰다면 나도 그 여자가 주문한 다른 것을 시켰을 것이다. 내가 그 자리에서 주문할 것은 '저도 같은 거' 밖에 없던 것이다.

"왜 보자고 한지 알죠?"

여자는 내가 선뜻 대답할 수 없는 질문들만 했다.

"알 거라고 생각했는데. 아닌가요?"

이번에도 나는 대답하지 못했다.

"대답하지 않아도 알 테고, 말할게요, 내가. 나, 그 일 이미 결혼 전부터 알고 있었어요. 아니, 알고는 결혼을 하지 않았겠지요. 혹시 그렇지 않을까 생각을 했던 거예요. 그리고 며칠 전 기혁 씨로부터 그 말을 듣고……."

탁자 끝의 커피 자국은 지워지고 없었다. 가만히 손바닥을 뒤집어 보자 손끝에도 묻어난 게 없었다. 오히려 없어진 커피 자국이 신경 쓰였다. 그냥 그렇게 앉아 아무 말도 하지 않는다고 해결될 일도 아니었고, 견뎌질 일도 아니었다. 그런데도 입을 열 수도 고개를 들 수도 없었다.

"윤희 씨는 날 못 봐도 나는 여러 번 회사 앞에서 윤희 씨를 봤으니까."

오빠는 왜 말을 하지 않았던 것일까.

"처음 언제부터 그랬던 거죠?"

오빠에게 들은 거라면 오빠가 대답한 말이 있었을 것이다. 여자는 그것을 확인하고 싶어 했다. 오빠에게 들었어도 오빠 말만으로는 못 믿겠다는 뜻이 그 말속에 포함되어 있었다.

"말해 봐요. 이제 내가 다 아는 일이니까."

등 한쪽에 무엇이 스멀거리는 기분이었다. 손을 올리면 닿을 텐데도 손을 올릴 수가 없었다. 올릴 상황이 아니었다.

"왜 말은 않는 거죠?"

그 스멀거림이 자꾸 옆으로 이동을 했다. 그런데도 어깨조차 움직일 수 없었다.

"왜 말을 않는 거냐구?"

조금 높아진 목소리로 여자가 반말을 했다. 스멀거림이 멈추는 듯한 기분이었다. 내가 이곳에 온 건 오 분도 채 지나지 않았다. 아마 여자가 일어서자고 할 때까지 한 시간은 넘게 더 앉아 있어야 할 것이고, 그런다고 내가 할 말이 있는 것도 아니고, 여자의 말을 듣는 것만으로 해결될 일도 아니었다. 그런데도 나는 오늘 이 일이 잘 해결되었으면 하고 바랐다.

"그래. 입이 열 개라도 할 말이 없겠지. 다른 사람도 아닌 사촌끼리……."

커피 자국은 없어지고 말았다. 스멀거림도 사라지고 말았다. 저 여자의 말이 아닌, 다른 곳에 관심을 둘 게 내 눈앞에 아무것도 없었다. 커피 스푼의 잎 모양은 극도로 기형적으로 보일 만큼 길쭉한 타원형이었다. 손잡이 쪽에 작은 꽃무늬가 있었다.

"그 새끼가 느 집에 반 년 동안 살았다며?"

여자의 입에서 상소리가 나왔다. 두려움 속에서도 뭔가 차라리 홀가분해지는 기분이었다. 아니, 홀가분해지는 기분이 아니라 많은 짐 중에 그래도 가장 무거운 짐 하나는 덜어져 나가고 있는 마음이었다. 고3 여름방학 때, 화진포에서 있었던 빗속의 일이 내겐 가장 무거운 짐이었다. 시기로도 가장 무겁고, 뒤의 일로도 가장 무거웠다. 엄마와 함께 병원에 다녀온 일이었다. 물론 오빠는 그걸 모른다. 한집에 함께 사는 반 년 동안 오빠에게 그 얘기를 하고 싶었던 때가 여러 번 있었다. 하고 싶어도 그러나 하지 않고 나면 오히려 그것을 말하지 않은 게 다행이다 싶게 느껴져 끝까지 참을 수 있었던 것인지 모른다.

"말해. 나는 들어야 하니까. 그때 언제부터야?"

나는 대답하지 않았다.

"처음부터야?"

처음으로 나는 고개를 숙인 채 머리를 저어 보였다.

"그럼 언제부터야?"

여자는 묻고 또 물었다.

나는 가끔 고개를 젓거나 아무 말 없이 그대로 앉아 있었다. 손에 뭔가 따뜻한 거라도 느끼고 싶어 손을 댔을 땐 커피도 이미 식어 있었다. 입 안이 타는데도 물도 마실 수가 없었다. 여자는 다시 묻고 또 물었다. 오빠가 여자에게 얘기한 것은 그해 가을인 것 같았다. 오빠가 이미 그렇게 말했다면 그것까지는 부인하지 못할 일이어서 나는 가만히 앉아 있는 모습으로 여자의 말을 시인

했다.

"이후에도 너희들 만났지? 아니, 만난 건 내가 이미 본 거고, 만나서 그랬던 거지?"

나는 빠르게 머릿속으로 계산했다. 이미 오빠가 여자와 사귈 때였다. 오빠는 그 말을 내게 해주지 않았다. 그 말만 해줬어도 이런 일이 없었을지 모른다. 더구나 본점의 같은 건물에서 근무하는 여자였다. 오빠가 먼저 그쪽으로 나오라고 해도 내가 나가지 않았을 것이다. 학교를 다니는 나는 늘 시간이 많았고, 회사에 다니는 오빠는 이미 시간이 정해져 있었다. 물론 다른 곳에서도 볼 때가 있었지만, 나중에 다른 곳으로 옮기더라도 내가 늘 오빠의 회사 앞에 가서 퇴근하는 오빠를 기다리곤 했다. 나는 가만히 고개를 저었다.

"너도 끝까지 잡아떼고 싶은 거니?"

나는 다시 고개를 저었다.

"그러지 않으면서 왜 만나?"

"그냥……."

처음으로 나는 입을 열었다.

"그냥? 벙어린 줄 알았더니 벙어린 아니네. 말해 봐. 나 여기서 소리 지르게 하지 말고."

"이미 그땐 언니가 있는 줄 아니까……."

"그러니까 나 만날 때는 아니다?"

오빠도 그렇게 말한 모양이었다.

"너희들 이렇게 말하자고 짰니?"

그 말을 듣고서야 나는 여기로 나오기 전 전화를 하는 것이 힘들더라도 미리 기혁이 오빠에게 전화를 걸어 내가 해야 할 말을 물었어야 했다는 것을 떠올렸다. 그만큼 여자의 전화를 받고 나서 정신이 없었다. 온통 두렵기만 했던 것이다. 앞과 뒤도 없는 두려움 속에 내가 빠져든 듯한 기분이었다.

나는 고개를 저었다.

"그 새끼가 이렇게 말하라고 시키더니?"

"아니에요."

"그래도 그 새끼 편드는 거 봐. 더러운 것들."

여자는 핸드백에서 담배를 꺼내 물었다. 아마 이제까지 참았던 모양이었다.

"자, 너도 필래?"

"아뇨. 전……."

"사촌하고 그런 짓은 해도 담배는 안 피운다?"

"아뇨. 필 줄 몰라서요."

"결혼하고는 안 피웠어. 엊그제부터 다시 피는 거지. 뱃속에 있는 것도 지워버릴 거니까. 더러운 것들……."

여자는 임신 중인 모양이었다. 뱃속에 든 것도 지워버리겠다는 말이 여자가 함부로 휘두르는 칼처럼 무섭게 다가왔다. 여자는 내가 오빠와 입을 맞추었는지 아닌지 여러 번 확인했다. 나는 입을 맞추지 않았다고 말했다. 오빠에게 먼저 내게 입을 맞추지 못할 자물쇠를 채워두었던 것인지 여자는 그 말을 믿는 것 같았다. 만나서 그 년하고 얘기해 보면 알아. 두 년놈이 입을 맞추고 온 건지 아닌 건지. 그리고 그 년이 입을 맞추고 나올 땐, 만약 그러기만 했다면 그 다음엔 어떻게 하겠다는 식의 협박을 했던 것인지 모른다. 나는 오늘 오후에 들어, 그리고 너무도 두려워 미처 그 생각까지 하지 못했지만, 이미 며칠 전 여자에게 그 얘기를 할 수밖에 없는 궁지에 몰렸던 오빠는 다음 날이든 그 다음 날이든 얼마든지 내게 전화를 걸어 이렇게 저렇게 말해라, 하고 입을 맞출 수 있었던 것이다. 대체 오빠가 무슨 일 때문에 그 얘기를 하게 되었던 건지 알 수 없었다. 말을 할 수밖에 없었다면 말을 할 수밖에 없는 상황이라는 게 있었을 것이다. 여자는 오래전부터 직감적으로 무슨 일이 있지 않을까 생각해 왔다고 말했다. 두 사람 사이에 오빠가 우리 집에 와 있던 때의 얘기를 하다가 여자가 걸쳐놓은 낚시의 미늘에 오빠가 걸린 것인지도 모른다.

"나, 사촌끼리 붙어먹은 그 새끼하고 이혼하기로 했어."

이미 정신이 멍해질 대로 멍해진 상태에서도 다시 바닥이 보이지 않을 만큼 더 텅 비고 멍해지는 기분이었다.

"개 같은 것들. 아니, 개만도 못한 것들."

여자는 반쯤 타들어온 담배를 비벼 껐다. 나는 여자 앞에 여전히 고개를 숙였다.

"누가 알아? 결혼하고 그런지도."

다시 텅 빈 바닥이 더 깊어지는 기분이었다.

"그렇지만 그냥 이혼하지는 않아. 그러면 나만 억울하잖아. 안 그래? 개처럼 붙어먹은 년놈들은 멀쩡한데."

한순간 치미는 울화로 울컥하고 내 몸에 손을 대거나 큰소리를 지를 법도 한데 여자는 끊임없이 욕설을 뱉어도 끝까지 차분하게 목소리를 깔았다.

"그 새끼도 매장시켜 버리고 너도 매장시켜 버릴 거야. 직장이고 학교고……."

순간 나는 가출을 생각했다. 바닥도 깊었지만, 처음으로 고개를 들었을 때 천장도 아득하게 높아 보였다. 여자는 며칠 잠을 자지 못한 것 같았다. 내 눈도 이미 여자의 눈처럼 초점을 잃고 퀭해져 있을 거라고 생각했다.

"두고 봐. 내가 그러는지 안 그러는지. 뱃속에 든 거부터 지워버릴 생각을 한 년이 뭘 못 하겠어. 나는 나만 억울하게 안 당해."

여자도 입도 안 댄 커피잔을 놓고 앉아 있었다. 그러나 여자의 물컵은 이미 비워져 있었다. 이제 내 안에 담긴 무엇이 송두리째 비워질 때가 온 것이었다. 그런데도 오빠는 왜 예전에도 지금에도 그 말을 내게 하지 않았는지 모르겠다.

나는 다시 가출을 생각했다.

8
독처럼 스며드는 금기의 뒤끝들

내가 윤희의 일로 기혁이 처를 만난 것은 지난해 가을의 일이었다. 기혁이 처가 집으로 전화를 했다. 그날 윤희는 집에 없었다.

"안녕하세요? 이모님."

나중에야 다시 그렇게 느낀 것이지만 왠지 목소리가 서늘했던 것 같았다. 그 아이와 자주 통화를 했던 것도 아니고, 처음엔 그런 걸 느끼지 못했다. 그냥 그 아이의 목소리가 그렇구나 생각만 했었다.

"그래. 어쩐 일이야? 자네가 우리 집에 전화를 다 하고."

"저, 이모님께 드릴 말씀이 있어요."

다시 그 아이는 서늘한 목소리로 마치 거래처 사람과 틀린 계
산을 맞추기 위해 전화를 건 것처럼 말했다.

"무슨 일인데?"

"그냥 드릴 말씀이 있어요, 이모님께."

"나한테?"

그 아이가 시간을 말한 것도 아닌데 나는 시계를 바라보았다.
아마 그 아이는 일부러 퇴근 시간 직전에 전화를 건 듯했다. 다섯
시가 거의 다 되어가고 있었다.

"예. 이모님한테요."

"무슨 일인데?"

"집으로 찾아가 드릴 말씀은 아니고요."

"그럼 전화로 말해. 무슨 일인지."

그렇게 대답하며 나는 이 아이가 돈 때문에 전화를 했구나, 생
각했다. 그런 게 아니라면 그 아이가 시이모인 내게 따로 '드릴
말씀'이 있어 전화를 할 까닭이 없는 것이었다. 아니면 일하는
곳이 은행이니까 이모부의 금융 거래를 자기 은행의 자기 지점
쪽으로 돌려달라는 얘기거나. 언젠가 기혁이도 같은 부탁을 남
편에게 했었다. 그러나 그건 쉬운 일이 아니었다. 남편은 남편대
로 이렇게 저렇게 선을 대고 있는 사람들이 있었다. 예금은 이쪽
에서 하는 것이라 하더라도 그 예금보다 많은 돈을 때론 대출받

아야 하는 것이 회사 살림이었다. 기혁이 처가 그것을 부탁하면 내가 아는 범위 내에서 왜 그렇게 할 수 없는지를 말해 줄 참이었다. 대신 어느 규모의 적금 하나는 지난번 기혁이 때 그랬던 것처럼, 이 아이에게도 피할 수 없는 일이어서 마음속으로 어느 정도의 금액이 이 아이에게도 섭섭하지 않고 집안에도 그걸로 작은 주름이 생기지 않을까를 생각했다. 그러나 이어진 그 아이의 대답은 집으로 찾아가 드릴 말씀이 아니라고 할 때보다 더 단호했다.

"전화로는 더더욱 드릴 말씀이 아니고요."

그러면서 뭔가 이쪽에 대해 자신의 입장이 당당하다는 것을 내비치는 듯한 목소리였다.

"그럼?"

나도 움찔 놀라 그렇게 물었다.

"저야 찾아가 드려도 될 얘기지만……."

이쪽 사정을 봐 그러지 않는다는 얘기였다.

나는 무슨 일일까 얼른 짐작이 가지 않아 전화기를 잡고 가만히 그 아이의 얘기만 듣고 있었다.

"그러면 이모님이 곤란하실 것 같아서요. 아니, 이모님뿐 아니라 이모부님도 그렇고, 윤희 씨도 그렇고……."

그 말이 다시 가시처럼 박혀들었다. 다른 사람이 전화를 해 남편을 들먹였다면 그것이 제일 두려운 일이겠지만 이상하게 그 아이가 윤희 씨도 그렇다는 말이 그 전화의 어떤 핵심같이 들렸던 것이다.

그러고 보니 며칠 동안 윤희의 태도가 이상하긴 했다. 집에 있는 동안 늘 자기 방에만 처박혀 있거나 거실로 나와서도 뭔가 불안한 얼굴로 이쪽저쪽을 서성이며 내 얼굴을 살피곤 했다. 지난밤에도 그랬다. 그래서 오히려 내가 먼저 너, 돈 필요한 거 있니? 하고 물었을 정도였다. 그러다 전화벨이라도 울리면 갑자기 얼어붙은 듯 어쩌지 못하는 얼굴로 그 자리에 섰다가 내가 받는 전화 목소리를 확인한 다음에야 허둥지둥 자기 방으로 들어가곤 했다. 그것이 자기에게 온 전화일 때에도 그랬다. 너는 핸드폰으로 해도 되잖아. 왜 집으로 하고 그래? 하고 친구에게 엉뚱한 짜증을 내기도 했다.

"무슨 일인데?"

나도 내가 산 물건의 틀린 계산 때문에 걸려온 전화를 받듯 서늘하게 목소리를 바꾸었다.

"저 지금 퇴근해요. 그리로 가겠어요. 전에 보니까 집 앞 큰길로 나오자마자 큰길 육교 바로 옆에 '라메르'라는 카페가 있더군요. 여섯 시에 거기서 뵙고 말씀드릴게요."

"무슨 일이냐니까?"

"뵙고 말씀드리는 게 좋겠네요. 이모님이 나오시지 않으면 그땐 제가 이모님 댁으로 찾아뵙고요."

"그래. 나가지 내가. 라, 뭐라고 했어?"

"라메르요. 라. 메. 르. 그럼 이따가 뵙겠습니다."

전화도 그 아이가 먼저 끊었다. 무슨 일인지 모르지만 협박도 그런 협박이 없었다. 나는 전화기를 든 채 전화기의 훅 스위치만 두 번 누른 다음 윤희에게 전화를 걸었다. 바로 윤희가 받았다.

"엄마다."

"엄마가 왜?"

아이가 밖에 나가 있는 동안 그 시간엔 전화를 건 일이 거의 없었다. 지금 어디 있느냐는 전화도 열 시가 넘어 열한 시가 되어야 걸곤 했다. 또 그렇게 밤늦게 들어온 적도 많지 않은 아이였다.

"왜, 엄마가 전화를 걸면 안 되니?"

"아니, 그건 아니지만……."

"지금 어디 있니?"

"학교 앞. 친구들하고. 그런데 왜?"

아이도 뭔가 이쪽을 탐색하는 듯한 목소리였다. 내가 생각이 조금이라도 짧았다면 기혁이 처에게서 온 전화 얘기를 했을 것이다. 그 아이가 우리를 뭘 보고 그러는지 잠시 전 그런 전화를 하더라고. 너는 혹시 아는 일이 있느냐고. 그러나 아직은 직감뿐이지 그 아이가 하고 싶은 말이 무엇인지 모르는 일이었다. 만약 잠시 전의 어떤 직감이 맞다 하더라도 그것은 돌아와서 얘기하면 될 일이었다.

"아니. 엄마가 밖에 나갈 일이 있어서 너 몇 시에 들어오는가 하고."

"나도 늦지는 않을 거야, 엄마."

그리고 그 아이가 말한 '라메르'로 나갔다. 나가면서도 문득 그런 생각이 들고, 또 거기 약속 장소에 들어서면서도 이 아이가 나에게 전화를 하기 전 어제든 그제든 일부러 이곳까지 와 나를 만날 장소까지 미리 둘러보고 갔구나, 하는 생각이 들었다. 일부러가 아니라면 이 동네에 살지도 않고, 결혼 전과 후에 인사차 두 번 우리 집에 왔던 아이가 이 카페를 알 리가 없었다.

그 아이는 정확하게 여섯 시에 카페 문을 밀고 들어섰다.

"그냥 앉아 계세요, 이모님."

그 아이는 그렇게 인사를 했다.

"무슨 일이지?"

질 수 없다는 태도로, 아니 기가 꺾여서는 안 된다는 태도로 내가 말했다.

그리고 차마 뒤의 얘기는 참혹해서 말하기가 어렵다. 그러나 몇 가지는 정리해서 말해야겠다. 그날 우리가 나눈 대화의 핵심이 어디에 있었던 것인지만이라도. 그 아이는 내게 이렇게 말했다.

"젊으나 젊은 것들이니 집에 함께 있는 동안은 거의 매일 그랬겠죠."

"자기들은 아니라고 잡아떼지만 그 인간이 나 사귀는 동안에도 틀림없이 그랬을 거고. 그러지 않으면 회사 앞으로 이모님 딸이 왜 나왔겠어요?"

"모르죠. 내가 그 인간하고 결혼한 다음에도 뒤에서 몰래 그랬는지, 그걸 어떻게 알겠어요?"

자신이 나온 사정과 또 자신이 알고 있는 과정을 설명하며 기혁이 처는 이제 아이를 지우고 이혼을 하겠다는 말을 했다.

"이건 내가 모르는 어떤 다른 여자와 연애를 했거나 바람이 났던 게 아니잖아요? 뱃속에 아이까지 두고도 내가 그걸 알기 바로 전날까지 그랬는지."

"그렇게 연애를 하다 다른 곳에 나 모르게 자라고 있는 아이가 있다 해도 이보단 더 충격을 받진 않았을 거라구요."

나는 온통 얼굴이 하얘지는 기분이었다.

"자네, 우리 윤희도 만났는가?"

그 상황에서도 내가 물은 말은 그것이었다.

"예. 만나서 다 물어봤어요. 그렇다는 확인도 하고."

그래서 윤희의 태도가 그랬던 것이다. 나는 윤희를 만난 게 언제였냐고 물었고, 기혁이 처는 바로 일주일 전이라고 대답했다.

"저는 지금 그 집에서 나와 우리 집에 들어와 있어요."

정말 이런 일인 줄은 몰랐다. 윤희가 먼저 독서실을 다니다 그런 일로 재수를 하던 시절의 일이었다. 그때 기혁이를 집으로 불러들였던 것도 윤희가 아니라 어미인 나였다. 그땐 그런 것에 대해서는 지나가는 생각으로라도 어떤 염려도 하지 않았다. 아니 그런 생각을 하고 말고 할 틈도 없었다. 아이는 대학을 떨어져 재수를 하고 있었다. 어느 엄마가 그렇게 말해 주었다. 잘 아는 사람으로 독선생을 붙여 들어앉히는 게 가장 효과가 있다고. 그래야 공부를 가르칠 때뿐 아니라 스물네 시간 옆에서 아이를 통제하고 아이의 자습을 효과적으로 도와줄 수 있다고. 그래서 자연스레 그때 막 제대를 한 기혁이를 생각했던 것이다. 사촌이긴 하지만 그 아이도 남자라는 생각 같은 것은 하지도 않았다. 단지 언니의 아들로만 생각했고, 그 아이라면 윤희도 친동기처럼 잘 따를 거라고 생각했다. 그때 그 아이가 자신은 독서실로 다니며 공부를 하겠다고 하는 걸 억지로 집으로 들어오게 한 것도 어미인 내 자신이었다.

"정리는 이제부터 할 거구, 병원은 다음 주 휴가를 내서 갈 겁니다. 지금은 월말 결산 때라 회사도 바쁘고 해서요."

"꼭 그래야 하겠는가?"

나는 턱을 떨며 물었다.

"이모님."

하고 마치 무엇을 추궁하듯 그 아이가 나를 불렀다.

"지금 이모님께서 꼭 그래야 하냐고 저한테 물으신 건가요?"

나는 대답하지 못했다. 찻잔은 바깥은 희고, 안에 작은 꽃무늬
하나가 그려져 있었다.

"제가 아무리 어리다 해도 그건 이모님이 저한테 그렇게 물을
말이 아니죠. 그러지 않고 다른 길이 있는 것도 아니니까."

이 아이가 윤희를 불러서는 또 무어라고 말했을까. 이미 기혁
이와 함께 살던 집에서 나와 친정으로 들어간 아이였다. 이미 그
만큼 결심이 섰다는 얘기일 것이다.

"어머니한테도 얘기를 했는가?"

물을 말이 없을 것 같은데도 자꾸 그렇게 물을 말이 생각났다.
아니, 물을 말이 아니라 뭔가 어느 한구석 지푸라기라도 잡고 싶은
심정으로, 그 지푸라기를 찾는 마음으로 에둘러 물은 말이었다.

"어머니라뇨? 어느 어머니를 말씀하시는 건가요?"

"시댁이든 친정이든……."

말끝을 흐리면서도 나는 어쩌면 여기에서부터 이 문제의 해답
을 찾아가야 하지 않겠나 생각했다. 얘기를 했다고 해도 그렇고,
하지 않았다 해도 그랬다. 함부로 풀어놓은 실은 이미 헝클어질
대로 헝클어지고, 꼬일 대로 꼬여 있었다. 그러나 아무리 꼬이고

헝클어진 실이라도 그걸 풀어내기가 얼마나 힘드냐의 차이지 어느 경우에도 첫 가닥은 있는 법이었다. 다만 그것이 어느 상태까지 꼬여 있느냐 하는 것이었다.

"친정은 있어도 저는 이제 시댁 같은 건 없는 사람이에요, 이모님."

"이미 얘기를 했는가?"

나는 거듭 같은 질문을 했다.

"우리 집에 말하는 건 내 입이 부끄러워 아직 못 했어요. 그냥 입에 담긴 너무 더러워서. 안 그런가요?"

무슨 욕을 붙이더라도 아직 얘기를 하지 않은 것만으로도 내겐 다행스러운 일이었다.

"그렇지만 오래 둘 일은 아니지요. 내가 이미 그 집에서 나와 친정에 가 있는데. 우선 다음 주 병원부터 다녀온 다음에 얘기할 거예요. 그래야 얘기하는 나도 편하고 듣는 어른들도 내가 이제 어떻게 하겠다는 건지 쉽게 이해하실 테니까요."

"시댁엔 이미 얘기하고?"

이제 내가 마지막으로 잡아야 할 지푸라기는 그곳이었다. 제발, 하는 심정으로 나는 그것을 물었다.

"아뇨. 어떻게 얘기를 해야 제 분이 풀리게 제대로 얘기를 하는 건지 생각 중이에요."

"그럼 아직 얘기를 하지 않은 거지?"

나는 다시 지푸라기 쪽을 향해 손을 내밀었다.

"성질 같아선 당장 거기부터 가서 얘기하고 싶지요. 그리고 이모님도 알아야 할 일이니까, 이모님한테도 이렇게 얘기를 하는 거고."

"여보게."

나는 낮게 그 아이를 불렀다.

그러나 뒤의 일은 다시 그것을 여기에 옮기는 일조차 몸이 떨린다. 그 아이가 이런 말을 했다.

"저만 억울하게 당하고 물러서지 않아요. 저도 그 인간에게 당한 것만큼 할 거라구요."

"회사에 얘기해 그 인간 같지도 않은 인간도 매장시켜 버리고, 그런 인간하고 같이 붙어 놀아난 이모님 딸도 그냥 두지 않을 거예요. 걔 다니는 학교에도 소문내고 이모부님 회사에도 사장님 딸이 어떤 앤지 다 얘기할 거고. 두고 보세요. 제가 어떻게 하는지."

"여보게……."

"그냥 물러서면 나만 바보 되는 것 아닌가요? 내 뱃속에 애까지 지우게 하는 가해자는 엄연히 따로 있는데."

그 아이가 그런 말을 뱉을 때마다 나도 그 아이를 달랠 무슨 말인가 하기는 했었다. 그러나 그 아이의 태도는 완강했다.

"이모님 생각해 보세요. 제 인생은 그 일로 이미 망쳐진 거잖아요. 이제 그런 인간 아이까지 떼고 나서 내가 다른 곳으로 시집을 가겠어요, 뭘 하겠어요? 나도 나 혼자 상처받지는 않아요. 날 상처받게 하고 내 인생 망치게 한 그것들한테 똑같이 복수할 거라고요."

이까지 감쳐물며 그 아이가 말했다.

그래, 네 마음대로 해봐, 라고 해서 해결될 일이 아니었다. 그 아이가 기혁이와 함께 윤희에 대해 입에 담지 못할 욕을 할 때에도 어미인 나는 그 아이의 놀람과 분노를 이해하고, 그 아이의 배신감과 그 아이가 받았을 상처를 이해한다는 식으로 말했다. 어미인 내 입에까지 입에 담지 못할 욕을 올린 것은 아니지만 그것들이 저지른, 그래서는 안 될 무엇을 함께 나무라는 말도 했었다.

이제 윤희의 모든 것이, 그리고 이 집안의 모든 것이 그 아이에게 달린 것이었다. 윤희가 잘못된다면 그건 나도 잘못되고 이 집안도 잘못되는 일이었다. 그 아이의 말대로 윤희의 학교와 남편의 회사에까지 그런 소문이 나고 만다면 그건 바로 윤희의 파멸이자 이 집안의 파멸인 것이었다. 처음 그 일을 알게 되었을 때의 그 아이의 놀람과 분노를 이해하고, 그 아이가 받았을 배신감과 상처를 이해한다는 말을 하는 틈틈이 나는 '다시'와 '다 잊고'와

'새 출발'이라는 말을 그 아이에게 했다. 그러면서 그 아이 뱃속의 아이까지 들먹이며 그 아이는 무슨 죄가 있느냐는 말도 했다. 나는 뱃속의 아이는 가진 지 얼마나 되었느냐고 물었다.

"말하고 싶지도 않아요. 어차피 다음 주면 지워버릴 거니까."

"여보게. 그래도……."

"두 달 건넜어요."

이미 식은 찻잔으로 입술을 적시며 그 아이가 말했다.

"여보게. 자네 놀란 거 알아. 친정에 들어간 사정도 알고……."

이미 아까도 했던 말이었다. 그러나 그렇게 말고는 그 아이 앞에 내가 할 말이라는 게 없었다. 마음속으로 무얼 원하는지 아니, 그 철부지 같은 딸의 어미인 내가 무얼 해주면 자네의 속이 풀어질지 묻고 싶어도 아직은 그런 말을 꺼낼 자리도 시간도 아닌 것이었다. 그 아이가 했던 욕을 듣고 또 듣고, 또 그 욕을 들을 때마다 내가 했던 말을 하고 또 하는 것으로 이미 늪 한가운데에서 어디로 휩쓸리고 어디로 빨려들어 갈지 모를 딸년을 건져낼 지푸라기들을 한 오라기 한 오라기 이쪽으로 걷어 올릴 뿐이었다.

그러던 참에 윤희의 전화가 왔다.

벨이 울려, 그렇다고 그냥 전화를 끊어버리는 것도 그 아이 앞에 이상한 일이어서 잔뜩 가라앉아 있는 목소리 그대로 여보세요, 하자 이 아무것도 모르는 딸년은 엄마? 하고 이쪽을 불렀다.
나는 다시 기혁이 처의 눈치를 살피며 여보세요, 하고 말했다.
윤희의 전화가 아닌 것처럼 끊어야 하는 것이다.

"엄마, 어디 아파?"

"아, 아닌데요."

"왜 그래? 엄마."

"7093입니다."

하고 전화를 끊으며 전원까지 눌러버렸다. 그러면서 다시 그
아이의 눈치를 보았다.

"윤희인 모양이지요."

그 아이가 먼저 알고 있었다. 그때의 내 얼굴이 어땠을지, 그
아이가 빤히 이쪽을 건너다보고 있었다. 그 아이의 얼굴도 수척
할 대로 수척해져 있었다. 그러나 미간을 모은 얼굴에 쉽게 이 일
을 넘어가지 않을 거라는 어떤 결의만은 분명해 보였다.

"이제 일어서야겠어요. 더 드릴 얘기도 없고, 제 결심도 말씀
드렸고……."

그 아이는 자기 옆에 놓아둔 핸드백을 챙겼다.

"여보게."

나는 아이를 불렀다.

"예?"

"나하고 식사를 하겠는가?"

"아뇨. 그럴 생각 없어요. 저는 돌아가야 할 집도 이젠 멀고."

그 말속에서도 여자는 자신이 이미 집을 나온 몸임을 다시 말했다.

"그러면 차라도 한잔 더 하면서 얘기 좀 더 하지. 돌아가는 건 이따가 택시를 타고."

그렇게 열 시까지 그 아이를 붙잡고 얘기했다. 정말 좋은 말만 하고 또 했다. 그러나 내가 한 말은 결국 아까도 했던 '다시'와 '다 잊고'와 '새 출발'에 대한 것이었다. 거기에 그 아이의 뱃속에 든 아이의 얘기도 있었고, 그 아이 본인의 앞날에 대한 얘기도 있었다. 그리고 기혁이와 그 아이 말대로 자기와 사귀고 있는 동안에도 사무실 앞에까지 나타나 남들 보란 듯 제 사촌 오빠의 팔짱을 끼었다는 윤희 얘기도 했다.

그래, 그 인간들 내 딸이고 조카지만 나쁜 인간들이고 막돼먹은 인간들이다. 놀란 것은 너뿐이 아니라 여기에 와 그 말을 듣는 나도 놀랐다. 어미로서 하늘이 무너진다. 그러니 이제 와서 어쩌겠느냐? 직장이고 학교고 이모부 회사고 소문을 낸다한들 네 분이 풀리는 것 말고 무엇이 달라지겠느냐? 그래, 네 말대로 그렇게 하면 그것들 인생이야 바닥을 치고 말겠지. 그런 죄를 받아도 할 말이 없겠지. 그래서 설령 걔들 인생이 끝난다고 해도 너에게 나아질 것은 무엇이 있으며 달라질 것은 무엇이 있겠느냐. 우리 다시 처음부터 차근차근 생각해 보자. 그런 놈하고 결혼을 했다는 게 분하고 억울한 거야 내가 왜 모르겠느냐. 네 얼굴을 봐도 충분히 마음을 짐작하겠다. 아주 신문에 내고 방송에 내도 어디 네 분이 다 가라앉고 억울함이 다 가라앉겠느냐.

한쪽으로는 그 아이의 말을 동조하고, 또 한쪽으로는 그 아이를 어르고 달랬다. 친정에 집을 왜 나왔는지 아직 말하지 않았다면 앞으로도 절대 말하지 마라. 한순간의 일이 장래를 그르친다. 내일 다시 짐을 싸들고 먼저 있던 집으로 들어가거라. 지금 이러는 네 심정이야 백 번도 더 이해하지만 분함 푼다고 그 분함 푸는 걸로 해결될 일이 아니다. 기혁이 어미, 그러니 언니에게도 얘기하지 마라. 이미 윤희에게는 얘기했다니 이 일은 이제 너하고 기혁이하고, 또 나하고 윤희만 알자. 세상 밖으로 더 드러내지 말자. 그래 봐야 그 두 인간들에게는 더 말할 게 없고 그런 말하는 너에게도 오히려 나쁜 쪽으로 얘기가 돌지 누가 네 심정 이해하지 않는다. 이제 뱃속에 든 아이도 생각해야지. 여자로 태어나 처음 뱃속에 든 아이가 아니겠느냐. 우리 윤희를 용서하라는 얘기가 아니다. 그 애는 이제 잊어버리면 너와는 앞으로도 영원히 상관이 없는 애다. 기혁이의 한때의 실수를 네가 이해해라. 처음엔 쉽지 않을 거라는 것도 안다. 그러나 살다 보면 그 상처도 아물 날이 있을 거다. 대신 내가 네가 원하는 거면 무엇이든 다 해주마. 그런 딸을 두고도 그 딸을 편들어 이런 말을 하는 내 입이 부끄러운 줄 안다만 너도 그렇고 나도 그렇고 다른 무슨 방법이 있겠느냐. 오늘 들어가는 일이 힘들면 내일 들어가고, 내일 들어가는 일이 힘들면 모레라도 먼저 있던 집으로 들어가거라. 네가 들어가면 내가 따로 너를 부르마. 들어가기만 하면 네가 그 일을 덮는 걸로 알고 내가 너에게 내가 할 수 있는 모든 것을 해주마.

그렇게 달래고 달래 아이를 돌려보냈다. 그리고 집에 오자 윤희 년이 아까 엄마 어디 있었느냐고 물었다. 성질 같아서는 내가 먼저 딸년을 잡고 싶은 심정이었다. 그러나 아직 일이 끝나지 않았다.

"누구하고 같이 있었는데 전화를 그렇게 받아? 놀랐잖아. 다시 해도 꺼놓고."

"넌 몰라도 돼. 아빠는?"

"아직 안 들어오셨어."

"전화는?"

"아까 왔어. 엄마 어디 갔냐고."

"그래서?"

"이모집에 갔다고 했어. 그럼 아빠 다시 전화하지 않잖아. 근데 어디 있었던 거야?"

"윤희야."

"왜?"

"너는 그렇게도 모르겠니? 엄마가 누구랑 있어서 네 전화를 그렇게 받았는지."

그제야 아이가 내 눈치를 살폈다. 그러면서 슬금슬금 방으로 몸을 피하려고 했다.

"들어가지 말고 이리 와."

"왜 엄마."

"그래. 아빠 오시기 전에 얘기하자. 엄마 지금 기혁이 처 만나고 왔다."

그러나 그 일이 언제부터였으며, 또 언제까지 그랬는지 묻지 않았다. 물으면 정말 아이에게 너 죽고 나 죽자고 할 것 같았다.

"윤희야."

"……."

"엄마 속 타. 물이나 떠 와. 시원하게."

아이가 물을 떠왔다. 그러나 컵을 내밀며 바로 내 얼굴을 보지 못했다. 컵을 주고받을 때에도 컵 안의 물이 출렁거려 아이의 손과 내 손에 물이 흘러 떨어졌다.

"너는 걔를 언제 만났니?"

"지난주 월요일에……."

"그날 한 번 만났니?"

"아니. 두 번 더⋯⋯."

"엄마한테 한 얘기와 똑같이 했겠지. 집에도 얘기하고, 학교에도 얘기하고, 아빠 회사에도 얘기하겠다고⋯⋯. 그러더니?"

아이는 대답하지 못했다.

"잘 들어 어미 말. 그 애 말이 다 맞냐고 너 이뻐서 묻지 않는 거 아니야. 물으면 엄마가 속 터져서 묻지 않는 거지. 너 죽고 나 죽자고 할까봐."

"⋯⋯."

"하나만 약속해. 그런 다음 이 일 끝내고 다시 얘기하자."

"⋯⋯."

"다른 마음먹지 마. 학교 나갔다가 늘 제시간에 들어오고. 어떻게 해결하든 엄마가 해결할 테니 다른 맘먹지 말라고. 너 이 일이 무서워 집 나가거나 다른 마음먹으면 그땐 해결될 일도 해결 안 될 테니 그렇게 알고."

"⋯⋯."

"대답해, 얼른. 안 그러고 어미 말대로 하겠다고."

"그럴게. 엄마 말대로⋯⋯."

"됐어. 지금은 그 약속만 하면 돼. 다른 말 더 하면 엄마 죽을지 모르니까 그만 방에 들어가보고."

"죄송해요, 엄마."

그러곤 제 방으로 뒷걸음질을 치듯 들어가는 아이에게 다시 말했다.

"그런 말도 하지 말고. 이뻐서 그냥 있는 거 아니니까. 그리고 앞으로도 걔가 너한테 전화하거든 무슨 전화였는지도 엄마한테 얘기하고."

카페에서 만나 그 아이에게 그런 말을 들을 때에 비하면 윤희의 얼굴을 보고 그런 말을 하는 것은 아무것도 아니었다. 안방으로 들어오자 어떤 노여움과 하늘이 무너져내리는 듯한 실망감과 허탈함, 딸에 대한 배신감 속에서도, 아까 그 아이가 모든 것을 밝혀버리고 끝장을 내겠다던 때의 긴장감이 풀려서인지 남편이 들어오기도 전에 까무룩하게 잠이 왔다. 그리고 윤희가 한번 방으로 들어왔다가 눈을 뜨고 보지 않아도 충분히 짐작할 얼굴로 가만히 나를 내려다보고 이불 한겹을 끌어 내 어깨를 덮어주고 나가는 것 같았다. 그래, 아이에게 그런 일이 있었던 것이다. 이럴 때 사람들은 믿는 도끼에 발등을 찍혔다고 말한다. 윤희에게도 그랬고 기혁이에게도 그랬다. 나만 몰랐던 것이고, 나만 잘못 생각을 했던 것이다.

그러면서 까무룩한 잠결에서도 그런 생각을 했다. 이제 이 일을 어떻게 해야 할지, 어떻게 해야 저게 그해 여름의 그 일과 함께 이 일을 여자로서 더 이상의 상처를 받지 않고 살아갈 수 있을

지. 아니, 어떻게 해야 그 아이에게 이 일을 덮게 할 수 있을지. 세상에 드러나지 않은 일은 그 어떤 일도 이 세상에 없었던 일이라고, 이제 이 일을 내가 그렇게 만들어야 하고, 또 세상에 없었던 일로 만들어야 한다고 생각했다. 하나밖에 없는 아이였고, 내 딸이었다.

그 아이는 다음 날 내가 먼저 전화를 해서 어제의 그 카페에서 만났다. 다시 모든 것을 걸고 들어가라고 말했다. 그 아이에게도 어제 까무룩한 잠 속에서 생각했던 것을 그대로 말했다. 이 세상에 드러나지 않은 일은 그 어떤 일도 처음부터 이 세상에 없었던 것이나 다름없는 것이라고. 단지 네 마음속에서만 그것을 지우면 되는 것이라고.

그러면서 말했다.

네가 다시 짐을 정리해 집으로 들어가는 날, 너에게 내가 지금 가지고 있는 돈 삼천만 원과 다른 곳에서 급히 끌어댈 수 있는 돈 이천만 원을 더해 너만 알고 나만 아는 통장에 넣어주겠다고. 그걸로 '다시' 모든 것을 '다 잊고' '새 출발'을 하라고. 그러면서 어떤 일에나 시간이 지나버리면 끝내 처음처럼 되돌릴 수 없는 일이라는 것이 있다고 말했다. 이제 얼마 안 있으면 아이도 세상에 나올 거고, 그러면 집도 좀 넓혀 분위기도 바꾸고 하면 오랜 시간이 지나지 않아도 그 상처는 아물 수 있다고. 오히려 건드리면 건드릴수록 너의 인생에서도 커지는 상처가 바로 이것이 아니겠느냐고…….

그 아이는 다음 다음 날 기혁이가 있는 집으로 돌아갔다.

끝내 기혁이는 나에게도, 우리 집에도 전화를 하지 않았다. 내가 그 아이를 통해 기혁이에 대해서도 그렇고, 기혁이가 이쪽에 대해서도 어떤 말도 하지 못하게 했다. 알면서도 모르는 것처럼, 모르면서도 아는 것처럼 이 일을 넘기자고 했다. 그 아이에게는 다음 날 돈을 전했다.

윤희에게도 심한 말은 끝내 하지 못했다. 어미로서 윤희에게도 이 일은 알면서도 모르는 것처럼, 모르면서도 아는 것처럼 넘어가는 것이 그간 저지른 일이야 어찌되었든 이미 받을 대로 상처받은 아이의 앞날에 그늘을 가장 적게 남기는 일일 거라고 생각했다. 그건 윤희가 그런 엄마의 마음을 이해하든 이해하지 않든 상관없이 그랬다. 앞으로 아이 때문에 다시 놀랄 일이 생긴다 해도 그 어떤 일도 이제는 지금까지의 것만큼은 아닐 것이었다. 지금보다 더한 일은 그 어떤 상황 속에 그 어떤 상대에게도 다시 만들어지지 않을 테니까.

아, 한 가지, 누구도 모르게 돈을 전하며 그것만은 기혁이 처에게 분명하게 말했다. 앞으로 절대 다른 사람에게는 몰라도 윤희에게만은 이 일의 뒤끝을 잡고 전화하지 말라고. 만약 그런다면 그땐 시이모로서가 아니라 그 아이의 엄마로서 내가 가만히 있지 않을 거라고.

그게 태어나 윤희 때문에 두 번째로 크게 놀란, 아니 어쩌면 처음의 일보다 더 크게 놀란 지난 가을 일의 전말이었다.

그러나 이번에 남편 모르게 뒤로 뺀 돈 일억 원은 그 일 때문도, 또 그 아이 때문도 아니었다. 얘기를 하자면 다시 길어지고 말 얼마 전의 어떤 일이 윤희가 아닌 내게 있었던 것이다.

9
빛과 그늘의 그림자들

살아가며 병원엘 참 안 다녔다. 그건 나도 그렇고 남편도 그렇
다. 어릴 땐 크게 아프지 않고 다치지 않았으니 다닐 일도 없었
다. 요즘 같으면 몇 번이고 갔을 일도 그때는 모두 집에서 해결했
다. 웬만큼 아픈 것은 그냥 참고, 또 어디가 부러지거나 속살이
드러나도록 찢어진 상처가 아니라면 그냥 그 상처 위에 이불솜
을 태워 붙여 흉터야 나든 말든 겨우 상처 자리나 아물게 하곤 말
았던 것이다. 그래도 오른쪽 무릎 위에 난 동전 크기만 한 헌데
자리 말고는 몸에 별다른 상처 없이 자란 것이 오히려 신기할 뿐
이다.

그건 처녀가 되고 어른이 되어서도 마찬가지였다. 서울에 올라와 공장을 다니며 산업체 야간 부설 학교를 다닐 때에도, 그리고 학교를 졸업한 다음에도 병원엔 단 한 번도 가본 적이 없다. 그래서 그 무렵 내가 꾸었던 가장 아름다운 꿈이 내 혼자만의 방 같은 병실에 누워 누군가의 병문안을 받아보는 것이었다.

백혈병이라는 게 뭔지도 모르면서 그런 병에 걸려 있는, 수척하고도 하얀 얼굴의 비련한 공주 같은 모습으로 내 자신을 꿈꾸기도 했다. 홍콩의 여배우, 「리칭의 스잔나」라는 영화를 본 영향 때문인지도 모른다. 산업체 부설 학교를 다니던 때의 일이었다. 모두는 아니지만 모두 그만그만한 처지였던 내 주변의 친구들 절반 이상이 리칭을 꿈꾸고 스잔나를 꿈꾸고, 우리 마음의 또 다른 환상처럼 아름다운 병으로 백혈병을 꿈꾸었다.

그 무렵 이미 어떤 이별을 예감하고 시작했던 승호 오빠에 대한 연모도 그 꿈을 이상한 쪽으로 키우게 만들었을 것이다. 마음 안에 연모는 이미 자랐어도 어차피 다가가지 못할 남자였다. 그런 승호 오빠에 대해 내가 꿈꿀 수 있는 자리가 오빠로부터 한없는 안타까움과 한없는 연민을 받을 수 있는 리칭과 스잔나와 백혈병이 함께하는 자리였던 것이다. 그러나 그 영화도 우리는 시내의 개봉관에서 보지 못하고, 공장에서 조금 떨어진 동시 상영관에서 저마다 비슷한 옷을 입고 저마다 비슷한 공장에 다니는 우리 또래의 남자들이 휙휙 불어대는 휘파람 속에서 동시 상영을 하는 다른 영화와 함께 보았다.

그 오빠가 군에 가기 전 함께 손도 잡지 못한 채 서울 어느 거리를 통금이 울릴 때까지 걷고 또 걷고 했던 얘기는 이미 윤희에게 했다. 거리를 걸었던 것이 아니라 우리의 걸음을 막을 통금 사이렌을 향해 걷고 또 걸었던 것이라고. 그리고 이윽고 통금 예비 사이렌이 울렸을 때 막다른 골목길에 내몰리듯 오빠의 뒤를 따라 들어갔던 어느 허름한 여관 얘기도 했다. 그곳에서 처음 오빠와 입을 맞추었던 얘기도, 오빠가 내 옷을 끌어내리던 얘기도. 그러나 그곳 여관방의 땟국이 전 허름한 이불을 다시 떠올리는 순간, 오빠가 내 몸에서 끌어내리던 청바지를 필사적으로 움켜잡았던 얘기도 이미 했다.

마음속으로 진정 사랑하는 남자에게 맨몸을 보이는 것에 대한 부끄러움보다, 더 큰 부끄러운 무엇이 오빠가 끌어내리려는 청바지와 필사적으로 그것을 도로 끌어올리던 내 몸 사이에 있었다고. 나 그때 땟국에 전 이불처럼 낡고 허름한 팬티를 입고 있었으며, 그런 팬티를 오빠에게 보인다는 것이 내 맨몸을 보이는 것보다 더 부끄러워 오로지 그 팬티를 가리기 위해, 아니 그런 팬티를 보일 수가 없어 밤새 그렇게 실랑이를 하다 새벽을 맞았던 것이라고. 그리고 보면 결국 팬티를 입고 내가 꾸었던 꿈이 「리칭의 스잔나」와 백혈병이었던 것이다.

그리고 이태 후, 지금의 남편을 만났다. 그때 내 나이 스물셋이었고, 남편의 나이 스물여섯이었다. 나도 가진 것 없었지만 그쪽 역시 가진 것이 없는 남자였다. 그래서 더욱 맞춤처럼 어울려 보이는 한 쌍이었는지도 모른다. 그때 그 남자는 어느 공장에서 용접 일을 하고 있었다.

만난 지 석 달 만에 그 남자에게 몸을 허락하고, 다시 석 달 만에 결혼을 했다. 그 남자와 처음 잠자리를 가졌던 곳도 예전 승호 오빠와 함께 들어갔던 곳과 크게 다를 바 없는 공단 주변의 허름한 여관이었다.

처음으로 내 몸 안에 남자를 받아들였지만, 그러나 그날 밤 내가 받아들인 건 그 남자가 아니라 이태 전 겨울에 받아들이지 못한 승호 오빠였다. 그 남자가 거친 숨결로 입을 맞춰 올 때에도, 또 예전의 승호 오빠처럼 옷 속으로 손을 넣어 가슴을 더듬어올 때에도 눈을 감고 내가 떠올린 건 그 남자가 아니라 승호 오빠였다. 청바지는 아니었지만 그 남자가 내 바지를 끌어내릴 때에도 나는 이태 전 겨울을 생각했다. 몸 안으로 남자를 받아들이는 것은 처음이지만 형식적인 저항조차도 크게 하지 못했던 것도 그 손길 아래에서도 내 머릿속을 떠나지 않던 승호 오빠 때문이었다. 고백하자면 그 무렵, 그 남자를 만날 때마다 내가 제일 신경

썼던 것 역시 그에게 보이게 될 몸이 아니라 팬티였다. 그렇게 떠난 다음에도 승호 오빠는 오래도록 내 마음속에 있었다.

희미한 어둠 속에 그가 내 팬티를 내리고, 자신의 팬티를 벗고 내 몸 안에 들어올 때에도 나는 이것이 처음이구나 생각하지 않고, 그때 우리가 다 하지 못한 것이 이것이었구나 생각했다. 생살을 찢는 통증 속에서도 나는 내 몸 위의 남자보다 승호 오빠를 먼저 생각했다. 그때 그런 팬티 때문에라도 내 육체적 정조를 지켰다는 안도감도 아주 없지는 않았을 것이다. 그러나 그런 안도감보다 더 큰 안타까움처럼 그때 그런 팬티를 입지 않았다면, 아니 그런 내 몸의 의복과도 같은 가난만 아니라면, 그때 이렇게 승호 오빠를 받아들였겠구나 하는 생각을 먼저 했다. 눈물도 그래서 더 흘렸던 것인지 모른다. 불을 켰을 때 남자는 내 처녀혈에 감동하는 얼굴이었고, 나는 그곳에 흘리고 떨군 내 처녀혈이 아니라 다른 무엇으로 더 아프고 슬픈 얼굴을 했을 것이다.

남편은 지금도 종종 그때 우리가 처음 갔던 여관 이야기를 한다. 그 이야기를 하며 남편은 마치 자신의 몸과 마음이 그 시절로 돌아가는 듯한 느낌을 받는 모양이었다. 아니, 그런 느낌을 받기 위해 부부간의 잠자리에서 종종 그 시절 이야기를 하는 것인지 모른다. 몇 잔의 술을 우리가 함께하는 날이면 더욱 그랬다. 그러나 그런 남편의 말을 듣고 내가 떠올리는 건 그보다 이태 전 어느 겨울의 일이다. 같은 대화를 해도 추억하는 대상은 서로 다른 것이다. 그로서는 무언가를 얻고 정복했다는 느낌으로, 나는 또 그것과는 전혀 반대의 감상으로 그날의 일과 그 이태 전의 일을 동시에 떠올리는 것이다.

이 세상에서 가장 아쉽고도 오래 미련이 남는 것이 서로 사랑하면서도 몸으로 끝내 짓지 못한 죄라고 했던가. 어느 책에선가 그런 구절이거나 그 비슷한 구절을 보았다. 그때에도 나는 승호 오빠를 떠올리고, 그 밤 내가 필사적으로 끌어올리던 청바지 속의 낡고 바래고 끈까지 헐렁해져 늘어질 대로 늘어져 있던, 꼭 그 여관의 이불색 같은 팬티를 떠올렸다. 그날 내가 가지고 있던 두 개의 팬티 중 다른 팬티를 입고 나갔다면 내 인생은 아니지만 내 몸이 기억하는 첫 남자는 달라졌을지도 모른다. 그러나 그 부분 역시 자신이 있어 그렇게 말하는 것은 아니다. 승호 오빠와 헤어진 그날 지친 마음과 지친 몸으로 집으로 돌아와 제일 먼저 확인한 것도 내 방에 남아 있던 또 다른 팬티였으니까. 단지 좀 덜 해어졌달 뿐 그 팬티 역시 전날 입고 나갔던 팬티와 크게 다를 바가 없었으니까. 남편에게 미안한 일이긴 하지만, 결혼 후에도 오래도록 내 머릿속에 남아 있던 그 밤의 안타까움이 그렇다는 얘기다.

다시 병원 얘기를 해야겠다.

첫 아이로 윤희를 낳던 시절 얘기를 해야겠다.

나는 가끔 요즘 젊은 엄마들에게 물어보고 싶은 것 한 가지가 있다. 임신에서 출산까지, 그들은 대체 몇 번 정도 병원에 가 정기 검진을 받는지. 물론 거기에도 개인 차이라는 게 있고 몸이 약하거나 약하지 않더라도 불안한 경우에는 그 횟수가 더 늘어날 테지만 평균적으로는 어느 정도 되며, 또 병원에서 다음 달 언제 와보세요, 하는 식으로 기본적으로 권하는 횟수는 또 얼마나 되는지.

결혼 전 이미 윤희를 가졌다. 그리고 11월에 결혼식을 올리고 이듬해 5월에 아이를 낳을 때까지 나는 단 한 번도 병원에 가보지 못했다. 성남 어느 곳의 단칸방에서 신혼살림을 차렸던 그 시절 우리의 형편이 그랬다. 이미 아이를 가진 다음이어서 나는 결혼과 동시에 공장을 그만두고 부업으로 수출용 운동복을 받아와 실밥을 땄고, 남편은 그간 자신이 번 돈과 또 결혼할 때까지 내가 공장에서 번 돈으로 독립이랍시고 자전거 다섯 대도 들어가지 못할 작은 가게를 얻어 자전거포를 시작했다.

그러다 아이를 낳던 날에야 이 세상에 태어나 처음으로 내 몸때문에 병원에 가보았던 것이다. 물론 그 전에 비록 짧은 시간이나마 의사와 마주 앉았던 적은 몇 번 있었다. 그러나 그것 역시 병원에서가 아니라 일 년에 한 차례 형식적으로 하는 회사의 정기 검진일 때였다. 그런 날이면 우리가 병원으로 가는 것이 아니라 두 명의 의사와 몇 명의 간호사가 회사로 나와 일 년간의 숙제검사를 하듯 어디 특별히 아픈 데가 없느냐는 식으로 묻고는 거기에 대한 우리의 대답을 들을 사이도 없이 다음 사람을 불렀다. 그러다 보니 내 몸 때문에 처음 병원에 갔던 것이 바로 윤희를 낳을 때의 일인 것이었다.

형편이 달라진 다음 윤석이를 가졌을 때 역시 그랬다. 그때는 이미 윤희를 낳아본 다음이라 배포까지 생겨 아이를 낳기 한 달전에 한 번 병원에 가보고, 다시 아이를 낳을 때 병원에 갔던 것이 전부였다.

이 얘기를 하는 건 다른 뜻이 아니다. 여자가 남자와 궁극적으로 다른 건 바로 아이를 낳은 일이고, 그래서 아이를 낳은 일에 대해 여자로선 할 말도 많고, 또 어떤 안타까움이나 미련도 많다는 얘기를 하고 싶은 것이다.

전에 그런 얘기를 들은 적이 있다. 결혼식을 올린 부부와 형편상 식을 올리지 못한 채 함께 사는 부부에 대한 얘기였다. 식을 올리지 못한 부부는, 특히 여자는 아이를 낳고, 그 아이가 성장한 다음에도 일생의 어떤 꿈처럼 면사포를 쓰는 꿈을 꾼다고 했다. 그래서 함께 산 지 십 년이 되고 십오 년이 된 부부가 뒤늦게 결혼식을 올리기도 하고, 그때도 식을 올릴 형편이 되지 못하면 사진관에 가서라도 면사포를 쓰고 싶어 한다는 얘기를 들었다. 나는 그 심정을 충분히 이해한다.

그리고 그 다음 그렇게 미련과 아쉬움이, 아니 어떤 한 같은 것이 남는 일이 바로 아이를 낳을 때라는 얘기를 들었다. 그러나 이건 그런 얘기를 들어서가 아니라 내 스스로가 느끼고 있는 어떤 한과도 같은 아쉬움이거나 안타까움인 것이다. 물론 우리 때와는 시절이 많이 달라진 점도 있겠지만, 지금도 나는 누가 아이를 낳을 때 병원 이름만 대도 누구나 아, 그곳, 하고 알아들을 만큼 시설 좋은 병원에서 아이를 낳았다고 하면 까닭 없이 내 자신의 그 시절에 주눅 들고, 또 그런 애기 엄마가 부러워 견딜 수가 없는 것이다.

이제 다시 그 시절로 돌아갈 수도, 맞이할 수도 없겠지만, 정말 이 날까지 살아오면서 문득문득 나를 부럽게 하는 것이 그런 병원에서 아이를 낳은 지금의 젊은 엄마들과, 또 그 시절 그런 병원에서 아이를 낳았다고 자랑처럼 말하는 내 또래의 엄마들이다.

먼저 말한 승호 오빠의 일이 어떤 짓지 못한 죄에 대한 미련이고 안타까움이라면 윤희나 윤석이를 낳을 때의 일은 내 젊은 날의 가난이 내게서 빼앗아간 어떤 가치 박탈 같은 느낌마저 드는 것이다. 정말 좋은 시설의 병원에서 아이를 낳고, 그곳에서 남편에게서나 시댁으로부터 왕비처럼 극진한 대우를 지금 받고 있거나 받았다는 엄마들이 나는 한없이 부러운 것이다. 나는 아이를 낳은 다음 날 동네 병원에서 남편과 함께 아이를 안고 퇴원했으며, 특히 윤희 때는 변변한 산후 조리를 할 사이도 없이 밥을 짓고 설거지를 하고 행주를 빨며 다시 수출용 운동복의 실밥을 땄던 것이다.

이렇듯 가난한 시절의 얘기는 한번 늘어놓기 시작하면 끝이 없다. 가난했던 시절 전체에 대해서거나 일상에 대한 한보다는, 써보지 못한 면사포에 대한 얘기거나 평생에 한 번이거나 두 번, 아이를 낳을 때의 일 같은 것에 그 한들을 모두 집중하여 얘기하는 것이다.

가끔 돌아서서 눈물 짓거나 울적한 마음이 드는 것도 그 시절에 겪었던 가난 전체에 대해서가 아니라 내게는 두 아이를 낳을 때, 특히 윤희를 낳을 때 평생에 단 며칠뿐이겠지만 그 며칠 동안만이라도 그런 호사나 귀한 대접을 받아보지 못했다는 것에 대해서다. 그리고 그건 이상하게 내 자신에 대해서만도 아니게 그렇게 낳은 윤희 역시 이 세상으로부터 어떤 대접도 받지 못하고 태어난 것처럼 안타까운 마음이 드는 것이다. 내가 다른 엄마들보다 내 딸 윤희에 대해 더 너그러운 마음을 가지고 있는 것도 어쩌면 그래서일지 모른다. 그 시절 나는 그 아이를 귀하게 낳지 못했던 것이다.

윤희를 낳고도 한동안 우리 형편은 나아진 게 없었다. 아이를 눕힌 옆에서 나는 그제나 어제처럼 오늘도 실밥을 땄고, 아이가 끌고 다니는 보행기가 일하는 쪽으로 다가오면 다시 저만치 밀어내놓고 수출용 운동복의 실밥을 땄다.

그러다 칭얼거리는 아이를 업고 남편의 가게로 나갔을 때였다. 아까도 말했지만 자전거 다섯 대를 겨우 들여놓을 만큼 작은 가게였다. 그나마 그 자전거도 밤에만 가게 안으로 들여놓을 뿐 낮엔 길거리 쪽으로 내놓아야 했다. 그리곤 출입구 쪽 말고는 세 벽 쪽에 다닥다닥 걸어놓은 바퀴들과 페달과 핸들로 전화를 받을 때 말고는 가게 안에서는 어떤 일도 할 수 없는 곳에서, 남편은 새 자전거를 파는 일보다는 고장 나거나 펑크가 난 자전거들을 수리하는 일에 더 골몰했다. 그러면서 그 좁은 가게 바로 옆에 어디에서 물건을 받아온 것인지 모를 리어카 한 대를 벽 쪽으로 붙여 세워놓았다.

"저것도 밤엔 들여놔요?"

아이를 업고 내가 물었다.

"여기 들여놓을 데가 어디 있어? 밤엔 쇠사슬에 묶어 그냥 두는 거지."

"그럼 누가 가져가지 않아요?"

"자전거는 가져가도 저건 안 가져가. 가져가도 짐만 되지 팔아

먹을 데가 없으니까. 둘 데도 마땅찮고."

"필요한 사람들이 가져가죠."

"그런 사람들은 훔치지도 않고."

"한 달에 몇 개쯤 나가요? 저 리어카는."

"한 개나 두 개 나가면 많이 나가는 거지. 필요한 사람들만 찾으니까."

그런 얘기를 주고받을 때 리어카를 찾는 손님이 왔다. 전에도 남편에게 그런 얘기를 들었다. 자전거를 찾는 손님들은 어른 혼자 와서든 아이와 함께 와서든 마음속으로 이미 저것을 사겠다 하고 오는 것이지만 리어카를 찾는 손님들은 꼭 그렇지만도 않다고 했다. 자전거는 일단 손님만 오면 고르고 파는 일이 오래 걸리지 않지만 리어카는 이리 살펴보고 저리 살펴보며 살 듯 말 듯 하다가 그냥 가는 손님이 열에 아홉이라고 했다.

"지나 내나 오죽하면 리어카를 팔고 리어카를 사러 오겠어?"

같은 바퀴가 달린 물건이라도 자전거는 운동이나 놀이 쪽의 쓰임새지만 리어카는 거기에 본인이거나 한 식구의 생계가 달린 물건인 것이었다. 찾는 사람들의 주머니 속사정 또한 빤한 것이었다. 그날 온 손님도 가격에서부터 탄탄함에 이르기까지 이것 저것 물어보며 세워놓은 리어카의 바퀴만 수십 번도 넘게 돌려볼 뿐 몇만 원에서 더 얹어진 이천 원을 빼자 말자로 이십 분 가까이 실랑이를 했다. 그러다 남편이 그럼 그 돈에라도 가져가라고 말하자 그 사람은 엉뚱하게도 철근 용접을 탓하며 다시 바퀴만 두어 번 돌려보고는 다음에 오겠다며 뒤로 물러났다.

내가 나가 있는 두 시간 동안 가게로 온 손님은 펑크를 때우러 온 손님 둘과 페달을 갈러 온 손님 하나, 그리고 바퀴에 반짝이를 달러온 학생 둘뿐이었다. 받은 돈도 아이의 분유 값이 되나마나 한 돈이었다.

"나가서라도 팔아야겠어요. 앉아서는 손님도 없고."

집으로 돌아올 때 나는 힘이 빠져 그렇게 말했다.

"자전거를?"

"자전거든 리어카든요."

"저걸 끌고? 말 같잖은 소리 말고 그만 들어가. 애 추운데."

"그렇게라도 해야지 어쩌겠어요? 가게로 찾아오는 손님도 없는데."

그리고 그날 밤이었다. 지치고 피곤한 몸으로도 남편은 한 차례 내 몸을 탐하고 나서 속옷을 입으며 말했다.

"아까 낮에 당신이 했던 얘긴데, 정말 밖에 나가서라도 팔아봐야겠어. 앉아서는 손님도 없고."

"자전거를요?"

"자전거든 리어카든."

"그걸 끌고요? 말 같잖은 소리 말고 그만 자요. 애 깨는데."

낮에 내가 했던 말을 그대로 거꾸로 한 셈이었다.

"하려면 다른 걸 해야지."

다시 내가 토를 달자 남편은 아냐, 내일부터 좀 돌아다녀 봐야겠어, 라고 말했다.

"아까 당신이 한 얘기를 곰곰이 생각해 봤거든. 처음엔 말 같잖은 소리라고 생각했는데, 아주 말 같지 않은 소리도 아닌 것 같고. 정말 지금대로라면 가게 문 닫고 다른 거라도 해야 할 판이니까."

"됐네요, 그럼. 포장마차를 하든 뭘 하든 끌고 다닐 리어카라도 있으니까."

"그게 아니라니까. 당신은 손님이 없으니까 그렇게 말했지만, 가만히 생각하니까 당신 말이 맞을 수도 있다구."

어쩌면 그게 남편의 운이며 나의 운이고, 우리 집의 운이었는지도 모른다. 다음 날부터 남편은 정말 리어카도 없이 빈 몸으로 공사장을 돌아다니며 리어카를 팔았다. 첫날 세 개를 팔았다고 했다. 모래를 퍼 나르는 것과 반죽한 시멘트를 실어 나르는 리어카였다. 가게에 나가 돈도 되지 않는 펑크를 때워주고 자전거의 부품을 갈아주는 일보다는 차라리 그게 나았다. 남편은 그 일에 재미를 붙이기 시작했다. 쓰임새에 따라 여러 종류의 리어카의 사진을 찍어 들고 다녔다.

그러던 어느 날 남편은 공사장에서 뜻밖의 얘기를 들었다. 공사 현장 감독이 이런 공사장으로 돌아다닐 게 아니라 중동으로 나가 있는 건설업체들을 찾아가 보라고 말해 준 것이었다. 지금이야 모든 시멘트 일을 레미콘 차가 하고, 그것을 땅에서부터 10층 높이의 고층에 이르기까지 펌프차가 반죽된 시멘트를 끌어올리지만 그땐 또 아닌 시절의 일이었다. 거기에다 중동으로 나가는 공사 장비 일체가 국내에서 나가는 거니까 리어카 역시 그쪽 일수록 더 많은 물량이 필요할지 모르겠다고 말해 준 것이었다.

이미 공사장을 찾아다니며 이력을 붙인 남편은 그런 기업들의 자재과를 찾아다니기 시작했다. 처음엔 그쪽 사람들이 웃더라고 했다. 국내에 포니와 포니라는 이름의 국산 승용차가 나와 대중화되기 시작하던 시절의 일이었다.

"자동차를 세일하러 다니는 사람들은 보았지만 사진 팸플릿까지 만들어 리어카를 세일즈하는 사람은 당신을 처음 봅니다."

그러면서도 사람들은 남편에게 대단히 호의적인 모양이었다. 그 사람들도 다른 물건과는 달리 리어카의 경우 그것이 어느 가게거나 공장 한 군데에서 대량으로 제작해 미리 준비하고 있는 물건이 아니어서 현장에서 필요하다는 물량을 그때그때 대주기가 쉽지 않았다고 말하더라는 것이었다. 바퀴만 그것을 생산해

내는 제대로 된 공장이 있지 리어카의 몸체는 아무 철공소에서나 거기에 맞는 파이프와 철근을 가지고 그것을 구부려 리어카의 용도에 따라 용접공들이 일일이 손으로 만들어내는 것이었다.

처음엔 수십 개 정도의 주문이었지만 날이 갈수록 신용이 쌓이면서 주문량이 늘어 많이 주문을 받을 때 남편은 하루에 700개의 리어카 제작을 의뢰받기도 했다. 그때쯤 남편은 성남에서 안양 천변 쪽으로 공장을 옮겼다. 단지 리어카를 만드는 일이지만 남편은 매일 그 일을 로켓을 만드는 일만큼이나 비밀리에 진행했다. 작업 자체가 단순한 만큼 일단 알기만 하면 누구라도 쉽게 따라할 수 있는 일이었다. 남편은 행여 생겨날지 모를 동업자들에 대해 일의 비밀을 유지하기 위해 아무도 모르게 몇 트럭분의 리어카 바퀴를 사다 창고에 쌓아두고 알음알음을 통해 수십 명의 용접공을 불러모아 낮에는 리어카의 몸체로 쓸 파이프와 철근을 구격대로 구부리거나 자르는 작업을 하고, 밤에는 안양 천변에서 매일 전국 용접공 경진대회를 열 듯 리어카를 제작해 다시 그것을 아무도 모르게 트럭에 싣고 주문받은 건설업체에 납품하곤 했다.

"이게 당신 운이고, 우리 윤희 운이라구. 그때 당신이 윤희를 업고 가게로 나와 그 말을 하지 않았으면 지금의 나도 없고 회사도 없는 거지."

큰 기술이 필요한 것은 아니었지만 리어카 세일을 시작한 지일 년 만에 안양 천변에서는 몇 째 안에 들 만큼 넓은 공장을 갖게 되었다. 그러는 동안 그 넓은 공장에 날이 갈수록 쌓이는 건 리어카 몸체를 만들기 위해 잘라낸 파이프 조각과 철근 조각, 물 시멘트를 실어 나를 리어카를 만들기 위해 잘라낸 철판 조각들이었다. 고철로 팔아야 할 물건들이었지만 웬일로 남편은 그것을 그냥 고철로 팔기엔 아깝다며 차곡차곡 그 넓은 창고에 쌓아 두었던 것이다. 어쩌면 그것 또한 남편의 두 번째 운이자 우리의 두 번째 운이었는지 모른다.

큰 비가 온 다음 날 남편은 어떤 건설 현장을 방문했다. 기초 공사를 위해 깊게 땅을 파낸 곳에 위험하게 물 웅덩이가 져 있었다. 안전 조치라고는 군데군데 말뚝을 박아 허술하게 새끼줄을 쳐놓은 것이 전부인 것을 보고 남편은 공장 창고에 가득 쌓여 있는 파이프 조각과 철판 조각을 떠올렸다. 그걸로 안전 펜스를 만들 생각을 한 것이었다.

아마 그때 남편이 특허라는 것을 알았다면 남편의 회사는 지금보다 몇 배 더 규모가 커졌을지 모른다. 남편이 리어카를 만들고 남은 파이프와 철근으로 새롭게 안전 펜스를 만들기 전까지는 서울 지하철 공사장들도 지금 사용하고 있는 안전 펜스가 아니라 새끼줄이거나 주홍색 나이론 줄을 띄워 공사장의 안과 밖을 구분했던 것이다.

확실히 남편은 남들이 생각해 내지 못하는 것을 생각해 내는 재주가 있었다. 서울시가 지하철 2호선 공사를 할 때 전 구간에 들어가는 안전 펜스의 20퍼센트 이상은 안양 천변에서 만들어진 남편 회사의 제품이었던 것이다. 그때쯤 리어카 일은 뒤늦게 여기저기에서 남편과 같은 방식으로 중동 건설 업체로부터 리어카를 주문받고 리어카를 제작하는 회사들이 생겨나기 시작했다. 리어카에 관한 한 선발 업체이면서도 그것을 만드는 일조차 뒷전으로 미뤄둬야 할 만큼 엄청난 물량의 안전 펜스가 남편의 공장에서 만들어져 나간 것이었다. 그런 한편 남편은 비게라고 부르는, 건축 공사 때 사용하는 엄청난 물량의 건축 공사 지주대를 만들어내기 시작했다.

둘째 윤석이를 가졌던 건 남편 회사의 기반이 이미 지금처럼 잡혔을 때였다. 그러나 그때에도 나는, 아이를 가졌을 때에도 또 낳을 때에도 남들 같은 병원 호사와 출산 호사를 누려보지 못했다. 불러오는 배를 안고 회사 식당 일을 관리해야 했다. 다른 회사들처럼 그냥 점심만 해먹이는 것이 아니라, 절반 인원의 아침과 전체 인원의 점심과 저녁, 밤참까지 내가 감독하여 장을 보고 밥을 짓고 그걸 공장 뜰 안의 여기저기와 사람들이 나가 일하고 있는 천변으로 옮겨주어야 했던 것이다. 회사 규모로는 틀이 잡혔지만 관리 면에서는 여전히 예전 리어카를 만들던 초기와 다를 바 없어 회사 안에 간이 취사장만 겨우 갖추었던 것이다.

그러나 그렇게 바쁘기도 했겠지만, 집안 형편과 회사 형편이 전과는 비교도 할 수 없을 만큼 활짝 펴진 다음인데도 그런 호사를 누려보지 못한 진짜 이유는 어쩌면 다른 데 있었던 것인지도 모른다. 우리의 형편이 펴진 것이 너무 순식간의 일이라 그런 일에 대한 내 생각이 그 수준을 미처 따라갈 수가 없었던 것이다. 어릴 때부터 호사를 배우고 누릴 줄 아는 사람들은 나중에 가진 것이 없어도 그것을 자기 범위 안에서 누린다. 그러나 그때까지 태어나 단 한 번도 그런 호사를 배우거나 누려본 적이 없는 나로서는 여전히 '석유병'이었으며, '찌든 빤쓰'였으며, '실밥 따기'였으며, '우리 집 밥순이'에서 '남편 공장 밥순이'로밖엔 더 나가지 못했던 것이다.

남편한테나 다른 사람한테는 그때 갑자기 커지기 시작한 회사 일이 바빠서였다고 하지만, 그때 내가 생각하고 있던 병원에 대한 호사는 산업체 부설 학교를 다닐 때 「리칭의 스잔나」를 보며 부러워했던 백혈병의 환상과, 그 백혈병으로 꿈과도 같은 입원을 하고 있는 수척하고도 흰 얼굴의 환상에서 그대로 머물러 있었던 것이다.

윤석이가 살아 있을 때 몇 번 병원에 갔던 것도 내 몸이 아파서가 아니라 윤석이 아래로 든 아이를 지우고, 다시는 아이가 들어서지 않게 불임수술을 받기 위해서였다. 그러다 윤석이를 잃고 다시 병원에 가 전에 묶었던 것을 풀었다. 그런데도 임신이 되지 않아 몇 차례 더 병원을 찾아갔던 것이 전부였다. 정말 내 몸이 아파 병원에 가본 적이 없었던 것이다.

그런 사람들은 자신의 건강을 등한시한다고 했다. 남편 회사로 의료보험협회에서 받으라고 나온 두 번의 정기 검진 티켓이 왔을 때에도 나는 병원에 가서 그것을 받지 않았다. 내게 병원은 스무 살 언저리에 본 리칭의 병원이고 스잔나의 병원처럼, 그곳에 가 많은 사람들의 관심과 안타까움 속에 태생부터 공주이거나 귀족처럼 누워봤으면 하던 곳이지, 내 몸의 어느 구석이 어떤가 조사를 받기 위해 가야 할 곳이 아닌 것이었다.

그러다 지난해, 이웃의 한 엄마가 임파선암으로 세상을 떴다고 하고, 또 시골 중학교 동창 누군가 위암으로 세상을 떴다는 얘기를 들은 다음부터 어느 날 갑자기 내게 병원은 리칭과 스잔나의 그것에서 나도 더 나이 들기 전에 한번 가서 내 몸의 모든 점검을 받아봐야 하는데, 무엇 때문인지 아직 가지 못하고 있는 곳이 되고 말았다. 아니, 갔다가 혹시 무슨 말인가 들을까 싶어 겁부터 덜컥 나는 곳이 되고 만 것이었다.

"그러니 당신도 한번 가보라니까."

이웃집 엄마 얘기를 하고 시골 중학교 동창 얘기를 했을 때 남편도 대뜸 그렇게 말했다.

"이 사람, 미련하기는. 이제까지 안 갔으니 한번 가서 괜찮다는 소리를 들으면 당신한테도 개운한 거지 뭘 그래."

"가봐, 엄마. 겁내지 말고."

윤희도 그렇게 말했다.

그래서 언니와 함께 내 혼자의 몸 때문으로는 처음 병원에 갔던 것이다. 왠지 나 혼자 가기엔 자신이 없어 언니와 함께 가자고 했다.

"참, 너 재집 승호 얘기 들었니?"

병원에서 분홍색 가운을 입고 자매가 함께 이곳저곳을 돌아다니며 검사를 받던 중 언니가 물었다.

"아니. 승호 오빠가 왜?"

"그래, 너한테는 오빠가 되는구나. 우리 한 해 아래였으니까."

"그 오빠한테 뭔 일 있어?"

"내가 지난번에 안골 살던 영자를 봤잖니."

"그런데."

"영자가 승호 얘기를 하더구나. 나보고 재집 승호 소식 들었느냐고."

"그 오빠가 왜? 어디 몸이 안 좋대?"

언니가 병원에서 갑자기 꺼낸 얘기라, 또 우리가 받고 있는 게 종합검진이라 나는 언니에게 그렇게 물었다.

"아니. 그런 건 아니고."

"그럼?"

"너, 승호네 엄마 알지?"

"알지, 그거야. 동네 사람이면 다."

"승호 친엄마가 승호 어릴 때 돌아가셨잖아. 내가 초등학교 들어갔을 땐가 아직 들어가지 않았을 땐가."

"그 집 엄마가 왜?"

"그래서 새엄마가 들어왔잖아. 승호야말로 위로 누나들만 셋 있고 승호가 있는데, 새 엄마가 들어와서 승호 아래로 아들 둘을 낳은 거지. 승호 아버지는 나이가 많아도 승호 엄마는 젊었으니까."

"그런데?"

"그런데는 뭐. 전부터 동네에 그런 얘기가 있었던 거지. 승호 아버지가 살아 있을 때에도 승호 엄마가 승호보다는 지 속으로 낳은 아들들한테 뭘 자꾸 물려주려고 한다고. 지난해 우리가 아버지 제사 때 내려갔을 때에도 엄마가 그런 얘기를 했었고."

"그거야 뭐 승호 오빠 학교 다닐 때부터 나온 얘긴 데 뭐. 저러다 승호 오빠 아버지가 돌아가시면 승호 오빠는 아무것도 손에 쥐는 게 없게 된다고."

"정말 그 짝이 난 모양이더라. 지 속으로 낳은 작은아들들 결혼할 때 승호 엄마가 전답들을 거의 다 내놓았다더라. 그래서 동네에서도 말이 많았고. 큰아들 결혼할 때엔 안 그러다가 작은아들들 결혼할 때 살림 다 거덜 냈다고. 집 앞에 있는 논 말고는 다 없애서 즈 아들 턱으로 따로 서울에 집 사주고 뭐 사주고 하면서."

"나도 아는 얘기 말고."

"작은것들은 잘 산대. 그때 받은 것도 속으로 따져보면 즈 형보다 많고, 또 나중에도 잘 불려서."

"승호 오빠?"

"영자가 그러는데, 서울에서 뭘 하다가 그나마 자기 턱으로 남아 있는 거 이번에 다 없애버린 모양이더라. 그러고도 형편이 안 좋아 시골집까지 내놓고 말았다고. 그런데도 동생들이 모른 척하는가봐. 아버지는 돌아가시고, 어머니라는 건 지가 낳은 큰아들 집에 가 있으니까 돕고 말고 할 것도 없는 거지."

전에도 하는 일마다 잘 풀리지 않는다는 소리는 들었어도 살림을 다 거덜 내고 시골집까지 남의 손에 넘어가게 생겼다는 얘기는 처음 듣는 소리였다.

"뭘 하다가?"

"이번엔 뭔 음식점을 하다가 그랬다더라. 음식점이고 장사고 그게 승호한테 어울리니? 남 하지 못한 그 좋은 공부를 해가지고. 그런 것도 사람이 안으로 약아야 남의 수중의 돈 내 수중으로 옮기지. 얘기를 들으니 형편이 말이 아닌 모양이야. 애들하고 애들 엄마는 외가에 가 있고, 승호는 그냥 서울이고 시골집이고 왔다 갔다 그러고. 그것도 그냥 왔다 갔다 하는 게 아니라 집 팔러 왔다 갔다 한다는데."

병원에서 들은 언니 얘기는 거기까지였다.

10
인생이라는 것, 혹은 산다는 것은

아무에게도 얘기를 않고 집은 나온 지 나흘이 지나고 있었다. 언니한테만 귀띔을 해주었다. 혹시 남편이 그리로 갈지 몰라, 그리고 남편이 내가 자기 몰래 쓴 일억 원의 행방이 거기에 함께 달려 있다고 생각할지 몰라서였다. 그래서 언니에게만 미리 입을 맞추듯 얘기를 한 것이었다. 윤희 아빠가 와서 묻거든 그 돈 언니에게 와 있다고 말하라고. 싫지만 언니도 강 서방이 와서 묻는다면 그렇게 대답할 수밖에 없을 것이다. 지금으로선 내 사정을 아는 사람이 언니뿐이었다.

윤희에게도 내가 왜 집을 나가는지 말하지 않고 나왔다. 혼자 이렇게 있고 싶었다. 이제까지 단 한 번도 이렇게 혼자 있어본 적이 없었다. 아마 앞으로도 없을 것이다. 그러나 그 앞으로가 얼마나 될지 불안하다. 어쩌면 나를 밖으로 불러낸 것도 그 앞으로가 얼마나 될지에 대한 불안 때문이었는지도 모른다.

한 번도 나를 돌아본 적이 없었다. 살아가는 동안, 또 살아오는 동안 문득문득 지난날을 추억하긴 했지만 그건 그야말로 추억하는 정도의 수준이다. 진정 나를 돌아본 적이 없었다. 그렇다고 이곳 친정 동네에 나를 돌아보기 위해 온 것은 아니다. 발길이 저절로 옮겨진 곳이 여기였다. 그만큼 세상을 넓게 보지 못하고 살아온 탓도 있을 것이다. 남편이 이틀 밤을 꼬박 잠을 안 재우고 묻던 일억 원 때문에 이러고 있는 것은 아니다. 그냥 혼자 있고 싶었다. 아니, 혼자 있으면서 무언가 생각해 보고 싶었다. 지나온 삶도 생각해 보고, 앞으로 닥칠 일도 미리 그것을 연습하듯 생각해 보고 싶었다. 그러나 내일은 돌아가야 할 것이다.

병원에서 언니로부터 승호 오빠 얘기를 들었다. 그러나 언니로부터 그 얘기를 들을 때만 해도 내가 생각한 인생이라는 건 복잡한 듯하면서도 실은 그렇게 복잡하지 않은 것이었다. 언니로부터 그 얘기를 들었을 때, 처음 떠올린 것이 승호 오빠에 대한 안타까움이었다. 아마 그건 누구라도 그랬을 것이다. 더구나 그 오빠는 내게, 젊은 날 함께 사랑하지 못한 안타까움을 가지고 있는 사람이었다.

인생이라는 게 어떻게 보면 참 우습기 짝이 없는 것이었다. 어릴 때의 삶은 단지 그때만의 모습이긴 하지만 정말 승호 오빠가 그렇게 되리라고는 꿈에도 생각하지 못한 일이었다. 처음부터 우리하고는 다른 오빠였다. 시골 한동네에서 똑같이 나긴 했지만 출생이 달랐고 성장하는 과정이 다른 만큼 이 다음의 삶도 우리와 크게 다를 거라고 생각했다.

어릴 때에만 막연히 그렇게 생각한 것이 아니라 내가 그 오빠의 여자였던, 아니, 그건 자신할 수 없는 일이다. 오직 내 마음속에서의 일이긴 하지만 그 오빠가 내 남자였던 젊은 한때 짧은 사랑 속에서도 그랬다. 만약 그때, 그 오빠가 단 한 번이라도 우리와 같다는 생각을 했다면 이후에 내가 오빠를 의식적으로 피했던 일 같은 건 없었을 것이다.

다르다고 생각했던 건 출생과 성장 과정의 얘기만이 아니다. 서로 다르게 태어나고 다른 길로 자라왔어도 오히려 그것은 작은 부분일 수 있다. 나는 그렇게 생각했다. 그 오빠와 내 미래가 앞으로 더 크게 다를 거라고 생각해 왔다.

서로 다른 공부를 했으니 세상에 대한 생각 같은 것도 다를 것이다. 그래서 그 옆에 서기가 힘든 부분도 있었을 것이다. 그러나 그 무렵 내가 나와 그 오빠가 가장 다르다고 생각했던 것은 그 당시로서 현재의 모습이 아니라 아직 맞이하지 않은 미래에 대해서였다.

솔직히 지금의 내 삶은 내가 부러워는 했어도, 그래서 나도 한 번 그렇게 살아봤으면 하고 꿈을 꾸긴 했어도 단 한 번도 내가 그런 삶을 살게 되리라는 희망 같은 걸 가져본 게 아니다. 남편과 결혼을 하며, 또 윤희를 낳으며 내가 희망했던 삶은 한 칸짜리 반 지하방에서 지상의 두 칸짜리 방으로 전세를 옮겨 갈 수만 있다면, 하는 것이었다. 언젠가는 그렇게 되겠지만 그러나 그것도 쉽지만은 않을 거라고 생각하며 살아왔던 게 내 삶이었다.

그 무렵 아주 가끔 승호 오빠를 생각하긴 했었다. 남편 대신 마음속으로 그 오빠를 그려 그런 생각을 했던 것은 아니었다. 길을 가다가 문득 그 무렵 막 나온 국산 승용차를 볼 때, 그리고 새로 지은 반듯한 아파트들을 볼 때, 그래, 같이 서울 어딘가에 살고 있어도 승호 오빠는 저런 차를 타고 저런 집에서 살 거라고 생각했다.

"무슨 인생이 그런지……."

병원에서 승호 오빠 얘기를 하며 언니도 그렇게 말했다. 그냥 그렇게 된 것이 안됐다는 뜻으로만이 아니라 '봉단이' 언니로서도 자신이 생각했던 승호 오빠의 삶은 전혀 그렇지 않을 거라고 생각해 왔다는 뜻일 것이다.

"그 집 넘어가면 어떡해?"

나는 승호 오빠네의 너른 시골집을 생각하며 언니에게 그렇게 물었다. 어릴 때부터 그 집은 그냥 승호 오빠네 집이었다. 동네에서 다른 누가 아무리 부자가 된다 하더라도 그 집이 승호 오빠네 집에서 다른 사람의 집이 될 수 없는 바로 그런 집이었다. 누군가 그 옆에 또 하나 그렇게 짓는다면 모를까 그건 그냥 우리와는 다른 승호 오빠네 집인 것이었다. 그리고 나중에도 당연히 승호 오빠의 집이 될 집이었다.

그 집이 넘어가게 된다는 얘기를 들을 때 조금 이상한 마음이 들었던 것도 얼른 그 집의 주인이 바뀔 수도 있다는 게 이해되지 않아서였다. 그냥 그건 승호 오빠네 집이고 승호 오빠의 집인 것이었다.

"그래서 사람살이를 모른다는 게야. 다 살아봐야 비로소 아는 게 사람살이고."

언니는 옛날의 '봉단이' 언니답지 않게 나보다는 인생을 십 년이나 이십 년쯤 더 많이 산 사람처럼 말했다.

"그래. 알 수 없는 게 인생이지 뭐."

사실 그런 말을 할 때 앞으로 남은 살이를 두고 해야 할 말이었다. 그러나 언니의 말을 받아 내가 그렇게 말한 건 그런 승호 오빠네의 몰락과 또 그것과는 반대의 모습으로 어느 날 갑자기 그렇게 피게 된 내 지난날의 삶에 대해서였다.

그러나 정말 알 수 없는 게 인생인지도 모른다. 승호 오빠 얘기가 아니라 바로 나의 일이 그랬다. 닷새 후, 언니와 함께 한 종합 검진 결과가 나왔다. 그때도 언니와 함께 병원에 갔었다. 두려움 같은 거 아주 없지는 않았다. 정말 이제 살 만해졌는데, 난생처음 이런 일로 병원에 갔다가 엉뚱한 얘기를 듣게 되는 건 아닌가, 하는 두려움은 처음 검사를 하러 가던 며칠 전에도 그랬고, 또 막상 결과를 보러 가던 날 아침에도 그랬다.

의사는 먼저 언니에 대해서 말했다. 아무 데도 이상이 없다고. 관절이 가끔 아프다는 거야 평소 운동 부족에서 오는 거니까 하루 삼십 분이나 한 시간 정도 걷기 운동을 하면 충분할 거라고. 그리고 내 차례가 되었다.

의사는 두 사람만 왔느냐고 물었고, 우리가 자매가 확실하냐고 다시 지나가는 말처럼 물었다. 먼저 걱정의 면제 판정을 받은 언니가 두 사람만 왔다고, 자매가 확실하다고 말했다.

"이름 보고 얼굴 보면 모르겠어요?"

"예에."

의사가 대답의 뒷말을 조금 길게 끌었다. 바로 내 결과에 대해 말할 차례에서. 그리곤 언니 때와는 다르게 차트를 두 번 이쪽으로 넘겼다가 저쪽으로 넘겼다. 그리곤 또 지나가는 말처럼 동생 분도 별 이상은 보이지 않는데, 라고 말했다. 그때도 이상은 보이지 않는데, 라는 말을 조금 뒤로 끄는 것 같았다. 아니, 의사가 뭐뭐 한데, 하면 그건 듣는 입장에선 자동적으로 긴장해야 할 말이었다.

의사는 다시 큰 문제는 아닌데, 하는 말을 두 번 반복하고는 가슴 안쪽으로 조직 검사를 한 번 더 해봤으면 좋겠다고 말했다.

"가슴이요?"

나는 직감적으로 유방암을 떠올렸다. 대충 감을 잡고, 또 그 부분을 잘 알아서가 아니라 가슴의 조직 검사, 하면 내가 떠올릴 수 있는 건 그것밖에 없기 때문이었다. 가끔 멍울이 져 문득문득 나를 두렵게 하던 것이 그것이었나 싶어 나도 모르게 얼굴이 하얘져 있는데 의사는 또 그런 내 반응이 당연하긴 하지만 그것 역시 별문제가 아니라는 얼굴로 다시 차트를 뒤쪽에서 앞쪽으로 넘겼다.

"아뇨. 바깥 가슴이 아니라 안쪽에 폐가 말입니다."

"폐가 왜요?"

"놀랄 일은 아니고, 많은 경우는 아니지만 가끔 이렇게 재검사를 해야 한다는 결과가 나옵니다. 그러면 또 그 재검진 가운데 90퍼센트는 별일이 아니라고 나오고. 재검사를 해야 하는 쪽보다는 처음부터 안 해도 되는 쪽으로 나오는 게 좋긴 하지만 한 번 더 정밀 검사를 해서 아니라는 게 확실해지면 마음도 더 개운해지지 않겠습니까?"

그러면서 의사는 또 말했다.

"사실 종합검진이라는 두 가지 기능을 동시에 갖는 거지요. 하나는 혹시 몸에 있을지 모를 이상 징후를 조기에 발견하는 것이고, 또 하나는 검사를 받고 난 다음 자기도 모르게 자기 몸에 가지고 있던 불안감을 깨끗하게 씻어내는 거죠. 일단 검사를 받고 나서 아무 이상이 없다는 얘기를 듣고 나면 저절로 개운해지는 거니까. 여기 나온 검진 결과를 봐도 크게 불안해할 건 없는 것 같구요. 모든 건 다 확실하게 하자는 뜻이니까."

아까는 가슴 안쪽이라고 해서 가끔 뭉쳤다가 풀어지곤 하던 젖멍울을 생각했는데, 폐라는 말을 듣고 난 다음엔 또 가끔 그렇게 턱턱 숨이 막히는 듯싶었던 게 그러면 그것 때문인가 덜컥 겁이 나는 것이었다. 그러나 나는 그날 다시 검사를 받지 않았다. 그건 입원을 해야 할 일이었고, 나는 내일이든 모레든 다시 준비를 해서 나오겠다고 했다. 마음으로는 이거 정말 이상한 거 아니야? 하고 하얗게 질린 상태에서도 겉으로는 태연함을 가장해 그렇게 말했던 것이다. 내일 보호자인 남편을 데리고 함께 나오겠다고. 의사도 그러라고 했다.

그리고 병원을 나오면서 언니에게 말했다. 오늘 병원에서 들은 얘기는 누구에게도 절대로 하지 말라고. 우선 윤희 아빠에게도 하지 말며, 윤희에게도 하지 말며, 고향 집에 있는 엄마나 오빠에게도 하지 말라고.

언니는 알았다고 말했다. 그러면서 물었다.

"내일 나올 거지?"

"아니."

나는 단호하게 말해버렸다.

"그럼 검사 다시 안 받을 거야?"

"안 받아. 지금은."

"그럼?"

"몰라, 그건."

"아니라잖아. 그냥 조금 미심쩍은 데가 있어 확실하게 아닌 걸 알아보기 위해 받는 검사라구. 열에 아홉은 그래서 아닌 거구."

"좌우지간 언니는 누구한테고 말하지 마. 말을 해도 내가 윤희 아빠한테 말할 거니까."

"무슨 말 들을까봐 불안해서 그러니? 아니라잖아. 자기가 보기엔 아닌 것 같은데 좀더 확실하게 아닌 걸 확인해 보자는 거라구."

언니의 말도 내 귀에 들어오지 않았다. 마치 그런 검사 결과가 혼자가 아니라 언니와 함께 갔기 때문인 것처럼 그냥 언니의 입만 확실하게 봉쇄하고, 함께 식사도 않고 바로 집으로 들어와버렸다.

"전화도 하지 마, 우리 집에. 윤희 아빠 괜히 언니 전화 오면 이상하게 생각할지도 모르니까."

"아닐 거야. 난 아까 의사가 말하는 거 보니 아닌 거 같던데 뭘."

"그런 말도 하지 말고. 나도 바로 여기서 집으로 갈 테니까 언니도 바로 집으로 가."

언니가 몇 마디 뭐라고 더 위로의 말을 했지만, 내 귀에 제대로 들린 것은 없었다. 그리곤 병원 구내 휴게실에서 바로 언니와 헤어졌던 것이다. 언니는 병원을 나와 길 건너 큰길에서 버스를 탔을 것이다. 나는 지하 주차장으로 가 믿을 수 없는 어떤 일을 만난 것처럼 혼자 삼십 분쯤 자동차 안에 앉아 있다가 집으로 왔던 것이다.

그날 참 많이도 걸었다. 막상 집으로 돌아오자 갑자기 더 많은 생각 속에 더 많은 무서움이 몰려왔다. 돌아오는 길엔 자동차 핸들이 절반쯤 그 무서움과 두려움을 막아준 모양이었다. 아무도 없는 빈집에 일단 들어오자 혼자서는 도저히 그 집에 앉아 있을 수가 없는 것이었다. 그래서 거리로 나갔고 무작정 걷기 시작했다.

걸으며 생각했다. 이것 봐라. 재검사를 받으란 말이지. 가슴이라구? 바깥 가슴이 아니라 폐란 말이지. 하, 말도 제대로 나오지 않는군. 폐가 왜? 재검사를 왜 받으란 말이야? 그래서 보다 개운해지는 게 낫지 않겠느냐고? 그러면 왜 처음부터 개운하게 해주지 못하는데? 즈덜이 내 몸에 대해 뭘 알아? 피 조금 뽑은 것 가지고? 그리고 이쪽저쪽 사진 몇 장 찍은 것 가지고? 웃기고들 있어. 아프지도 않았어, 나. 아플 사이도 없이 살아왔다구. 가끔 숨찬 거야 우리 나이면 다 그런 거지. 여기 길을 막고 물어보라구. 저기 지하철 계단에서 올라오는 사람 하나하나 붙잡고. 그런데 정말 이상이 있는 거 아니야? 그래서 의사가 차트를 두 번 넘기고 세 번 넘기고 한 거 아니냐구. 하필이면 내가 왜? 옆에 같이 간 언니도 있었잖아. 나보다 나이 많은 언니는 괜찮고 나는 왜? 왜 나냐구? 언니가 아니고. 정말 나도 모르게 이상이 온 거 아니야? 옛말에 있는 것처럼 이제 살 만해지니 어쩐다구. 나 그동안 아프지도 않았다구…….

그렇게 한 정거장 걸어갔던 버스 길을 되돌아와서는 다시 집에 들어갈 엄두가 나지 않아 두 정거장 다시 걸어갔다가 되돌아오고, 다시 이번에는 반대쪽으로 또 두 정거장을 걸어갔다 되돌아왔다.

정말 생각이라는 게 그런 모양이었다. 그게 불안한 것이든 아니든, 하고 또 하고 해서 그 불안조차 지겨워질 정도가 되어야 다음 생각으로 넘어가는 것 같았다. 살 만해지니, 정말 살 만해지니 말이다. 처음엔 온통 두려움과 불안뿐이었는데, 그렇게 걷고 또 걸으며 생각하다 보니 어느 때엔 그것조차 우스워지는 순간도 있었다. 아닐 거야, 아닐 거라구, 하면서. 그러다 또 그 뒤에 밀려오는 불안은 다음 차례의 파도처럼 더 크게 밀려와서 또 아닐 거야, 아닐 거라구 하면서 수도 없이 내 마음에 부서지던 것이었다.

다시 걷고 걸어 저녁에 집에 들어갔을 때 남편은 아직 돌아오지 않고 윤희만 집에 있었다.

"엄마 왜 이렇게 늦게 와? 어디 갔다가."

"일이 있어서."

"어디 아파?"

현관을 들어설 때 윤희가 물었다.

"너는 엄마가 어디 아팠으면 좋겠니?"

"엄만 말을 해도 꼭. 그렇게 해서 좋은 딸이 어딨어? 엄마 얼굴이 그러니까 묻는 거지. 아까 전화해도 전화도 안 받고."

"피곤해서 그래. 밥은 먹었니?"

"응. 엄마 기다리다 혼자."

아이라는 게 그랬다. 집 안에 들어오며 얼굴을 보자 제일 처음

드는 생각이 저걸 두고 어떻게 되는 건 아냐? 하는 마음이었다. 그리고 다시 드는 생각이 무슨 일이 있어도 저 애가 알면 안 되지, 하는 것이었다.

밤에 들어온 남편도 물었다. 아침에 병원 간다더니 어떻게 되었느냐고.

"아무 이상 없대요."

"다행이구만."

그렇게 한 마디 묻고 한 마디 대답한 걸로 끝이었다. 정말 아무 이상 없는 거야? 하든가 정말 별일 없는 거야? 하고 확인하듯 다시 묻지도 않았다. 물었다면 그때도 그럼 당신은 별일이 있었으면 좋겠어요? 하고 쏘아붙이듯 대답했을 것이다. 더 묻지 않는 게 다행스러우면서도 한편으로는 아내의 건강에 대한 관심이 고작 이 정도인가 싶어 속으로 울컥 어떤 것이 치밀고 올라오는 듯도 했다.

또 말하고 자꾸 말한다. 예전, 어느 한때의 내 꿈은 지상의 방 두 칸짜리 전세로 이사를 하는 것이었다. 아이를 가지고도, 또 아이를 낳고도 반지하 방에서 종일 운동복의 실밥 따기를 하던 시절의 일이었다. 경제적으로 지금 같은 삶에 대해서는 꿈도 꾸지 않았다. 그 당시엔 내가 아무리 생각해 보아도 이런 삶은 내 생애의 어느 시기에도 오지 않을 삶이었다. 남편은 리어카 하나

들여놓을 수 없는 작은 공간에서 종일 자전거의 펑크를 때우거나 페달을 갈아주고, 느슨해진 체인을 조여주였다. 우리 삶에도 자신의 미래에 대해 감히 꿈꿀 수 있는 것과 꿈꿀 수 없는 것이 있었다. 욕심도 어느 만큼에서 부리는 것이다. 그때 내 삶에서 지금의 모습은 내 처지로서는 감히 상상할 수 있는 것 바깥 세상이었다. 방 두 칸짜리로 이사를 할 수 있었으면 하는 현실 속의 꿈이 너무 절실해, 그러나 그것도 쉽게 이루어질 것 같지 않아 지금 같은 삶은 정말 그렇게 한번 살아보았으면 하는 생각조차 하지 않았던 세계고 미래였다.

그걸 한꺼번에 다 가져다준 남편이었다. 그것도 내가 그런 걸 꿈꿀 때 가져다준 것이 아니라 꿈도 꿈 수 없을 때 이루어준 남편이었다. 그러나 야속한 것은 또 야속한 것이다. 윤희는 내게 어디 아프냐고 묻기라도 했지만 남편은 그마나 그런 것도 묻지 않았다. 병원에선 뭐래? 아무 이상이 없대요. 다행이구만. 그게 전부였다.

참 기가 막힌 일이었다. 소녀였을 때, 아니, 소녀의 티를 벗어나 어느새 숙녀가 되었을 때에도 나는 마음속으로 다 자라지 못한 아이처럼 「리칭의 스잔나」를 꿈꾸고, 백혈병을 꿈꾸고, 하얀 병실에 누워 누군가의 위로와 누군가의 병문안을 받는 꿈을 꾸었다. 그게 뭔지도 잘 몰랐고 또 사는 모습이 구차하고 모질어 한 번도 병원에 가보지 못한 시절의 일이었다. 그런 데는 부잣집 딸이 아름답게도 백혈병을 앓으며「리칭의 스잔나」처럼 누워 있는 덴 줄 알았다. 그런 덜떨어진 소녀와 덜떨어진 어린 숙녀가 그때 자기보다 더 크게 자란 딸을 두게 되었을 만큼 나이를 먹은 다음, 정말로 내 몸에 대해 무얼 알아보러 처음 병원에 갔을 때 들은 얘기가 안쪽 가슴에 대해 재검사를 해보자는 얘기였다. 바깥 가슴이 아니라 안쪽 가슴이라고 했다. 다른 보호자는 오지 않았느냐고 묻고 언니와는 정말 자매가 맞느냐고 물었다. 재검사라는 게 뭔가 했더니 그 안에서 무얼 떼 내어 조직 검사를 해보자는 것이었다. 그건 암인지 아닌지 알아볼 때 쓰는 방법이라는 건 나같이 평생 병원 다니는 일과 담을 쌓고 있는 사람들도 아는 것이었다. 내 삶에서 뭔가 일이 잘못되어 갈 수도 있다는 얘기였다. 아니, 이미 잘못되어 가고 있는 것인지도 몰랐다. 아직 가야 할 길이 많이 남았다고 아무 방비도 않고 있었는데, 어느 날 갑자기 내가 사랑하는 사람들, 나를 아는 사람들, 내가 알고 있는 사람들, 그리고 내가 가지고 있는 것, 누리고 있는 것들을 다 두고 떠나야 할지도 모르는 일이었다. 참 인생이라는 게 웃기는 거였다. 며칠 전 병원에서 언니한테 들은 승호 오빠 얘기도 그랬고, 내가 살아온 것도 그랬다.

전날 그렇게 일렀는데도 언니는 다음 날 아침부터 우리 집으로 전화를 하기 시작했다. 처음엔 별일도 아닌 걸 가지고 왜 그러냐고, 그러니 얼른 가서 다시 검사를 받고 개운하게 지내라는 식으로 말하다가 저녁때쯤엔 그러다 너 정말 이상이 있기라도 하면 어쩔 거냐고, 그러면 하루라도 빨리 병원에 입원을 해야 하는 거 아니냐고 겁을 주듯 말했다. 빨리 병원에 가라는 얘기였겠지만 나는 그런 언니에게, 언니도 내가 그랬으면 좋겠냐고 화를 내듯 말하고 전화를 끊었다. 다시 하지 말란 말이야. 이런 전화.

승호 오빠를 만난 건 그러고도 며칠 후의 일이었다.

그러기 전, 어릴 때 동네에서 함께 자란 명자에게 전화를 걸었다. 같은 동네에서 초등학교와 중학교를 같이 다닌, 지금은 시골 읍내에서 제법 규모 큰 샤시 집을 하는 친구였다. 이런저런 생각 끝에 그 오빠나 나나 이즈막에 왜 이런 일이 생기나 하는 생각까지 들게 되었을 때였다. 그것도 마치 예전에 어떤 어긋난 사랑 때문에 그런 것처럼 괜히 내 마음이 소녀처럼 변해 그런 오빠의 지금 처지와 앞으로 정말 어떻게 될지 모를 내 자신의 앞날이 소설 속의 주인공들처럼, 이미 그때 그렇게 어긋난 밤을 함께 보냈을 때 예정된 일처럼 여겨지기까지 하던 것이었다.

처음엔 명자와 이런저런 얘기를 하다가 이내 참, 너도 재집 승호 오빠 알지? 하고 그 오빠 얘기를 꺼냈다. 마치 그 아이가 모르는 그 오빠에 대한 얘기를 내가 너에게 해줄게, 하는 식으로 입을 열었다. 그러면 저쪽에서는 더 많은 얘기를 해줄 것이었다. 명자에게 들은 승호 오빠 얘기는 생각보다 많이 심각한 것 같았다. 이미 읍내 부동산 중개소를 통해 자기 턱으로 남은 전답들을 다 팔아버리고 남은 건 작자도 나서지 않는 옛집뿐이라고 했다.

"그나마 그건 왜 안 팔리고 있는지 아니? 요즘 대지 때문에라도 촌집 내놓기 무섭게 팔리는데."

"왜 안 팔리는데?"

"그게 옛날집이잖아. 군에서 지정한 뭐라더라, 하여튼 그런 집이라서 집터만 보고 그 집을 산다 해도 주인 맘대로 허물고 새로 짓지도 못하는 집이라더라. 고치는 것도 기둥하고 지붕 그냥 두고 고쳐야 하는 집이고. 그러니 작자가 없는 거지."

"왜 그렇게 안 풀렸다니? 그 오빠는."

"누가 아니? 하여튼 애초 정해진 삶이 그런 건지도 모르지. 어릴 땐 부잣집에서 여러 누나들 아래 외아들로 부러움 없이 크다가 엄마 죽고 난 다음 그 오빠 새엄마가 들어와서부터 바깥으로 돌기 시작했지 뭐. 고등학교 때 대처로 나가 공부를 한 것도 그래서인지도 모르고."

"그거야 그 오빠가 공부를 잘했으니 그랬지. 읍내는 농업학교밖에 없으니까."

"하여튼 그런 것도 있겠지만 내가 말하는 것도 아주 없는 소리가 아니란다. 동네에서도 다들 그렇게 말하고."

명자는 하여튼, 하여튼, 하며 승호 오빠의 삶에 대해 얘기했다. 명자 식으로 말하자면 하여튼 삶이 달라지면 지난날의 삶에 대한 해석도 하여튼 그렇게 달라지는 모양이었다. 마치 그것이 그렇게 되기로 예정되어 있기나 한 것처럼 말이다.

그러다 통화를 끝내기 전, 읍내에서 제일 큰 부동산 중개소를 알려달라고 했다.

"왜, 네가 그 집 살려고?"

"미쳤니? 새로 짓지도 못한다는 집."

"그럼 왜?"

"우리 동네 쪽으로는 아니고, 나도 거기 가양리 쪽으로 나중에라도 농가주택 식으로 집 지을 수 있는 큰 밭 하나 사둘까 싶어서."

그러자 다시 명자가 하여튼 부잣집 마나님은 뭐가 달라도 다르고, 하여튼 땅이라는 건 어떻고 하며 한참 떠들다가 거기 전화번호부를 뒤져 하여튼 읍내에서 제일 큰 부동산 중개소의 전화번호를 알려주었다.

명자와 통화를 끝낸 다음 바로 그 자리에서 읍내 부동산 중개소에 전화를 걸어 가양리에 나와 있는 밭이나 지금 터를 가지고 있는 그런 집들에 대해 흥정만 잘 된다면 이참에 구입해 두겠다는 식으로 저쪽의 관심을 바짝 당겨놓은 다음, 안골에서 나왔다는 재집에 대해서 묻고 거기에 남겨둔 승호 오빠의 전화번호를 물었다.

"사실은 어릴 때 한동네에 살았던 사람이거든요. 그 집이 어떤 집인지 아는 마당에 다시 짓기도 힘든 그 집을 사겠다는 게 아니라, 사는 건 가양리 쪽의 것을 사더라도……."

그렇게 먼저 약을 쓴 다음에야 저쪽에서 승호 오빠 핸드폰 번호를 알려주었다. 그러면서 이쪽 전화번호를 알려달라고 했다.

"아뇨. 처음 사는 건 식구들 모르게 사두려고요. 이틀 후에 제가 다시 전화를 걸게요."

이상하게도 그런 거짓말들이 아무렇지도 않게 술술 나왔다.

그리고 승호 오빠를 만난 것이었다. 사전에 전화로 충분히 이야기를 했다. 내가 사려는 건 아니다. 내가 아는 어떤 엄마가 사려는 건데, 얼마 전 오빠 얘기를 듣고 다리를 놓으려는 거다. 그러니 오빠는 나에 대해서는 큰 부담 느끼지 않고 나와도 된다, 하는 얘기를 했다. 그러자 승호 오빠도 사람만은 여전히 착해서 그집이 그냥 일반 농가와 다르다, 기둥과 지붕을 건들 수가 없다, 수리를 하더라도 나라의 허락을 받고 그 기둥을 그 자리에 다시 세워야 하고, 지붕 위의 기왓장도 다시 올려야 하는 집이다, 그래서

터가 넓은 집인데도 여태 작자가 없는 것이다, 하는 말을 했다.

"알아. 그 얘기도 했으니까. 이 엄마는 그런 쪽으로 취미가 맞는 사람이고. 그건 오빠가 걱정하지 않아도 돼."

정말 왜 그렇게 오빠 앞에서까지도 거짓말이 술술 나왔는지 모른다. 그러지 않고는 자연스럽게 오빠를 불러낼 수가 없을 것 같았다. 이렇게 얘기하면 사람들은 내가 그 오빠에게 어떤 식으로는 내 마음 안에 풀지 못한 게 많아서일 거라고 생각할지 모르겠다. 그래, 첫사랑이라는 게 그런 거지, 할지도 모르겠다. 그러나 풀지 못한 게 많아서도, 또 그 오빠가 단순히 내 첫사랑이어서만은 아니었다.

명자에게 전화를 걸기 전, 이제 병원에 가는 일은 어떻게든 더 시간을 끌 수 없다는 생각을 했다. 그러자 병원에 가기 전에 내가 꼭 해놓고 가야 할 일 같은 게 무언가를 생각하게 되었다. 직접 본 것은 거의 없지만 그 비슷한 얘기는 많이 들었다. 병원에 입원할 땐 그래, 저 빨래 이삼 일 입원했다가 돌아와서 하지 뭐 하고 그냥 두고 입원했다가 이내 병원에서 나오지도 못하고 집 떠났던 그 길이 저승길이었던 사람들의 얘기를.

물론 그렇지는 않을 것이다. 그런 일은 없을 것이다. 마음이 약해진 탓일 것이다. 그래도 만약 그런다고 하면, 병원으로 가기 전에 내가 꼭 해야 할 일 같은 게 무엇일까를 생각해 보았다. 집

안에는 그야말로 남에게 보이면 부끄러울 빨래 같은 거 말고는 없었다. 나머지는 병원에서도 다 얘기로 주고받을 일이었다. 그렇다면 바깥으로는? 정말 그곳에 들어가 다시 나오지 못한다고 했을 때 가장 크게 미련이 남을 일은?

병원에서 언니한테 그 얘기를 듣지 않았다면 느닷없는 모습으로 승호 오빠 생각을 하지 않았을 것이다. 아니, 소식을 들었다 해도 그 오빠가 지금 같은 형편이라는 얘기만 듣지 않았어도 굳이 그럴 일이 없는 것이었다. 어머니의 일도, 오빠의 일도, 그리고 언니의 일도 다 집안 일이니 굳이 병원에 가기 전에 내가 꼭 챙겨야 할 일들인 것은 아니었다. 그러나 언니로부터 들은 승호 오빠 얘기는 달랐다. 정말로 만약에 만약, 그래도 다시 그 만약에 만약 이게 내 삶에서 다하지 못하고 남겨두고 가는 빨래 같은 것이 된다면. 다시 집으로 돌아올 수 없게 된다면……

그래서 명자에게 전화를 하고, 복덕방에 전화를 하고, 다음 날 마음속으로 어떤 말을 해야 할지, 또 그 말을 할 때 어떻게 해야 할지에 대한 준비까지 하고 승호 오빠에게 전화를 걸었던 것이다. 일단 오빠를 나오게 하는 것이다. 그런 일이 아니더라도 오빠와는 꼭 한 번은 만나야 할 사람이었다. 거기에 또 하나 기도하는 심정으로 이런 마음도 있었다. 정말 내게 아무 일이 없도록 기도하는 심정으로 그 오빠에게 내 선행 하나 미리 전하고 싶은 그런 마음 말이다.

약속 시간에 오빠는 호텔 커피숍으로 나왔다. 내가 먼저 나가 기다렸다. 출입문을 밀고 들어오는 사람들의 얼굴만 바라보다가 더 나이가 든 것 말고는 예전과 크게 얼굴 모습이 다르지 않은 승호 오빠를 본 것이다.

오빠는 내게 친구는 안 나왔느냐고 물었고, 나는 사실대로 얘기를 했다. 곧 입원해야 할 것 같다는 얘기도 했다. 오빠는 그 말을 무척 심각하게 듣는 것 같았다. 나는 오히려 오빠에게 언니가 내게 말했던 것처럼 별일은 아닐 거라고 말했다. 그러나 사람 일은 모르는 것이고, 만에 하나 그럴 경우 이 생애에서 그러고 싶었는데 그러지 못하고 떠나는 일 가운데 가장 큰 미련이 남는 일 두 가지가 내게 있는데, 하나는 아주 오래전 젊은 시절의 어떤 일이고—그러나 내 스물한 살 적 그날 밤의 일이라곤 말하지 않았다—또 하나는 지금 이 일인 것 같다고 말했다. 그러면서 미리 준비한, 수표가 든 봉투를 내밀었다.

"가볍게 생각해 오빠는. 옛날 나한테 주었던 석유 값이라고."

"이게 석유 값이냐?"

오빠는 그냥 자리에서 일어서려고 했다. 내가 오빠의 자존심을 건드려서가 아니었다. 최소한 그런 걸 건드리고 말고 할 사이라면 이렇게 오빠를 보자고 하지도 않았을 것이다. 또 내 뜻을 그런 식으로 속 좁게 받아들일 오빠도 아니었다.

"옛날 그 석유 값은 이보다 더 비쌌어."

나는 다시 오빠를 주저앉혔다.

"이걸로 나와 오빠의 관계를 어떻게 하자는 게 아니야. 그런 마음이면 이미 오래전에 그랬겠지. 옛날에 내가 오빠를 좋아해 따라다니던 시절에. 정말 병원에 가기 전에 꼭 갚고 가야 할 게 이거인 거 같아서 오빠를 보자고 한 거야. 다른 뜻 없는 거야. 그냥 그 석유 값이라고."

"석유 값이라면 너무 비싸다. 순영아."

"아니, 지금 나한테는 안 비싸. 그렇다고 딱 맞는 것도 아니야. 오빠한테는 비싸게 보일지 모르지만 나한테는 그렇지가 않아. 다르게 생각하지 마. 그냥 오빠가 나한테 한 가지만 해줬으면 좋겠어."

뭘, 하고 오빠가 물었다.

"나, 다시 병원에 가면 어떤 일이 날 기다릴지도 모르는 사람이야. 오빠가 나 편하게 병원 가게 해줘. 좀 홀가분하게. 석유 값이 비싸다면 나머지는 그 값이라고 생각하면 돼. 지금 오빠가 어떤 처지냐, 같은 것도 나 묻지 않아. 그냥 그렇게만 생각하고 왔어. 이제 그때 그 석유 값을 돌려줄 때가 된 것 같다는 생각만. 오빠는 그런 때가 아닌지 모르지만 나한테는 지금 그래."

오빠가 다시 청해서 커피 한 잔을 더 마시고, 내가 다시 주문한 오렌지 주스 잔이 다 빌 때까지 오빠를 붙잡고 얘기했다.

"애 아빠도 아는 돈이냐?"

어느 만큼 얘기를 하다가 오빠가 물었다.

"옛날의 석유 값도 오빠하고 나하고만 아는 돈이야. 그리고 지금 이 돈도 나한테 떳떳하지 않은 돈 아니구."

"내가 뭐라고 말해야 순영이 네가 좋겠냐?"

"그냥 고맙다는 말 한마디만 하면 돼. 나는 듣고 싶지는 않지만 그 말까지 안 하고는 오빠가 안 받을 거 같아서 하는 얘기야. 나, 내일이든 모레든 병원 편하게 갈 수 있게."

내 전화번호 같은 건 오빠도 묻지 않았고 나도 말하지 않았다. 병원에서 좋은 일 있으면 바로 오빠에게 연락을 하겠다고 내가 말했다. 그리고 내가 먼저 자리에서 일어서며 오빠에겐 잠시 후에 나오라고 말했다. 아니 한마디 더 했다.

"근데, 오빠는 왜 이제 날 석유병이라고 안 불러?"

그러자 오빠가 말했다.

"병원에서 좋은 소식 전하면 그때 부르지."

결국 그 돈은 그렇게 된 것이었다. 남편이 아니라 누구에게도 거기까지는 말할 수 없는 일이었다.

그러나 내일은 집으로 돌아가야 할 것이다.

11
병실에서 모녀가 말했네

내일이면 엄마가 수술을 한다. 지금 엄마는 암 전문병원 암센터의 한 병실에 누워 있다. 폐암 초기라고 했다. 지금 엄마의 얼굴은 많이 불안해 보인다. 그것은 내가 옆에서 지켜보는 동안 잠을 잘 때도 그랬다.

아빠의 얼굴 역시 많이 놀라고 초췌한 모습이다. 그러고 보니 우리 집에 지금 어떤 커다란 위기와도 같은 변화가 눈앞에 와 있는 것이다. 이제까지 내가 보는 앞에서 아빠는 단 한 번도 엄마의 손을 잡아주지 않았다. 정말 그랬는지 아닌지 내가 못 본 것일 수도 있다. 아무튼 이제까지의 내 기억으로는 그렇다. 그러나 지금 아빠는 수시로 엄마의 손을 잡아주고 있다. 공개적으로는 그 정도의 애정 표현조차 서투른 사람이 아빠였다.

"다, 괜찮을 거야."

아마 아빠는 엄마와 함께 살아온 날들을 믿는다는 뜻 같았다. 이제까지 괜찮았으니 앞으로도 괜찮을 거라고 아빠가 말하고 있는 것이다.

"이건 아무것도 아니라잖아."

아빠는 엄마에게 마치 엄마가 감기나 다른 잔병으로 병실에 누워 있는 것처럼 스스로 의연해지고 또 엄마에게도 의연해지라고 말한다. 그러나 이제까지 나는 저토록 불안해하고 초췌한 아빠의 얼굴을 본 적이 없는 것 같다. 두 사람의 얼굴로만 본다면 오히려 덜 불안해하는 건 엄마다. 그러나 안다. 엄마가 불안해하지 않으려 하는 건 그 불안의 몫을 나에게나 아빠에게 나누어주지 않기 위해서라는 것도.

엄마가 집으로 들어오던 날 집 안에서는 한바탕 난리가 났다. 그렇다고 시끄럽게 난리가 났던 것은 아니었다. 조용하면서도, 마치 집 안의 어느 한구석이 무너지고 잘못되고 있는 것처럼 비장해지는 기분 속의 난리였다.

"엄마 곧 들어오신대."

전화를 끊고 내가 말했다.

아빠는 대답하지 않았다.

아침에 한 번 엄마가 전화를 했다. 그땐 내가 아빠 회사로 전화를 했다. 엄마한테서 지금 막 전화가 왔다고. 아마 점심때면 들어올 거 같다고. 그러나 집에 먼저 들어온 사람은 엄마가 아니라 아빠였다. 아빠는 점심때쯤 일찌감치 회사에서 집으로 들어왔다. 그리고 다시 그때 막 서울에 도착한 엄마한테서 전화가 온 것이다.

"엄마 곧 들어오신다니까요."

그래도 아빠는 대답하지 않았다. 화가 나 있다는 얘기일 것이다.

"제발 큰소리 내지 마, 아빠. 아빠가 만약 그러면 그땐 내가 집을 나가서 안 들어올 거야."

그제야 아빠가 입을 열었다.

"대체 왜 그러는 거냐? 느 엄마를 이해할 수가 없어. 이런 적이 한 번도 없었잖아."

그래, 한 번도 없었다. 다른 엄마들과 달리 어떤 경우에도, 집 안의 어떤 일로도 엄마가 집을 나갔던 일은 없었다. 때로는 아빠가 엄마를 섭섭하게도 했을 거고, 또 엄마 나름대로 지치고 힘들었을 때도 있었을 것이다. 당장 나만 해도 엄마를 여러 번 힘들게 했다. 그건 아빠가 모르는 일이다. 마찬가지로 아빠가 엄마를 나 모르게 힘들게 했던 날도 있었을 것이다. 그러나 엄마가 지금처럼 집을 비웠던 적은 없었다.

"일부러 일찍 들어온 거예요?"

내가 아빠에게 물었다.

"그래."

"아빠."

아빠는 대답하지 않았다. 다시 내가 아빠를 불렀다.

"아빠."

"왜?"

"나는 이렇게 생각해요. 엄마가 이제까지 이런 일이 한 번도 없었잖아요. 그런데도 엄마가 이럴 땐 그럴 만한 충분한 일이 있었을 거라고."

"충분한 이유는 무슨 충분한 이유야. 지난번 돈 얘기 때문이지."

"그래요, 그거라도. 아빠가 자꾸 엄마를 몰아세우며 난처하게 하니까 그랬던 거잖아요."

"다른 사람들은 더 해. 그런 일이 있으면."

아빠는 내게도 퉁명스럽게 말했다.

그때 다시 이모한테서 전화가 왔다. 엄마가 들어왔느냐고. 나는 아직 들어오지는 않고 지금 서울에 도착했다는 전화가 왔다는 말을 했다. 그러니 곧 들어올 거라고.

"윤희야."

이모가 전과 다른 목소리로 나를 불렀다.

"왜요."

"엄마한테 잘해라. 들어오면 따뜻하게 맞아주고."

이상하게 그 말이 예삿말처럼 들리지 않았다. 이모와 엄마 사이에 돈 이야기 말고 다른 무엇이 있다는 느낌이 그 순간 내 머릿속으로 들어왔다. 그냥 엄마가 며칠 집을 비웠다가 들어오는 일에 대한 걱정만이 아닌 다른 무엇이 있는 것 같다는 생각이 들었다.

"그렇게 해야죠."

"그냥 그렇게 하라는 게 아니야. 앞으로도 느 엄마 따뜻하게 대해."

거듭 이모가 그렇게 말했다.

"지금 아빠가 들어와 있어요. 엄마 기다리러."

"그래?"

이모도 조금 놀라는 목소리였다. 그러더니 잠시 사이를 두어 다시 나를 불렀다.

"윤희야."

"예."

"아빠 전화 좀 바꿔다오. 받을 수 있으면."

그 말을 할 때 이모의 목소리는 이상하게도 착 가라앉아 있었다. 아빠에게 따로 엄마의 언니로서 당부할 말이 있다는 뜻인데, 그게 그냥 며칠 집을 나갔다가 들어오는 일에 대해서만은 아닌 다른 무엇 때문인 것 같다는 생각이 저절로 들게 하는 목소리였다. 만약 그런 느낌이 아니었다면 나는 이모의 전화를 아빠에게 바꾸어주지 않았을 것이다. 아빠는 이미 벼르고 들어온 사람이었다. 이모의 전화가 오히려 기름을 부을 수도 있는 일이었다. 그건 이모도 잘 알고 있을 것이다. 그런데도 이모는 아빠를 바꾸어달라고 했고, 그 목소리가 그냥 아빠를 달래기 위한 것이 아니라 다른 어떤 이야기를 할 게 있다는 느낌을 이쪽으로 전하는 것이었다.

"아빠, 이모예요."

아빠는 잠시 난감한 표정을 지었다. 남감하다기보다는 화나고 짜증스러웠는지 모른다. 어쩌면 아빠는 서울에 도착한 엄마가 이모에게 지원 전화를 부탁한 게 아닌가 생각하는 것 같았다. 그러나 이모의 전화는 그런 게 아니었다. 같은 말을 해도 그건 목소리를 들으면 아는 일이었다. 이게 단순히 엄마를 지원하고 엄마 대신 엄마를 변명하기 위해 거는 전화인지 아닌지.

"아빠 지금 옆에 있다고 얘기했어요."

그러니 안 받을 수 없는 거라구요.

그런 얼굴로 나는 아빠에게 전화기를 내밀었다. 험, 하고 한 번 기침을 하곤 아빠가 전화를 받았다. 나는 그 옆에 있었다. 처음에 아빠는 조금 뻣뻣한 목소리로 이모의 말에 응대했다. 들어오든지 말든지. 뭐 그런 말도 했다. 그러다 어느 순간 아빠가 그래요? 하고는 예, 예, 하는 말로 이모의 전화를 받았다. 아빠의 얼굴도 한결 굳어 있었다. 그럼 나한테 얘기를 했어야죠. 처형도 저한테 진작에 알려주셨어야죠. 내가 그 사람한테 남입니까? 암만 말하지 말라고 해도 그렇지요. 알겠습니다. 그럼요. 데리고 가야죠. 예. 늦게라도 말해 줘서 고마워요. 예. 예. 그리 아빠는 내게 다시 전화기를 건넸다.

"무슨 일인데요 아빠."

"그런 일이 있다."

"무슨 그런 일?"

아빠가 이모로부터 들은 엄마 얘기를 내게 해주었다.

"그럼 어떻게 되는 거야, 아빠?"

"일단 병원부터 가봐야지. 그래야 무슨 일인지 아는 거고. 그런데 서울에 도착했다는 사람이 왜 아직 안 들어오는 거야?"

아빠는 엄마를 기다릴 때보다 더 초조한 얼굴을 했다.

엄마는 정확하게 두 시쯤 집으로 들어왔다.

딩동, 하고 현관의 초인종 소리가 들렸다. 나도 현관 쪽으로 나가고 아빠도 현관 쪽으로 나갔다. 엄마는 아빠가 집에 와 있는 것을 몰랐다. 아까 미처 내가 그 얘기를 못한 것이다. 미처 하지 못했던 것이 아니라 혹시 그게 엄마가 집으로 들어오는 것에 어떤 부담을 주지 않을까 싶어 말하지 않았던 것이다.

문이 열리고 엄마가 들어왔다. 엄마는 나 혼자만 집을 지키고 있는 줄 알다가 아빠가 함께 현관 쪽으로 나오자 무척 놀라는 얼굴을 했다.

"당신은 언제 들어왔어요?"

두 사람 사이에 먼저 입을 연 사람은 엄마였다.

"잠시 전에."

아빠가 대답하고, 내가 엄마의 가방을 받았다.

"식사는 하고 들어오는 거야?"

아빠가 물었다.

그게 궁금해서는 아닐 것이다. 조금은 무뚝뚝한 말이긴 했지만 그 말로 아빠는 지금 이 상황에 대해 자신이 화가 나 있는 것이 아니라는 걸 대신 전하는 듯했다.

"했어요."

엄마도 이미 어떤 감을 잡은 듯했다.

"이모가 전화했더니?"

"응."

"그렇게 전화하지 말라고 말했는데도."

"전화하지 않으면 모를까봐."

엄마의 말을 받아 아빠가 말했다. 엄마를 나무라는 듯한 목소리였지만 나무람은 이미 힘이 빠져 있었다.

"식사는 정말 한 거야?"

그런 거 하나 챙길 사람도 엄마 옆엔 자기뿐이라는 듯 다시 아빠가 물었다.

"했어요. 오다가."

"오다가 할 데가 어디 있어서."

"생각도 크게 없구요."

"그럼 얼른 방에 들어와. 윤희는 그냥 네 방에 있고."

아빠가 엄마를 데리고 안방으로 들어갔다. 그리고는 이내 아까보다 더 큰 소리가 나왔다.

"그런 일이 있으면 말을 해야지 말을. 그게 집을 나간다고 해결될 일이야?"

아빠의 목소리만 들리고 엄마의 목소리는 들리지 않았다.

"늦게라도 처형이 전화를 하지 않았더라면 계속 혼자서 끙끙 앓으려 했던 거야?"

"사람이 왜 그렇게 미련스러워?"

"그런 건 요즘 아무것도 아니라잖아. 아직 그런 건지 아닌지도 모른다면서."

"이거 다 두고 그냥 가고 싶어? 나하고 윤희도 두고."

여전히 엄마의 목소리는 들리지 않았다.

엄마는 한참 만에야 옷을 갈아입고 거실로 나왔다.

"윤희야."

엄마가 나를 불렀다.

"너는 아무 걱정하지 마."

아빠 모르게 엄마가 말했다.

"나는 걱정 안 해. 엄마 걱정이지."

"그 걱정도 하지 말고."

"어떻게 걱정을 안 해? 엄마가 그렇다는데."

"아무 일 없어. 이제까지 엄마 아무 일 없이 살아왔고, 앞으로도 아무 일 없을 거니까 너는 걱정하지 마."

며칠 동안 엄마는 무척 수척해진 듯 보였다. 엄마는 엄마 혼자 이런저런 고민을 했을 것이다. 게다가 집을 나갈 때의 상황도 좋지 않았다. 아빠는 끝까지 그 돈의 행방을 알아야겠다는 듯 이틀이나 엄마를 몰아쳤다. 그런 그 돈의 확실한 행방도 말하지 않은 채 엄마는 엄마 마음 안의 또 다른 불안으로 집을 나갔던 것이다. 집을 나가 있는 동안 혼자 이런저런 마음의 정리들을 했다 하더라도 그 불안은 엄마 마음 안에 더 큰 나무로 자랐을 것이다. 엄마가 지금 그런 불안의 씨앗을 가득 담은 나무 한 그루를 키울 대로 키워 집으로 돌아온 것이었다.

엄마가 저녁을 지을 분위기가 아니어서 외식을 나갔다. 엄마는 많이 먹지 못했다. 아빠도 따라서 많이 먹지 못했다. 엄마는 연신 이것저것 음식을 집어 내 앞에 놓았고, 왠지 거절할 분위기가 아니어서 나만 아무 맛도 모를 음식을 입에 댔다. 아빠가 엄마에게도 그렇게 해주었지만 엄마는 그걸 제대로 입에 대지 않았다. 그래도 자꾸 아빠가 재촉을 하자 이렇게 말했다.

"병원 가기 전날엔 많이 먹는 것도 아니래요. 윤희하고 당신이나 많이 먹어요. 옆에서 지켜보고 있자면."

음식점의 분위기만 밝았지 우리 식구들에겐 마음도 분위기도 어두운 식사였다. 아빠가 일부러 엄마 기분을 가볍게 해주기 위해 애를 썼지만 그때마다 효과는 오히려 반대쪽으로 갔다. 나 역시 엄마에게 밝은 기분을 나누어줄 수가 없었다. 내 기분이 밝지 않은데, 어떻게 밝은 기분을 나누어줄 수 있겠는가.

돌아오는 차 안에서 내가 먼저 눈물을 보이고 울음을 터뜨렸다. 그러자 엄마가 나를 안고 함께 눈물을 흘리며 오히려 나를 위로했다.

"괜찮아. 다 괜찮을 거야. 울지 마. 이렇게 울면 안 돼, 윤희야."

운전을 하던 아빠 역시 연신 룸미러로 뒤쪽 자리를 살피며, 또 가끔 뒤로 고개를 돌리고 그 상황을 난감해하면서 엄마와 나를 위로했다.

"괜찮아. 내일 병원 가면 아무렇지도 않을 거야. 아무렇지도 않을 일을 가지고 지금 우리가 이러는 거라구. 지금이야 얘기지만 나는 이 세상을 살아가며 늘 한 가지 자신과 한 가지 믿음을 가지고 살아왔어. 당신이 지금 마음이 가라앉았다고 하는 얘기는 아니야. 우리가 지금 이렇게 사는 거, 나 그거 내 복이라고 생각하지 않아. 내 복엔 원래 그런 거 없었다구. 나는 이게 다 당신 복이라고 생각해. 회사에서 무슨 일을 새로 하거나 규모를 확장할 때에도 그랬어. 그래, 내 복만 믿는다면 겁이 나서라도 이렇게 확장하지 못한다, 다 윤희 엄마 복을 믿고 이러는 거지, 그런 생각을 늘 하며 살아왔어. 내일 일도 마찬가지야. 당신한테는 아무 일 없을 거라고."

애초 엄마가 집을 나갔던 원인처럼 여겨졌던 돈 얘기는 어느 틈에도 그 사이 낄 수가 없었다.

저녁을 먹고 왔을 때 이모가 다시 전화를 했다. 이번에도 내가 받았다. 이모는 엄마를 바꿔달라고 했지만 엄마는 전화를 받지 않겠다고 했다. 대신 아빠가 받았다. 아빠는 평소보다 더 유쾌한 듯한 목소리로 아무것도 아닐 거라고 이모에게 말했다. 그러니 조금도 걱정하지 말라고.

"내가 내일 데리고 나갔다가 올 겁니다. 처형은 그냥 계세요. 병원에 다녀온 다음 양쪽 집안 식사나 한번 하죠. 나도 기혁이 본 지도 오래되고, 정윤이도 그렇고……. 걱정하지 마세요. 아무 일 도 없을 테니까."

그러나 엄마는 다음 날, 지난번에 나갔던 그 병원에서 조직 검 사를 끝낸 다음 이틀 후 암 전문병원이라는 암센터로 병원을 옮 겼다. 어쩌면 거기까지는 엄마도 아빠도 마음속으로 어느 정도 생각했던 것인지 모른다. 아닐 거야, 아닐 거라구, 하는 강한 부 정 속에 우리는 저마다 그런 상황을 조금씩 마음속으로 받아들 였는지 모른다.

그나마 한 가지 다행이라면 이제 막 시작하는 단계여서 몸에 큰 무리를 주지 않고도 수술을 받을 수 있으며, 수술 후 회복도 완치나 다름없는 단계로 다시 돌아갈 것이라는 것이었다. 이 병 원에서 저쪽 병원으로 옮기는 동안 오히려 엄마는 담담한 얼굴 을 했다. 나는 어쩌면 엄마가 마음의 이런 준비를 하기 위해 여행 을 떠난 게 아닌가 하는 생각을 했다. 그런 모양으로 엄마는 담담 했고, 그제나 어제보다 더 어두워진 건 오히려 아빠의 얼굴이었 다. 그런 얼굴로도 아빠는 엄마를 위로하고 격려하기에 여념이 없었다.

여전히 아빠는 아무 일이 없을 거라고 말했다. 나도 그렇게 믿고 싶지만 그건 내 마음 안의 어떤 소망과도 같은 기도였지 아빠의 말과 같은 믿음으로서는 아니었다. 아빠 역시 자신의 말에 이미 자신을 잃은 얼굴이었다. 전에 내가 아주 어릴 때 윤석이가 잘못된 일이 있긴 하지만, 그건 너무도 순간적인 일이었고, 지금 엄마가 다른 것도 아닌 암 수술을 받기 위해 병원에 입원하는 것과 같은 놀랄 일은 전에 없었던 것이다.

의사는 크게 놀랄 일이 아니라고 했다. 오히려 이렇게 일찍 그것을 알게 된 것이 다행이라고 했다. 그 말을 아빠와 내게, 그리고 엄마에게 믿으라고 했다. 믿고 싶은 사람은 셋 다였지만 그걸 액면대로 믿는 사람은 우리 가족 중 아무도 없었다.

"당신은 내일부터 회사에 나가요."

며칠 전 이곳으로 병원을 옮기던 날 엄마가 아빠에게 말했다.

이곳에서 또 새로운 진찰과 새로운 검사를 받아야 했다.

그러느라고 사흘이 갔다.

아빠는 회사에서 수시로 전화를 했다. 그리고 다른 날들보다 일찍 퇴근해 병원에 오곤 했다. 그리고 내일 엄마가 수술을 하는 것이다.

어떤 일에든 태연할 수 있다는 것은 참 좋은 일이다. 우리 가족이 아니라 엄마의 병실을 드나드는 의사와 간호사의 얼굴이 그랬다. 그들은 태연하게 들어왔다가 태연한 얼굴로 말하고 또 태연한 얼굴로 병실을 나갔다. 그런 그들의 얼굴을 보며 나는 정말 엄마의 몸에 이미 침투해 있는 암세포들이나 또 그것을 제거하는 수술들, 그 뒤 엄마가 수술 후유증을 회복하는 일들이 모두 저렇게 태연한 가운데에서 이루어졌으면 좋겠다는 생각을 했다.

때로는 태연한 얼굴들의 그들을 보면서 정말 이 상황이야말로 우리 모두가 태연할 수 있는 것이었으면 좋겠다는 생각을 했다. 다른 사람들에겐 일상적이고도 가벼운 것이 지금 엄마나 나 그리고 아빠에겐 전혀 그렇지 않은 것이었다. 그리고 잠시 동안의 여유로라도 저들이 가지고 있는 태연함이 우리에게도 그대로 전이되었으면 좋겠다는 생각을 했다. 그게 불안한 것이다. 저들은 태연할 수 있어도 우리는 태연할 수 없다는 게. 아빠도 아마 그래서 틈나는 대로 의사를 찾아가 들은 얘기를 듣고 또 듣고 하는 것인지 몰랐다.

"괜찮대. 처음부터 그런 일이 없는 것보다야 안 좋은 일이긴 하지만 조금도 걱정하지 말라는군. 가장 가벼운 단계에서 받는 수술이니까."

아빠는 아빠 나름대로 엄마를 위로하며 아빠 마음 안에 엄마의 폐 속에 이미 침투하여 들어와 자리를 잡고 있는 암세포와도 같은 불안을 그런 식으로 떨쳐버리는 것 같았다.

"이 기회에 몸도 마음도 쉬면 전보다 더 좋아질 수 있다니 당신도 그렇게 생각하라구."

엄마가 입원해 있는 동안 이모도 매일 병실에 들렀다. 여러 사람의 위로 때문인지 엄마도 조금씩 여유를 찾는 듯했다. 그러나 위로 때문에 그런 것은 아닐 것이다. 엄마 스스로 지금 엄마의 상황을 이해하고 받아들이는 때문인지도 모른다.

그날 이모와 엄마가 그런 얘기를 했다. 아빠가 회사에 나갔을 때였다.

"언니는 병원에 언제 처음 입원을 했어?"

엄마가 뒤쪽으로 베개 두 개를 놓고 기대고 이모가 침대에 걸터앉듯 엄마와 마주 앉았다.

"없어, 아직. 애 둘 낳을 때 잠시 병원에 갔던 거 말고는."

"나도 이때까지 거의 그랬어. 그리고 예전에 윤석이 잃고 나서 윤석이 동생 다시 얻어볼까 하고 애쓰던 때 말고는 내가 아파서 간 적은 없어. 그건 윤희 아빠도 마찬가지고."

"이번도 금방 털고 일어날 거야. 아무 걱정하지 마라, 순영아."

이모가 그렇게 엄마를 불렀다. 이제 엄마에게 엄마 이름을 부를 사람은 그렇게 많지가 않다. 시골의 외할머니가 있고, 외삼촌, 이모 그리고 자주 만나지 못하는 엄마의 오랜 시골 친구들 몇

이 있을 뿐이다.

"처음엔 놀랐지만 이젠 그렇지도 않아."

"처음부터 놀랄 일도 아니었지 뭐. 괜히 네가 소동을 부려서
그렇지."

"언니는 옛날 「스잔나의 리칭」이라는 영화 봤어? 내가 열여덟
열아홉 살 때였으니까 언니는 스물두세 살쯤 되었을 때겠다."

"모르겠다, 봤는지 안 봤는지. 그것도 이젠 하도 오래돼서."

"그때 아랫마을 명숙이 언니를 따라 공장에 막 올라왔을 때였
던가 그 다음 해였던가 그랬는데, 공장에서 일하는 애들 모두 가
서 봤어. 우리 위에 언니들도 죄다 그랬고. 아마 언니가 다니던
공장도 그랬을 거야."

"그 영화가 왜?"

이모가 물었고 엄마가 영화의 줄거리를 말했다. 그러자 이모
도 본 것 같다고 말했다.

"그때 영화를 보고 나오면서 우리가 꿈꾸었던 게 바로 그거였
거든. 하루 열두 시간씩 광목 짜고 소청 짜는 공장 베틀 앞에 퉁
퉁 부은 발로 서 있는 게 아니라, 바로 이런 병실에 하얀 얼굴로
누군가의 꽃을 받으며 누워 있는 거."

"그럼 늦게라도 소원 풀었네."

이모가 오랜만에 농담을 했다. 엄마도 모처럼 만에 엷은 미소

를 띠었다. 리칭의 얘기도 스잔나 얘기도 나로서는 처음 듣는 얘기였다. 아무튼 그 시절 대단한 영화였던 것 같은데, 나로서는 이해할 수 없는 부분이 많았다. 엄마들이 꿈꾸었던 것이 고작 백혈병 소녀였다니. 엄마들은 그게 요즘 말하는 혈액암이라는 것도 몰랐다고 했다. 그냥 사랑을 앓은 소녀가 그 사랑과 함께 앓는 불치의 병이며, 자신들로선 꿈도 꿀 수 없는 그런 처지의 집안이거나 아이들이 걸리는 병쯤으로 알았다고 했다. 현실이 힘들면 꿈도 그렇게 꾼다는 정도로 나는 그것을 이해했다. 그것이 집단적인 꿈과도 같은 것이었다면 엄마들의 무지만도 아니었을 것이다. 서로 태어나고 자라온 시대가 다르다는 걸 나이에서가 아니라 가끔 그런 얘기들에서 느낄 수가 있다. 엄마나 이모가 살아온 시대가 참으로 저 멀리였으며, 지금의 모습으로부터도 저 멀리였다는 걸 때로 그렇게 느끼기도 하는 것이었다. 그리고 그런 엄마들의 딸이 그런 엄마들의 어리거나 젊은 시절의 이야기를 도저히 이해할 수 없는 우리인 것이었다. 아마 그건 이모네 정윤이 언니도 마찬가지일 것이다.

"살아온 날들 돌아보면 어떤 때는 참 기막힌 때가 있어."

"너는 그래도 덜해. 같은 집안의 같은 자매로 자라도……."

이모는 이모대로 같은 세대여도 엄마와는 또 다르게 살아온 자신의 삶을 떠올리는 것 같았다. 엄마들은 어느 자리에서든 모이면 그런 얘기를 했다. 함께 놀러간 자리에서도 또 함께 식사를 하러 간 자리에서도.

"기혁이 아빠도 그때 너처럼 이렇게 일찍 알았다면 아무 일이 없었을지 몰라. 그때는 그걸 일찍 안다는 일이 우리에겐 바라지도 못할 일인 거였던 거지. 이미 몸이 아픈 데도 어떻게든 견디고 견디다 이제 더 견딜 수 없게 되었을 땐 수술이고 뭐고 없던 시절이었으니까."

그러면서 이모는 고개를 돌려 혼자 눈물을 훔쳤다.

"아니, 모두에게 그랬던 시절도 아니었어. 예나 지금이나 없이 사는 사람들에게나 그런 시절인 거지. 의사는 그러지. 어떻게 몸이 이 지경이 되도록 그동안 병원 한번 와보지 않았었냐고. 어떻게 사람이 그렇게 미련할 수 있느냐고 환자 보고도 야단을 치고 함께 온 사람을 보고도 야단을 치고. 어떻게 옆에 아픈 사람을 보고도 그냥 놔두고 있을 수 있었느냐고. 그렇지만 다 몰라서 하는 소리지. 죄는 미련함도 아니고 그런 무심함도 아니고 단지 가난인데……."

"기혁이네는 잘 살지?"

말을 돌리듯 엄마가 이모에게 물었다.

"모르겠어. 아직까지 즈덜끼리는 소리 안 내고 사니까."

"기혁이 처가 야무지잖아. 살림도 야무질 테고."

"나도 애들 걱정은 안 해. 아직은 남의집살이지만 빠르게 집도 넓히고. 정윤이도 어떻게 시집갈지 모르지만 그것도 그렇게 걱정하지 않아도 될 거 같고."

이모도 그렇게 말했다.

나는 그 말을 옆에서 듣고 있기가 힘들어 슬몃슬몃 병실을 나왔다. 엄마는 내가 왜 자리를 피하는지 알 것이다. 이모는 아무것도 모르고 있었다. 그게 내게도 다행이라면 다행이겠지만 엄마가 늘 나를 그렇게 지켜왔던 것이다.

다시 병실로 들어가자 이모가 이제 그만 일어서야겠다고 말했다. 엄마는 앉은 채로 인사를 하고 나는 다시 복도를 나와 엘리베이터가 있는 곳까지 이모를 배웅했다.

"아까 그 얘기는 왜 해? 이모 앞에서……."

안으로 들어가 나는 엄마에게 말했다. 들어가자 말한 건 아니고, 적당한 기회를 봐 말했다.

"무슨 얘기?"

엄마가 물었다.

"기혁이 오빠 얘기."

"하고 싶어서 한 거 아니야. 네 앞이니까 일부러 한 거지."

"내 앞에서 왜?"

"앞으로도 너는 걱정하지 않아도 돼. 다음 달이면 기혁이 처산달이고."

벌써?

시간이 그렇게 흐른 것이다. 그 여자가 나에게 전화를 걸어 그렇게 말하던 때로부터. 그리고 엄마까지 밖으로 불러내 기어이 그렇게 협박하던 때로부터. 그 시간들 속에 엄마가 나를 지켰다. 그리고 지금은 내일로 다가온 수술을 받기 위해 병실에 누워 있는 것이다.

"엄마."

나는 가만히 엄마의 손을 잡았다.

"왜."

엄마가 대답했다.

"예전에 이렇게 엄마하고 내가 병원에 갔던 때가 생각나. 내가 엄마처럼 눕고 엄마가 나처럼 이렇게 내 손을 잡아주던 때가."

고등학교 삼 학년 때의 일이었다.

떠올리기 싫지만, 그리고 말하고 싶지 않지만 왠지 엄마하고 둘이 있는 지금이 아니면 그 말을 다시 할 시간이 앞으로도 영영 없을 것만 같았다.

"잊고 그 일도."

"잊었어. 이젠……."

"잊었으면 얘기하지도 말고."

"엄마."

"왜 또……."

"엄마가 나를 참 많이 지켰다는 생각이 들어."

"제 새끼 안 지키는 엄마 없어."

"그래도 엄마는 더……."

"다 잊어. 나쁜 일들은."

"그런데도 나는 지금 엄마를 못 지켜주잖아."

"왜 못 지켜. 이렇게 옆에 있는데. 이렇게 있으면 돼. 엄마가 힘들 때 옆에 있으면."

"엄마."

"왜?"

"나 엄마가 아프다고 한 다음 처음으로 이 말을 해."

"무슨 말을?"

"아빠가 엄마한테 늘 했던 말이야. 이모도 오면 늘 했던 말이고. 다 괜찮을 거야, 엄마. 내가 엄마 옆에 이렇게 있고, 또 앞으로도 엄마가 엄마 힘으로 늘 지켜줘야 할 내가 이렇게 있으니까."

"그래. 아무 일 없을 거다. 나도 알아. 네가 옆에 있으면."

엄마도 그렇게 말했다.

"어쩌면 엄마. 엄마가 지금 이러고 있는 거 엄마하고 내가 그런 얘기를 다시 하라고 이러는 건지도 몰라."

"그래."

"지난번 엄마가 없는 동안 나 외로웠어. 집에 엄마가 없다는
게. 아빠도 외로웠을 거고. 그래서 아빠가 더 화를 냈던 건지도
몰라."

"그래."

"엄마."

"왜?"

"그때 엄마가 내 손을 이렇게 잡아주었을 때, 이상하게 그때가
자꾸 생각나. 그리고 지금 내가 엄마 손을 이렇게 잡고 있는 게
엄마에게도 그랬으면 좋겠구."

"그래."

그렇게 오래오래 엄마의 손을 잡았다. 처음엔 내가 엄마의 손
을 잡았지만 언제였는지 모르게 나중엔 그것도 엄마가 내 손을
잡아주는 것으로 바뀌었다.

내일이면 엄마가 수술을 한다.

수술실 앞에서 아빠도 그렇고 나도 그렇고 우리 모두 엄마에
게 짧은 작별 인사를 할 것이다. 왠지 그러면 엄마가 아니라 내가
많이 외로워질 것 같았다.

12
그리고도 가야 할 길은

잠에서 깨었을 때, 제일 처음 들은 건 새소리였던 것 같다. 그러면서 이곳은 병원이고, 새소리 같은 건 들릴 리가 없지 하는 생각을 했다. 조심스럽게 눈을 뜨자 온통 흰색뿐인 천정이 보였다. 밝아도 밤인지 낮인지 알 수가 없었다. 천정엔 형광등이 천정보다 더 하얗게 빛나고 있었다. 그 빛에 가만히 눈을 찡그려보았다.

가슴은? 하는 생각이 들었을 때, 아무런 느낌도 없는 가운데에서도 왠지 내 가슴 위에 무엇이 얹어진 것처럼 무겁게 느껴졌다.

"깨어나셨네요?"

윤희 나이 또래의 간호사였다.

나는 이곳이 어디냐고 물었다. 먼저 있던 병실도, 그리고 밀침대에 밀려 수술을 받으러 들어갔던 곳도 아닌, 어차피 어느 곳도 낯설기는 마찬가지겠지만 지금 내가 누워 있는 곳이 더 낯설게 느껴졌다. 간호사는 회복실이라고 말했다.

"낮인가요?"

다시 내가 물었다.

"새벽이에요. 다섯 시."

다섯 시면…….

수술은 오후에 있었고, 그 시간까지 처음엔 마취로 억지로 잠이 들 듯, 그리고 나중엔 꿈결에조차 내 자신을 잃어버릴 만큼 혼곤하게 잠을 잤다. 이 방에도 문이 있을 테고, 그러면 문 밖엔 윤희와 남편이 있을 것이다.

"잘 끝났어요. 의사 선생님이 아주 좋게 끝났다고 했어요."

다시 간호사가 그렇게 말했지만 그 말이 내 일이 아니라 마치 남의 안부처럼 들렸다.

나는 언제 병실로 돌아가느냐고 물었다. 간호사는 아침에 의사 선생님이 나오신 다음이라고 말했다. 나는 다시 가족이 들어오면 안 되느냐고 물었고, 간호사는 이곳은 안 되고 병실로 돌아간 다음 볼 수 있다고 대답했다. 몸을 움직일 수 없다는 것 말고는 아직 어떤 통증도 느낄 수가 없었다. 그래서 나는 과연 어제 오후, 정말로 수술을 받기나 한 것일까 하는 생각이 들었다. 폐라고 했다. 폐의 어느 한 부분을 잘라내는 것이 아니라 암세포가 막 발전하기 시작하는 부분만을 오려내듯 들어내고 그 주변으로의 전이를 막는 조치를 함께 취한 수술이라고 했다. 금방 들은 얘기가 아니라 수술을 받기 전, 그것이 다른 암환자의 수술보다는 얼마나 가벼운 것인가를 열 번도 스무 번도 넘게 들은 말이었다.

"알려줘요. 깼다고……."

나는 간호사에게 말했다.

바깥에서 기다리는 남편이나 윤희도 그것을 가장 걱정하고 있을 것이다. 그러나 남편과 윤희가 내 걱정을 하는 것에 대한 걱정보다 남편과 윤희가 지금의 내 상태를 아는 것으로 내가 위로받고 싶은 마음이었는지 모른다.

병실엔 아침에 옮겨졌고, 비로소 수술 부위의 통증이 느껴졌다. 가슴속이 아니라 그 속으로 접근하기 위해 상처를 낸 가슴 아래 바깥쪽이었다. 주사를 맞고 십오 분쯤이 지나자 다시 통증이 없어졌다.

"당신은 이제 회사에 가요. 윤희가 있으니까."

그제야 남편에게 회사에 나가보라고 말했다.

"괜찮아, 오늘은. 김 전무한테도 얘기를 했고."

그러면서 남편은 삼 분이나 오 분 간격으로 아프냐고 물었고,

어디가 어떠냐고 물었다. 나는 별 감각이 없다고 말했다. 그러나 머릿속엔 참으로 많은 생각들이 오고 갔다. 그 생각 중엔 집에 두고 온, 평소 때보다 많은 빨래들도 있었다.

어느 날 언니와 함께 처음 병원에 갔고, 여러 날을 안정 못 해 혼자 안절부절못하다가 그래도 다시 병원엔 가야지 하는 생각을 다잡는 동안 아무도 모르게 승호 오빠를 만났다. 그 돈이 남편 회사 것이거나 남편이 잠시 내게 맡겨두었던 것은 아니었다. 이태 전 내가 기혁이의 청에 따라 내 이름으로 들어준 적금이었다. 아직 납입할 기간이 남긴 했지만 서둘러 그것을 해약하고, 또 남편 모르게 따로 가지고 있는 통장을 바닥내 마련한 돈이었다.

그때도 기혁이에게 단단히 일렀다. 이걸 네 처가 알아서는 안 된다고. 어떤 일이 있어도 알지 못하게 하라고. 기혁이 역시 더 말하지 않아도 무슨 말인지 알겠다는 얼굴로 그러마고 약속을 했다. 그냥 그러기만 하고 나왔으면 될 일을 보다 단단히 당부를 한다고 남편 회사에 급히 필요한 돈이라는 얘기를 했다.

그걸 기혁이가 오해해 내가 승호 오빠를 만나고 온 다음 날 남편에게 전화를 한 것이었다. 요즘 회사에 돈이 필요하신 거냐고. 이 기회에 자기 은행과 거래를 하면 어떻겠느냐고 이틀 전에 내가 적금까지 해약해 찾아간 돈 얘기를 한 것이었다.

남편으로서는 금액이 아니라 당연히 그 돈의 행방이 궁금했을 것이다. 내가 언니에게 주었다는 말 역시 처음 그 말을 기혁이로 부터 들은 남편으로서는 또 당연히 믿을 수가 없었을 것이다. 언니에게 주는 돈이라면 그렇게 서둘러 적금까지 해약할 필요도 없을 것이며, 기혁이조차 그 일을 몰라 자기에게 그런 전화를 할 리가 없다고 말했다. 이틀 동안 남편과 실랑이를 하듯 그 돈 얘기를 했다. 아니, 실랑이가 아니라 남편의 일방적인 추궁 아래 그 용처만은 굳게 입을 다물다가 언니에게 준 것이라는 얘기를 했다.

그리고 닷새 간 집을 나가 있었다. 남편과의 실랑이로부터도 벗어나고 싶었고, 앞으로 어떻게 될지도 모를 몸을 이끌고 어디론가 그렇게 훌쩍 사라지듯 집을 떠나고 싶었는지도 모른다. 마음의 어떤 정리 같은 것, 아무것도 없었다. 고향 동네의 한 모텔에 작은 가방 하나를 푼 게 전부인, 여행이거나 외출이라기보다는 그때의 내 자신을 어쩌지 못해 결행한 가출 같은 것이었다.

돌아와서도 돈의 행방 같은 것에 대해서는 말하지 않았다. 그건 그냥 바로 수면 아래로 가라앉아 버린 돌과 같은 물건이 되고 말았다. 그러나 언제까지고 강바닥 아래에 가라앉아 있을 물건만도 아니어서 내일처럼 수술을 앞둔 엊그제 윤희가 없는 틈을 타 남편에게 그 얘기를 다시 했다.

"당신은 기혁이가 당신에게 했다는 말 가슴에 담지 말아요."

"뭘?"

내 말이 느닷없었는지 남편이 그렇게 물었다.

"그 돈 얘기 말예요."

"그 얘기는 왜 다시 하고 그래. 없었던 얘기로 벌써 잊어버린 일인데."

"아뇨. 들어야 해요, 당신은. 내일이면 나 수술을 받고 그 다음은 어떻게 될지 모르는 일이니까."

"어떻게 될지 모르다니?"

"그냥 그럴 수 있다는 얘기예요. 그래서 내가 지금 얘기하는 거고……."

남편은 수술 준비를 위해 두 개의 링거를 몸에 달고 누워 있는 나를 가만히 내려다보았다.

"그 돈 기혁이는 몰라요. 그 집에 기혁이만 있는 것도 아니고, 언니도 있고, 정윤이도 있어요. 이제 기혁이네는 살 만해졌고……. 내가 기혁이한테 당신 회사 얘기를 한 것도 일부러 그 아이 모르게 하려고 한 건데 일이 그렇게 되고 말았네요. 혹 기혁이가 알거나 눈치 채면 즈 엄마에게 따로 그 돈에 대해 신경 쓰지나 않을까 싶어 당신 회사에 급히 쓸 돈이라고 아예 못을 박은 건데."

"진작에 말하면 나도 그러지 않았지. 그 돈이 아까워서가 아니라, 갑자기 당신이 나 모르게 회사 얘기를 하고 돈 일억을 어떻게 했다니까 그랬던 거지. 물어도 다른 얘기만 자꾸 하고.”

“당신 모르게 친정이고 제 동기간에 돈 보내는 일이 쉽지 않아서 그랬던 거예요. 지금 이 얘기도 그래서 하는 얘기구요. 나, 지금은 내가 병원에 와 이러고 있는 거 크게 두렵지 않아요. 그렇지만 먼저 종합검진을 받으러 간 병원에서는 나 얼마나 두려웠는지 몰라요. 당신한테나 윤희한테는 말할 수도 없고……. 문득 이렇게 떠나게 된다면 내 주변에 가장 미련이 남고 안타까움이 남는 일이 뭘까 생각해 보니 언니였어요. 엄마나 오빠는 전에 당신이 시골에 새로 집도 지어주고 했으니까.”

“아무 일 없다니까.”

“알아요, 아무 일 없을 거라는 것도. 이젠 나도 그렇게 생각해요. 그렇지만 그땐 그랬어요. 그래서 그 돈 해약해서, 또 내 통장에 있는 것하고 보태서 언니에게 줬던 거예요. 그때로서는 어쩌면 그게 내가 언니를 도울 마지막 일이 될지도 모르겠다는 생각에…….”

그리고 또 말했다. 그게 이제 남보다 더 살 만한 처지에 있는 내가 누구에게 베푸는 선행 같은 거라면, 그 선행의 힘으로라도 다시 병원으로 왔을 때 내게 아무 일이 없었으면 좋겠다는 간절함을 그렇게 표시한 것이라고. 그러니 당신도 이제 거기에 대해서는 더 말하지 않았으면 좋겠다는 얘기를 했다. 지금 내 몸이 이 정도에서 그만한 것도 우리 그렇게 생각하자고.

　다음 날부터 남편은 회사로 나갔다. 자연 윤희와 함께 있는 시간이 많아지고, 또 언니와 함께 있는 시간이 많아졌다. 저녁에도 남편은 이곳 병원으로 왔다가는 집으로 들어가곤 했다. 아무리 혼자 있는 병실이라지만 언제까지고 그곳에 식구가 다 모여 밤을 보내는 것은 쉽지 않은 일이었다. 의사는 이십 일쯤 더 입원을 하고, 입원중에도 그렇고, 퇴원을 해서도 몸에 맞는 운동을 해나가면 전과 다르지 않을 거라고 했다.

　처음엔 윤희가 거의 꼬박 병실에 기거하듯 했지만 며칠 지나고부터는 하루는 윤희가 하루는 언니가 병실을 지켜주었다. 언니가 병실을 지켜줄 때면 윤희가 남편과 함께 차를 타고 집으로 들어갔다.

　"정말 너 그 돈 어디에 쓴 거니?"

　둘만 있을 때 언니가 그렇게 물었던 건 그 돈의 행방에 궁금하다는 뜻도 있겠지만 이제 거동이 아직 전과 같지 않다는 것 말고는 모든 면에서 내가 많이 좋아지고 있다는 뜻이기도 할 것이다.

　"언니는 그게 그렇게 궁금해?"

　"궁금하다기보다 우리 같은 여자가 그렇게 큰 돈을 한꺼번에 쓸 데는 어디 있는가 싶기도 하고……. 한 뱃속에서 나와도 너하고 나하곤 처지가 다르긴 하다만."

"그냥 그런 일이 있었어."

언니에게도 나는 남편에게 했던 마지막 말과 비슷한 말을 했다. 어느 날 내 몸이 어떻게 잘못되어 이대로 가게 되는 건 아닌가 하는 생각을 했고, 그러자 누구에게라도, 혹은 어디에라도 내가 내 처지에서 베풀 수 있는 선행 하나 베풀고 나면 그것의 힘으로라도 내 몸이 무사하지 않을까 하는 심정으로 어디엔가 그 돈을 썼던 것이라고. 언니는 '그 어디엔가'를 그런 일을 하는 자선단체거나 그런 시설로 생각하는 것 같았다. 나는 더 말하지 않았다. 그러나 내심 언니도 어느 면 섭섭한 데가 없지는 않을 것이다.

"언니한테는 이제 살아가며 갚을게. 그런 생각도 했어. 아까 언니 말대로 한 뱃속에서 나와도 언니와 나는 또 다르게 살아왔다고. 내가 그나마 시골에서 중학교를 나오고, 서울에 올라와 야간 학교더라도 고등학교를 다니고 그래서 윤희 아빠를 만나게 된 것도 다 언니 덕인 걸 알고."

"덕은. 다 타고난 제 복인 거지."

짧은 말속에도 언니의 삶이거나 인생에 대한 어떤 체념 같은 것이 묻어났다. 그럴 때면 아픈 몸으로 이렇게 침대에 누워 있으면서도 언니가 나보다 불쌍하게 보였다. 나 역시 언니를 위로할 말을 찾지 않을 수 없었다.

"그래도 언니는 기혁이하고 정윤이가 있잖아."

살아오며 언니에게 가장 부러웠던 것이, 그리고 앞으로도 그럴 것이 언니네 아이들이었다.

"조선에 남 없는 자식들도 아니고."

언니는 그렇게 말했지만, 나로서는 기혁이는 기혁이대로, 또 야무지기로 따지자면 누구에게도 빠지지 않을 정윤이는 정윤이대로 늘 윤희와 비교하게 되었다. 때로는 그러지 않으려고 해도, 그래서 윤희에 대해서 이미 어릴 때부터 마음을 비워왔다 해도 어쩔 수 없이 그렇게 되곤 했다. 먼저 잃은 윤석이를 그 자리에 놓지 않고도 그랬다. 아니, 윤석이를 잃은 다음, 그리고 내가 이제 더 아이를 낳을 수 없는 몸이 된 다음 남편은 기혁이를 더 부럽게 바라보았는지 모르지만 나로서는 자꾸 윤희와 정윤이를 비교하게 되었던 것이다. 그 아이가 대학에 갈 때에도 그랬고, 또 졸업하자마자 백 대 일인가 이백 대 일인가 하는 경쟁을 뚫고 어느 외국인 회사에 입사했을 때도 그랬다. 그런 학교거나 그런 직장에 들어간 것이 부러운 게 아니라 그렇게 제 앞닦음 제가 바로 해나가는 것이 그렇게 부러울 수가 없었다.

어릴 때부터 윤희와 정윤이는 달랐다. 어딜 가 앉아도 정윤이는 꼭 책을 펴들고 앉았다. 같은 책을 볼 때에도 그랬다. 정윤이가 보는 책은 학교 책이거나 우리로서는 읽어도 모를 책이었지만, 그 옆에 앉은 윤희는 더 어린 나이에도 제 몸치장에 대한 책이거나 제가 사고 싶은 옷들에 대한 책이었다. 그러면서 끊임없이 그것을 정윤이 앞에 디밀며, 언니, 이건 어때? 저건 어때? 묻곤 했다. 그러면 정윤이는 제가 보던 책에 눈을 박은 채 건성으로 대답하기도 하고, 때로는 멀찍이 떨어져 앉거나 돌아앉기도 했다. 그래도 철없고 속없는 것은 엉덩이 걸음으로 따라가서까지 그것을 제 사촌 언니의 눈앞에 그것을 디밀곤 했다.

그러나 그땐 어미인 나도 두 아이를 지금처럼 이쪽과 저쪽에 놓고 비교하지는 않았다. 고등학교 때 그런 일이 있긴 해도 기혁이와의 일에 대해서는 까마득히 모르던 때만 해도 그랬다. 다만 나는 그때 윤희와 정윤이가 자라는 환경이 서로 달라 그럴 거라고 마음속으로 윤희를 두둔하는 것으로 나 스스로를 위로했다. 다만 정윤이보다 윤희가 공부에서만 빠지는 거지 다른 일에서까지 그렇다는 걸 인정하고 싶지 않은 마음이었다. 그러면서도 늘 정윤이가 부러웠고, 자라면서 단 한 번도 크게 어미의 속을 썩여본 적이 없는 딸을 둔 언니를 부러워하곤 했다. 정말 그 정도라면 나는 업어서 윤희를 키웠을 것이다.

"정윤이는 요즘 어떻게 지내?"

누운 채로, 침대 옆에 앉아 내 손을 잡고 있는 언니에게 물었다.

"늘 그렇지 뭐. 아침이면 회사 나가고, 저녁이면 집에 들어오고."

"걔도 이젠 시집갈 때가 됐잖아."

"모르겠어. 지 속 나한테 얘기도 않으니. 윤희는 올해 졸업반이지?"

"응."

그 대답 뒤에 어디 맞춤한 데 있으면 일찍 줘버릴 거야, 하는 말을 달려다가 그냥 입을 다물고 말았다. 왠지 언니 앞에 그런 내색을 하고 싶지 않았다. 내가 그런 생각을 한 것도 기혁이 처가 다녀간 다음의 일이었다. 이제 윤희에게 내가 걸어야 할 희망이라는 게 학교를 졸업하자마자 얼른 결혼을 시켜 집으로부터도, 그리고 기혁이의 처로부터도 심정적으로 멀리 떼어놓는 일뿐인 게 된 것이었다. 아니, 그건 희망도 아니다. 언제 어떻게 다시 터질지 모를 시한폭탄 같은 불안 속에 그나마 그게 그 아이를 가장 안전하게 지켜낼 방법인 것 같았다. 대놓고 그 이유까지는 말하지 않았지만 윤희에게도 여러 번 너는 얼른 시집을 가라든가 너는 시집을 일찍 가는 게 좋겠다고 말한 것도 다 그런 이유에서였다.

"걔야 뭐 졸업해도 걱정이 없는 거지. 우리 애들처럼 졸업하자마자 일자리 잡을 걱정 안 해도 되는 거구."

"걱정한다고 되겠어? 요즘은 기혁이나 정윤이가 들어갈 때보다 더 어렵다는데."

말을 하고 보니 윤희의 부족함보다 시절 쪽을 탓한 셈이었다. 그것 또한 어쩔 수 없는 내 새끼에 대한 두둔일 것이다.

"뭐가 걱정이야. 집에 돈 있고, 나이 차면 그냥 좋은 자리 시집 가면 되지. 우리 애들처럼 없는 것들이나 학교 졸업하자마자 제 밥벌이 하느라고 그러지."

"아니야, 언니. 요즘은. 우리 때나 그랬지. 배워도 들어갈 데 가 없을 때나."

"그래도 제 복은 다 타고나. 우리 애들이야 그런 복 타고나지 못했으니 공부라도 했어야지."

"물 좀 줘."

화제를 바꾸려고 별로 마시고 싶지도 않은 물을 청하고, 컵을 물린 다음 나는 다시 기혁이에 대해서 물었다. 이상하게 언니하 고는 다른 대화가 없었다.

"곧 낳지? 아이."

"다음 달 중순이래."

"언니는 남의 말 하듯 하네."

"즈들이 그러니 그런가 보다 하는 거지. 요즘은 잘 오지도 않아."

"기혁이 처가?"

"아니. 둘 다 그래. 하나는 일 핑계 대고, 하나는 몸 핑계 대고."

"언니도 안 가봐?"

"얼굴 보려면 저녁에 갔다가 밤에 와야 하는데 그게 어디 쉬워 야지. 그냥 전화로 소식 듣고 사는 거지."

"아예 안 와?"

"어떤 땐 내 아들까지도 저쪽 집 식구가 됐나 싶어. 지금이야 몸이 무거워서 그렇다지만 몸 그렇게 무겁지 않을 때에도 그랬고. 결혼해서 처음엔 곧잘 오더니 애 들어섰다는 얘기하고부터는 도통 안 와. 얼마 전에 한번 내가 일부러 불러 기혁이 혼자 온 거 말고는."

나는 왜 그러냐고 묻지 않았다. 처음엔 웬일로? 하다가 애 들어선 다음부터라는 말을 들은 다음 그 화제 역시 거기에서 막히고 말았다. 언니 혼자 전에는 내 앞에서 하지 않던 신세 한탄을 하듯 나머지 말을 했다.

"전화도 뜸하게 기혁이만 하지 며느리는 하지도 않고. 처음엔 안 그러더니, 지난 가을 추석 때도 전날 와서 잔 것도 아니고 아침에 잠시 빠끔 얼굴만 내밀곤 처가로 갔는지 제 집으로 갔는지 돌아가고. 등신 같은 게 결혼해서 처음엔 제법 제 주장 펴고 사는 것 같더니 그새 제 여편네한테 아주 쥐여 살아. 추석 때 잠시 집에 왔을 때 봐도 그렇고."

언니는 몰라도 나는 알고 있었다. 기혁이며 기혁이 처가 왜 집으로 잘 오지 않는지. 윤희와의 일을 알고 난 다음 기혁이 처야 당연히 시댁 쪽이 싫어지기 시작했을 테고, 그런 안 사람 눈치로 기혁이 역시 발걸음을 하기가 예전 같지 않았을 것이다.

"오죽하면 정윤이가 즈 오빠더러 언니한테 무슨 죄를 졌느냐고 말했을까?"

"죄는 무슨……."

"그러니 하는 얘기지."

"안에서 애를 가졌으니 그러겠지. 그러다 애 낳으면 또 달라질 테고."

내가 할 수 있는 말은 고작 그런 것뿐이었다. 또 어쩌면 그것은 윤희의 일과 관련해 기혁이 부부에 대한 내 희망일지도 몰랐다. 아이를 낳음으로써 기혁이 처도 전보다는 기혁이에 대해 너그러워질 수 있을 테고, 또 그것을 이제는 어떻게 할 수 없는 옛일로 받아들일지도 모를 일이었다. 아주 잊을 수야 없겠지만, 다만 내가 바라는 건 그렇게 아이를 낳고, 아이를 키우고, 다시 아이를 낳고, 또 그 아이를 키우는 동안 윤희에 대한 기혁이 처의 증오 역시 그렇게 엷어져 갔으면 하는 것이었다. 언제나 어느 일에나 내게는 늘 윤희가 먼저였다.

"그 애들 애 낳을 때 언니도 뭘 좀 해야 하잖아."

"그렇긴 하지만 내가 뭐 가진 게 있어야지. 그저 마음뿐이지."

"다른 건 몰라도 제일 좋은 병원에서 애 낳으라고 그래. 언니는 어떤지 모르지만 지나고 나니 그래. 언니 앞에 할 말은 아니지만 나한텐 그것도 한이 되더라구. 남들 좋은 데서 애 낳았다는 애기를 들으면 지난 일이지만 괜히 부럽고."

"여자야 다 그렇지."

"내일 집에 들어가서라도 기혁이한테 말고 기혁이 처한테 언니가 말해. 애 낳는 데 들어가는 병원비는 이모가 해줄 테니 우리나라에서 제일 좋은 병원에 가서 낳으라고. 요즘엔 산후 조리도 따로 그렇게 한다니 그것도 돈 아끼지 말고 제일 좋은 데 가서 하라고 해. 그 비용도 내가 댄다고."

"놔둬. 즈들도 요량이 있겠지."

"요량이 없을까봐 하는 애기가 아니구 언니. 내가 걔들 그렇게 해주고 싶어서 그래. 그러니 말하기 편하다고 기혁이한테 전하듯 말하지 말고 기혁이 처한테 언니가 그렇게 말하라구. 그것도 여자가 들어야 좋은 애기니까."

그렇게 말하고도 나는 다시 언니에게 두 번 세 번 기혁이한테가 아니라 기혁이 처한테 해야 할 말임을 다짐받듯 반복해 말했다. 자칫 언니가 기혁이에게 그 말을 하고, 또 기혁이가 그 말을

제 처에게 한다면 단지 그 말을 하는 사람이 기혁이 때문이라는
것만으로도 그 아이가 엉뚱한 오기를 부릴지도 모를 일이었다.
내게는 그 아이들이 아니라 윤희가 전부였다. 기혁이가 아니라
언니로부터 그 말을 듣는다면 기혁이 처도 내가 왜 그러는지, 그
안엔 또 무슨 뜻이 담겨 있는지 충분히 내 생각을 짐작할 것이다.

"그러면 고맙고 말구지. 시어미도 아니고 다른 집 같으면 당대
볼 일도 없는 시이모가 나서서 그렇게 해준다면."

"그러니까 그렇게 전화해. 언니가 전화를 한 다음 나도 모레든
글피든 그 애한테 전화를 할 테니까."

언니는 아침이 되어 윤희가 병원으로 나온 다음 집으로 돌아
갔다.

수술을 받은 지 열흘이 지난 다음부터는 병원 뜰로도 나갈 수
있었다. 처음엔 휠체어를 타고서였고, 이내 누군가 옆에서 부축
만 해준다면 내 걸음으로도 병원 뜰을 거닐 수 있었다. 바람만 차
지 않다면 더 오래 그럴 수도 있었지만 의사도 간호원도 늘 감기
를 조심하라고 했다. 누워 있거나 병상에 앉아 있으면 가슴이 아
니라 등과 엉덩이가 배기듯 답답했다. 그래서 밖으로 나갔다가
는 또 이내 돌아오곤 했다.

승호 오빠한테는 잠시 혼자 있는 틈을 타 계단과 연결된 복도

끝에 나가서 전화를 했다. 언니가 병실을 지키는 날이면 꼼짝없이 언니와 함께 있어야 했지만 윤희와 함께 있는 날은 틈틈이 그렇게 시간이 나곤 했다. 집에 함께 있을 때보다 더 많은 전화가 윤희에게 걸려오는 듯했다. 때로는 친구를 만나러 시내로까지는 아니지만 병원 앞에 나갔다 오기도 했다. 승호 오빠에게 전화를 건 것도 그렇게 윤희가 자리를 비웠을 때였다. 핸드폰이라 바로 오빠가 전화를 받았다.

두 번 여보세요, 여보세요, 한 다음 나는 순영이라고 말했다.

"아, 그래."

오빠의 목소리는 반갑기도 하고 놀랍기도 한 듯했다.

"병원이야. 병원에서 전화를 거는 거라구."

"어떠냐?"

나는 병원에 온 이야기, 수술을 한 이야기, 그리고 지금은 회복중이며 아직도 열흘은 더 병원에 있어야 할 것 같다는 얘기를 했다. 내가 그런 얘기를 하는 중간 오빠는 응, 응, 하고 내 말을 받았다.

"그래서 연락도 이제 하는 거야."

"그래도 아무 일 없는 거지?"

"응. 아무 일 없어. 나 이제 오래 살 거구."

"당연히 그래야지. 옛날 정태 형도 그랬고, 삼거리 집 식구들다 씩씩했다. 느 언니 봉단이도 그랬구."

"오랜만에 듣네, 그 말. 내일 언니 오면 그 말 해야겠어."

처음엔 가볍게 그런 얘기를 주고받았다. 그러다 중간에 승호 오빠가 지난번에 내가 건넨 돈 얘기를 했다. 한두 푼도 아니고, 금액도 누가 보아도 부담스러운 금액이라 아무튼 돌려주었으면 한다는 얘기였다.

"보기는 누가 봐."

"누가 보긴. 내가 보고 순영이네가 봤는데."

"그 얘기는 그날 끝났잖아."

"끝난 게 아니라 그게 말이지……."

그날 분위기로는 일단 자신이 그걸 받는 게 곧 병원에 가야 하는 나를 편하게 해주는 것 같아 맡아놓듯 받은 것이라고 했다. 자연 전화가 길어지고 말았다. 나는 그런 건 내게 지금 조금도 중요하지 않으며 또 큰돈도 아니라는 말을 여러 번 했고, 승호 오빠는 돈의 성격도 그렇고 일의 성격도 그렇다고 했다. 오빠는 이런 말을 했다. 어려운 처지에 돈을 보고 욕심이 나지 않을 사람은 없다. 더구나 시골에 옛집까지 팔아 마련하려던 돈이다. 하지만 받을 수 있는 돈이 있고 그러지 못할 돈도 있는 법이다. 그건 형제간의 돈이라도 그렇다. 지금도 그냥 가지고 있고, 앞으로도 그냥 가지고 있을 테니 퇴원하고 연락해라. 꼭 이 돈 때문이 아니더라도 가보고 싶기는 하지만 지금은 가족들이 드나들고 다른 사람이 드나드는데 내가 병원으로 갈 처지는 아니다. 열흘 후 퇴원하고도 연락이 없다면 그때는 내가 다른 방법으로 너를 찾아가마. 아무튼 이번 일은 내가 그렇게 끝낼 테니 너도 그렇게 알고 있어라, 하는 것이었다. 그 다음 내가 했던 말은 이런 것이었다.

"그래서 오빠는 나한테 평생 석유병 들고 벌서게 할 거야?"

"그게 아니면 이제 석유병 내려놓게 해야지."

"아무튼 나 그 돈 못 받아. 돈 일억 원으로 내가 죽는 것도 사는 것도 아니고."

"그럼 어떻게 해야 오빠가 받을 수 있어?"

"지금은 아니지만 옛날에 오빠를 좋아했어. 그런 인연만으로도 받으면 안 돼?"

"그걸로 내 몸이 그만만하고 홀가분해지는 거라고 생각하면 안 되는 거냐구?"

"그럼 어떻게 해야 받을 수 있을지 말해. 내가 아예 쓰지도 않을 오빠네 옛집 맡을까? 그러면 받을 수 있겠어? 그 집 계약금 조로."

"나 그거까지 맡을 능력은 안 돼. 내 능력은 옛날에 오빠로부터 받은 석유 값 돌려주는 거기까지라고."

"그래. 아무튼 나 퇴원하고 만나. 그 전에도 그럴 틈이 나면 내가 전화를 할 테니까."

그리곤 전화를 끊고 다시 병실로 돌아왔다. 윤희는 내가 들어온 다음 십 분쯤 있다가 들어왔다.

"엄마."

그날 밤, 병실에 둘만 있을 때 윤희가 불렀다.

"왜?"

"엄마가 이모한테 기혁이 오빠네 언니 병원비 주겠다고 했어?"

"그 얘기는 어디서 들었는데?"

나는 저쪽 벽 쪽으로 누웠다가 윤희 쪽으로 몸을 돌렸다.

"아까 이모한테서."

"그래. 그렇게 해주겠다고 했다."

"그건 왜?"

"넌 싫니? 내가 그러는 거."

"엄마가 날 위해서라는 건 알지만, 그 여자한테 그렇게 해주는 건 싫어."

"알면 아는 데까지만 생각하자. 이제 그 여자라고 부르지도 말고."

"그냥 싫어. 그 언니도 싫고, 엄마가 그 언니 그렇게 해주는 것도 싫고."

"싫어도, 또 싫은 줄 알면서도 살아가며 해야 할 일이라는 게 있다. 싫기로 따지자면 네가 그 애를 싫어하는 것보다 그 애가 너를 싫어하는 게 더 클 테고."

"자꾸 연결되는 게 싫단 말이야."

"윤희야."

그렇게 부르며 내가 먼저 윤희의 손을 잡았다.

"왜?"

"나는 네가 얼른 결혼을 했으면 좋겠어. 졸업하고 나서……."

"그 일 때문에?"

"그렇기도 하고 아니기도 하고."

"그 일 때문에 그러는 거라면 그것도 싫어. 나는 아직 남자도 없고."

"남자는 생기면 되지. 생기게 하면 되고."

"그럼 중매해서 결혼하라는 말이야? 생판 모르는 남자하고?"

"어떻게 하든 엄마는 네가 빨리 결혼했으면 좋겠어. 그게 엄마 마음에도 편하고 너한테도 편할 거 같고."

"그 여자한테도 편할 거 같다는 말은 왜 안 해?"

"윤희야."

그리곤 잠시 말이 없었다. 이 아이도 알고 있고, 나도 알고 있다. 그러나 아는 부분이 서로 조금 다른 것뿐이다. 어쩌면 서로 이해한다고 해도 언제까지 그럴지 몰랐다.

"엄마."

한참 만에 윤희가 다시 나를 불렀다. 아까보다 더 가라앉은 목소리였다.

"왜?"

"아까 얘기 말고 다른 거 물어도 돼?"

"뭘?"

"엄마 그 돈……."

"갑자기 그건 왜?"

"나 아까 낮에……."

"낮에 뭐?"

"친구하고 밥 먹고 나서 엘리베이터 안 타고 운동 삼아 계단으로 걸어올라 왔거든."

계단?

"일부러는 아닌데, 거기서 엄마 전화하는 얘기 들었어."

"다?"

뜻밖에도 이럴 때에도 침착해지는 무엇이 있었다.

"중간이었으니까 다는 아니지만 거의 다. 그래서 계단 사이 문 뒤쪽 있다가 엄마가 방으로 들어온 다음 나중에 온 거야. 일부러 들으려 했던 것도 아니고."

"……."

"엄마."

"왜?"

"아까 엄마가 먼저 들어온 다음 나 계단에서 이런 생각했어."

"어떤 생각?"

"다 얘기해도 돼?"

"그래. 네가 하고 싶은 얘기 다……."

"처음엔 엄마한테도 남자가 있는 줄 알았어. 요즘 아줌마들 그런 사람 많잖아. 그래서 좀 놀라기도 하고."

"엄마도 아줌마야. 이젠 이렇게 병들고 늙어가는 아줌마고."

"석유 값, 석유병, 하는 얘기를 듣고 알았어. 나중에 옛집 얘기를 하던 것도 그렇고."

"내 목소리가 그렇게 컸니?"

"아니, 거기가 조용하니까."

"엄마……."

"왜?"

"엄마가 들어간 다음 거기 계단에 앉아 나 그런 생각했어. 엄마한테는 참 아름다운 사랑이 있었구나 하고. 나는 그렇지 못한데. 나는 그 아저씨가 누군지 몰라. 그런데 엄마한테 참 좋은 사람 같았어. 평생을 두고도……."

"윤희가 그렇게 생각해 주면 엄마 마음이 가볍고."

"고등학교 때 처음 그 얘기를 들었을 때에도 그랬어. 나는 엄마들은 클 때도 그렇고 지금도 그렇고 사랑 같은 건 아예 없는 사람들인 줄 알았거든."

"윤희야."

"혼자 앉아서 나는 뭔가 하는 생각을 했어. 엄마 사랑은 그런데 나는 뭔가 하고……."

"앞으로 있을 거다. 아직 그런 사랑을 만나지 못해서 그렇지."

"엄마."

"왜?"

"나 엄마 딸 맞지?"

"그래."

"좁아도 옆에 눕고 싶어. 나 때문에 엄마 불편해도……."

"그래."

아이가 내게 안겼고, 내가 팔을 돌려 아이를 안았다.

어쩌면 밤새 이 아이와 함께 전에 하지 못했던 더 많은 얘기를 하게 될지도 모른다. 밤은 길고, 꼭 이 밤이 아니더라도 옆에서 서로 지켜보며 지금처럼 가야 할 길 또한 길 것이다. 아이의 얼굴에서 눈물이 만져졌다. 그동안 내 손이 너무 말라 있었던 모양이다.

비밀과 누설의 서사적 놀이

박 진 | 문학평론가

1. 소설과 서사

문학이 무엇이며 무엇을 해야 하는지를 다들 알고 있던 시대가 있었다. 그때 우리는 서로의 견해가 조금씩 달랐을지라도 근본적으로는 같은 전제들을 공유하고 있었으며, 각자 자신의 견해에 대한 확신을 가질 수 있었다. 그러나 지금은 이제껏 자명하게 받아들여져 왔던 문학의 본질과 가치와 위상 등에 대한 믿음이 흔들리고 의문에 부쳐지고 있다. 오늘날 우리는 문학이 왜 중요한지, 문학과 문학 아닌 것의 경계는 무엇인지, 어떤 것이 좋은 문학인지 등등에 관해 의심하게 되었다. 문학의 개념 자체가 지금 전면적으로 새로이 구성되고 있는 것이다. 이런 시대에는 지난날의 확신을 여전히 고수하거나 성급하게 다른 대답을 구하는 대신에, 동시대적인 혼란을 인정하고 결론을 잠정적으로 유보하는 편이 좀더 정직하고 사려 깊은 태도일지 모르겠다.

질문의 범위를 문학에서 소설로 좁히면, 우리가 당면한 문제들이 더욱 분명하게 가시화된다. 세계의 인식 가능성과 경험 가능성에 대한 회의가 깊어짐에 따라 현실을 통찰하여 그 내적 본질을 허구의 지평으로 의미 있게 옮기려는 소설적 동기는 공허해져 버렸다. 개인의 소멸과 객관 세계의 붕괴와 리얼리티 감각의 급격한 변화에 직면하여 소설은, 위르겐 슈람케의 표현대로 서사적 진술의 수단이 세계의 파악에 아직도 적합한 것인가 하는 물음을 제기하면서 끊임없이 스스로의 의도를 반성하지 않을 수 없게 되었다. 그런 의미에서는 소설을 쓰는 일도, 소설을 읽고 비평을 하는 일도 이전 어느 때보다 어려워졌다.

지금과 같은 상황에서 소설 텍스트를 한 편의 '서사물'로 읽는 것은 하나의 대안이 될 수 있다. 소설 텍스트를 서사물로서 다룬다는 것은 기존의 신비화된 문학 개념과 그 안에 새겨진 가치의 이데올로기로부터 자유로워짐을 뜻한다. 이는 또한 소설과 문학이 어떠해야 한다는, 이제는 심각하게 의심스러워진 당위의 중압감을 가볍게 벗어버린다는 뜻이기도 하다. 서사에 관해서라면 우리는 아직도 꽤 많은 것을 자신 있게 말할 수 있다. 권태로부터의 탈출과 놀이와 소망 충족의 꿈으로부터 지식과 진실에의 탐색에 이르기까지, 서사는 인간 존재의 스펙트럼을 보여준다. 서사가 진실의 원천이든 아니면 진실을 왜곡하고 리얼리티의 환영을 낳는 수사학적 구조이든지간에, 서사는 인간의 근원적인 욕망을 반영한다. 그래서 우리는 서사를 좋아하고 필요로 한다. 어느 시대에나 변함없는 서사의 의의와 존재 이유가 바로 여기에 있다.

서두가 너무 길어졌지만, 이순원의 『스물셋 그리고 마흔여섯』은 재미있는 서사물이다. 이순원의 다른 소설들처럼 『스물셋 그리고 마흔여섯』은 쉽게 읽히는 따뜻하고 착한 이야기다. 전혀 다른 삶을 살아왔지만 서로를 이해하고 비밀들을 공유하는 엄마와 딸의 아름다운 관계가 독자에게 정서적인 만족감을 준다. 서서히 밝혀지는 비밀들은 수수께끼와 오답과 대답의 지연과 공개 사이의 흥미진진한 서사적 놀이를 이끌어간다. 그중에서도 가장 핵심적인 것은 딸의 비밀, 그러니까 사촌 오빠와의 은밀한 사랑 이야기다.

2. 원초적 비밀, 근친상간

금기의 짝패가 위반이라면, 금기의 위반에 대한 처벌의 짝패는 비밀일 것이다. 금기가 신성시될수록 위반에의 처벌은 위력적이 되고, 그럴수록 비밀 또한 절대적이고 강력해지기 마련이다. 근친상간의 금기가 오래고 치명적인 만큼이나, 근친상간의 비밀도 그러할 것이다.

『스물셋 그리고 마흔여섯』의 딸 윤희는 고등학교 삼 학년 때 사촌 오빠 기혁의 아이를 임신했다가 낙태시킨다. 딸의 임신 사실을 알고도 모든 것을 이해하고 감싸주려는 엄마의 도움으로 윤희는 이 시련을 극복하지만, 그런 엄마에게마저도 상대가 사촌 오빠라는 사실 만큼은 끝내 비밀로 남겨둔다. 윤희는 이 사건을 기혁에게도 비밀로 한다. 그런데 윤희가 재수를 하는 동안 기혁이 가정교사로 집에 와 있게 되면서, 그들의 비밀스런 관계는 다시 시작된다. 기혁이 결혼을 하게 되자 그들의 만남은 끝이 나지만, 기혁의 아내가 눈치를 채고 윤희 모녀를 협박한다. 협박의 내용은 단지 '소문'을 내겠다는 것이다. 하기야 비밀을 폭로하는 것이야말로 금기를 위반한 자에게는 가장 큰 위협이자 처벌일 것이다. 뒤늦게 딸과 기혁의 관계를 알게 된 엄마는 이 사실을 세상에서 네 사람만이 아는 비밀로 묻어두기 위해 어떤 대가라도 기꺼이 감수한다. 무슨 일이 있어도 비밀을 누설하지 말아야 한다는 것은 이제 그들 사이의 새로운 금기가 된다.

실제로 근친상간을 둘러싼 사건의 전모를 알고 있는 사람은 윤희 한 사람뿐이다. 나머지 인물들에게 사실의 특정 부분은 여전히 비밀인 채로 숨겨져 있으며, 그들은 자기가 아는 만큼의 비밀을 품고서 비밀을 유지하는 데 참여한다. 엄마에게 있어서 비밀을 지키는 것은 곧 딸을 지키는 것이었고, 윤희가 엄마에게 비밀을 말하지 않은 것은 엄마를 지키기 위해서였다. 비밀에 참여한 이들 모두에게 그것은 가족을 지키는 일이었으며, 윤희와 기혁에게 있어서 비밀을 지키는 것은 어쩌면 세상으로부터 그들의 사랑을 지키는 일이었을지도 모른다. 그런 비밀이 바로 근친상간의 비밀이다. 그 비밀의 막강한 위력이 『스물셋 그리고 마흔여섯』의 서사적 긴장을 지탱하고 있다.

근친상간의 금기는 가족과 사회의 질서를 유지하기 위한 원초적인 법이다. 특히 모자간이나 부녀간의 성행위가 초래할 수 있는 엄청난 혼란에 대한 두려움은 근친상간을 끔찍한 죄로 규정하게 만들었다. 그러나 한편 근친상간의 금기는 다분히 문화적인 것이다. 근친혼이 지극히 자연스러운 풍습이었던 문화도 있었으며, 혈통의 순수성을 지키기 위해 친족간의 결혼을 장려했던 귀족문화도 존재했었다. 현재에도 덴마크나 노르웨이 등의 유럽 국가에서는 사촌 남매간의 결혼이 합법적으로 허용되고 있다. 그런데도 문화적인 금기들을 근원적인 죄악으로 받아들이게 하는 것은 그 기원이 잊혀진, 사회제도의 은폐된 이데올로기다.

그것은 진리로서 통용되는 사회적인 담화이지 진리 그 자체는 아닌 것이다.

『스물셋 그리고 마흔여섯』에는 이러한 문화적인 고정관념의 바깥에서 근친상간을 바라보는 시선은 부재한다. 오히려 이 소설의 인물들은 모두 그 속에 철저하게 예속되어 있다. 윤희는 단한 번도 기혁과의 관계를 사랑이라 부르지 않으며, 자기에겐 지금껏 아름다운 사랑이 없었다고 말함으로써 그것이 사랑이었음을 부정한다. 그렇지만 윤희의 진심은 숨겨진 채로 얼핏 모습을 드러낸다. 윤희는 기혁에게 가정교사 일을 부탁하는 문제를 놓고 의견을 말할 기회가 왔을 때 '싫어'라고 말해야 한다고 몇 번이고 되뇌이면서도 마음이 원하는 바를 거스르지 못한다. 기혁이 결혼할 여자를 데려와 인사를 시키던 날에는 과일을 깎던 칼에 손을 벤다. 그러면서도 윤희는, 영화 「올드 보이」의 주인공처럼 "우리는 알고도 사랑했었다"고 말하는 대신에 "절대로, 절대로 사랑은 아니었었다!"고 외치고 있는 것이다.

윤희로 하여금 자기 진심을 스스로에게까지 속이도록 만든 것은 근친상간에 대한 사회적 통념의 위력일 것이다. 근친상간의 금기에 대한 윤희의 이런 태도는, 기혁의 아내로부터 딸의 일을 듣고는 '차마 뒤의 얘기는 참혹해서 말하기가 어렵다'고 말하는 엄마에게서도 그대로 나타난다. 윤희의 엄마는 의문의 여지없이 차마 말 못할 죄를 지은 딸을 둔 죄인의 모습으로 그려진다. '더러운 것들', '사촌끼리 붙어먹은', '개만도 못한 것들' 이라는 기혁의 아내의 말에서는 고정관념의 이데올로기가 더욱 노골적으로 드러난다. 물론 그녀 역시 모르고 넘어갔어야 할 남편의 비밀을 알게 되어 상처를 입은 또 한 명의 희생자다.

『스물셋 그리고 마흔여섯』에서 근친상간의 금기는 깨어졌다. 그럼에도 불구하고 『스물셋 그리고 마흔여섯』은 금기에 대한 도전 대신에 일말의 의심도 허락하지 않는 금기의 막강한 지배력을 보여주고, 그럼으로써 아이로니컬하게도 그 말소된 기원의 흔적을 더듬어보게 한다. 의도된 것이든 그렇지 않든 간에, 이 서사 텍스트의 곳곳에 튀어 나와 있는 사회적인 고정관념의 파편들은 그것을 의식하는 독자들을 껄끄럽게 찔러댄다. 근친상간과는 성격이 좀 다르겠지만, 혼전순결이나 자기 희생적인 모성에 대한 뿌리 깊은 통념들도 실은 가부장제의 이데올로기가 만들어낸 조작된 신화들이다. 이러한 문화적인 상식과 고정관념들은 바르트의 표현을 빌면 '구역질이 나는' 것들이다. 그것들이 그토록 지독하게 느껴지는 이유는, 이미 낡고 균열이 생기고 여기저기 부서진 통념의 이데올로기에 우리의 의식과 무의식이 아직도 별 수 없이 사로잡혀 있음을 우리가 알기 때문이다. 신성함의 빛을 잃어버리고 남루한 형상을 드러낸 금기와 통념들을 구역질하며 섬기는 시대, 그것이 지금 우리가 사는 시대일 것이다.

3. 첫사랑의 비밀, 혹은 위반하지 못한 것들

근친상간과 결부된 딸의 비밀에 비하면, 이웃집 오빠와의 이루지 못한 첫사랑과 이십여 년 만의 재회라는 엄마 순영의 비밀은 그 무게가 한결 가볍다. 게다가 순영은 남편을 만나기 전에 '순결을 잃'지도 않았고 결혼 후에 '불륜'에 빠지지도 않았으니, 과거에도 현재에도 사실상 아무런 '죄'를 짓지 않았다. 그녀에게 사회적인 고정관념의 이데올로기는 감히 위반하지 못한 것들의 이름으로 깊이 새겨져 있다. 그녀의 삶이 딸의 삶과 구별되는 것은, 그녀가 가난한 석웃집 딸로 자라나 공장을 다니며 야간 고등학교를 간신히 나왔다는 사실보다도, 딸이 위반한 금기들을 그녀는 끝까지 지켜왔다는 데 있을 것이다.

　순영의 비밀은 남편 몰래 사용한 돈 일억 원의 행방이라는 수수께끼의 형태로 등장한다. 윤희는 이 돈이 기혁의 아내와 관련되었을 것으로 짐작하지만, 그것은 비밀들의 얽힘과 수수께끼의 오답을 유도하는 서사적 장치다. 순영은 그 돈을 첫사랑의 남자인 승호에게 주었던 것이다. 수많은 오해와 파국적인 진행에 대한 예견과 더불어 시작된 엄마의 비밀 이야기는, 알고 보면 지순

하고 아름다운 사연으로 밝혀진다. 순영에게 첫사랑의 기억은 아픈 상처라기보다는 오히려 소중하게 간직한 예쁜 추억이며, 그들의 재회는 이룰 수 없었던 사랑의 회한이 아니라 인간적인 선의의 성격을 띤다. 사회적인 통념의 테두리 안에 안전하게 머물러 있는 그녀의 비밀은 착하고 무구하다.

순영의 첫사랑 남자인 승호는 고향마을 '재집' 옛날 기와집에 살던 '얼굴이 하얀' 오빠였다. 도시에서 고등학교를 다니던 승호는 여름방학 때 집에 다니러 왔다가 순영의 가게로 석유를 사러 온다. 순영의 실수로 석유병이 깨지며 승호는 유리 조각과 석유를 온몸에 뒤집어쓰는데, 그런 상황에서도 그는 순영이 야단을 맞지 않도록 잘못을 덮어주고 친절하게 배려해 준다. 이 날의 일에 대한 둘만의 비밀은 그들을 오래도록 남다른 친밀감으로 맺어준다. 서울에서 공장을 다니던 시절, 순영은 대학생이 된 승호와 다시 만나게 되고 연인 사이가 된다. 그러나 순영은 승호에게 마음을 이미 허락하고도 낡은 속옷이 부끄러워 몸을 허락하지 않는다. 그 후로 순영을 승호로부터 서서히 멀어지게 만든 것은 '신분의 차이'라는 또 하나의 사회적인 이데올로기였다. 순영은 그것을 어찌할 수 없는 일로 순순히 받아들인다. 그렇게 오랜 세월이 흐른 뒤, 그들의 처지가 뒤바뀐 것을 알게 된 순영은 재집을 남의 손에 넘겨야 할 상황에 처한 승호에게 일억 원의 돈을 건넨

다. 다소 뜬금 없는 이런 행동은 폐암 수술을 앞둔 순영에게 있어서는 어린 시절 승호가 어른들 모르게 주고 갔던 '석유 값'을 갚는 일이었다.

순영의 비밀에 얽힌 사연은 그녀의 지나온 삶의 이야기이기도 하다. 순영은 가난과 이별이라는 시련들을 거쳐야 했지만, 그런 현실로 인해 갈등하고 고통스러워하는 대신에 삶의 고난들을 자연스레 수락하고 감당하는 모습을 보여준다. 그래서 그녀가 살아온 세상은 평화롭고 안온하다. 그것은 한 사회의 관습과 질서들이 조화롭고 안정되게 유지되는 자족적인 세계다. 순영은 자기가 사는 세계와의 근본적인 불화를 겪지 않는다. 이 때문에 순영의 삶은 불과 몇십 년 전에 우리와 우리 부모가 살아온 삶으로 여겨지기보다는 차라리 아득한 옛날 이야기처럼 느껴진다. 『스물셋 그리고 마흔여섯』이 지닌 가치관의 보수성과 인물들의 수동적인 측면들이 독자에게 직접적인 거부감을 주지 않을 수 있는 이유도 여기에 있을 것이다. 순영의 삶이 보여주는 세계는 어쩌면 개인과 세계가 즉자적으로 통합되어 있던 설화적인 공간에 가까울지 모르겠다.

우리가 너무 오래전에 잃어버린 그 세상은 아련한 그리움과 향수를 불러일으킨다. 이런 느낌이 『스물셋 그리고 마흔여섯』이 만들어내는 지배적인 정서다. 딸의 위태롭고 치명적인 비밀조차도 엄마 순영에 의해 감싸안아지면서, 이 같은 정서는 『스물셋 그리고 마흔여섯』 전체로 확장된다. 엄마의 착한 비밀은 딸에게만 누설되고, 딸 윤희 역시 엄마의 비밀을 소중하게 지켜줌으로써 순영의 세계에 동참한다. 본질적으로 안온하고 무사한 그런 세계는 우리의 리얼리티 감각으로는 아무래도 현실에는 없는 것이다. 그러나 서사물을 통해서라면 우리는 그 세계를 되살려낼 수 있다. 이순원의 다른 여러 소설과 마찬가지로, 『스물셋 그리고 마흔여섯』은 비서사적으로 파편화된 현실에는 부재하는 존재의 안정감과 의미감으로 충만하다. 그런 위안과 안도감은, 현실의 재현과 진실의 탐색으로서의 서사의 의의가 점점 더 축소되고 있는 오늘날, 서사가 우리에게 줄 수 있는 정당하고 가치 있는 선물일 것이다.

4. 완전한 소통과 통합의 이상

모든 것을 이해하고 공감하는 엄마와 딸의 관계는 『스물셋 그리고 마흔여섯』이 그려내는 세계의 이상적인 성격을 더욱 강화시킨다. 그들이 서로의 비밀을 공유하고 서로를 지켜주는 모습은 무척이나 감동적이다. 그들 모녀의 관계는 모성이 상징하는 완전하고 원초적인 통합의 이상을 현실화해 놓은 것처럼 느껴진다. 이런 모습은 그들이 엄마의 비밀에 얽힌 대화를 나누는 장면들에서 특히 두드러진다.

윤희는 중절수술을 받고 산부인과 회복실에 누워 있던 날에 엄마의 첫사랑 이야기를 듣게 된다. 엄마에게는 결혼 전에 자신과 같은 경험이 없었을 거라고 생각하는 딸에게 엄마는 '순결을 지켰던 게 아니라 팬티를 지켰던' 그날의 비밀을 고백한다. '이미 그 밤 엄마 마음 안에 무너졌던' 순결에 관해 딸에게 고백하는 것은 상처 입은 딸을 어떻게든 위로하기 위해서다. 그런 엄마의 마음은 윤희에게 고스란히 전달되고, 윤희는 엄마의 손길이 자신의 맨머리에 닿을 수 있도록 깊게 눌러썼던 모자를 벗는다.

그들이 일억 원의 행방에 관한 이야기를 나누는 장소는 폐암수술을 받은 엄마의 병실 안이다. 순영과 승호의 전화 통화를 우연히 엿듣고 엄마의 비밀을 알게 된 윤희는 엄마의 '참 아름다운 사랑'과 '참 좋은 사람'에 대한 공감과 동경의 감정을 표현한다. 이렇게 이번에는 딸 윤희가 엄마의 마음을 가볍게 해주고 약해진 엄마를 위로한다. 병실의 좁은 침대 위에서 딸을 껴안고 누운 채로, 엄마는 '옆에서 서로 지켜보며 지금처럼 가야 할' 먼 길을 생각하며 마음을 추스른다.

그들은 진실을 실어 나르고 진심을 가감 없이 전달해 주는 완전한 언어를 가지고 있다. 그들의 스킨십은 둘을 하나로 연결하는 온전한 통합을 대변한다. 그런 관계는 우리 모두가 타자와의 관계에서 궁극적으로 바라는 것이지만, 실제로는 도달하기 어려운 이상이다. 언제부턴가 우리에게 언어는 소통을 가로막고 진실로부터 끊임없이 달아나는 텅 빈 기호들이 되었으며, 우리들 각자는 서로가 서로에게 교통이 불가능한 고립된 우주들이 되고 말았다. 이 때문에 더욱 그리워진 완전한 소통과 통합의 세계를, 『스물셋 그리고 마흔여섯』은 엄마와 딸의 이상화된 관계를 통해 우리 앞에 그려 보인다. 그것이 다만 소망일 뿐일지라도 그런 소망이 남아 있는 한 우리에겐 『스물셋 그리고 마흔여섯』과 같은 이야기가 필요할 것이다.